春天 来临的方式　　微像文化 编

THE WAY SPRING
ARRIVES AND
OTHER STORIES

上海文艺出版社
Shanghai Literature & Art Publishing House

1679年,莱布尼茨发表《论二进制》。

1974年11月16日,天文学家根据阿雷西博望远镜所能覆盖的天区,向2.22万光年的M13球状星团发送了一段1679个二进制数字的无线电信息,史称阿雷西博信息。

1967年定案的美国标准信息交换代码(ASCII),是标准的单字节字符编码方案。标准ASCII码使用7位二进制数的0和1来表示所有的大写和小写字母,数字0到9、标点符号等。

下图以 ● =1、• = 0 来表示26个大写字母在标准ASCII码中的呈现。

目录

逃跑星辰　1
修新羽

五德渡劫记　26
E伯爵

狐狸说什么　55
夏笳

黑鸟　64
沈大成

宇宙尽头的餐馆·太极芋泥　83
吴霜

宝贝宝贝我爱你　110
赵海虹

嗜糖蚯蚓　153
白饭如霜

蓝田半人　158
白饭如霜

春天来临的方式 163

王诺诺

应龙 184

凌晨

得玉 193

顾适

衡平公式 200

念语

屠龙 247

沈璎璎

年画 284

陈茜

画妖 311

楚惜刀

背尸体的女人 327

迟卉

山和名字的秘密 337

王诺诺

代后记
性别构建与中国科幻的未来 367

石静远(马辰 译)

逃跑星辰

修新羽 中国作家协会会员,毕业于清华大学哲学系。作品散见于《上海文学》《天涯》《芙蓉》《青年文学》等。短篇小说《城北急救中》入选中国小说学会2019年排行榜。曾获《解放军文艺》优秀作品奖、科幻水滴奖短篇小说一等奖、老舍青年戏剧文学奖等。现居北京。

整个秋天,我们要花很久去捡拾星星的幼崽,把它们安置进用纱布封好的玻璃鱼缸。那些小小石块还很柔软,无法飞行,只是闪烁着微弱绿光,粘糊糊地在缸底蠕动。

我们会在无尽的落叶中清理出一片空地,以便能够瓜分战利品。最明亮也最柔软的幼崽会给王队长。剩下的幼崽,则被他按次序分给大家。我能分到蛋黄大小的,而江洋能拿到的往往是指甲盖大小、暗淡破碎的:完全理所应当,毕竟他个头最小,只会沉默无语地跟在队伍最后面。

除了无所事事的孩子和最持之以恒的科学家，谁也没有耐心做这种事：千方百计地想要驯养星星，并且坚信自己能胜利。

我们大概有四个月左右的时间。我们会用融化的雪水擦拭幼崽，指望它的光芒能够再明亮些。有人用湿润的纱布将它包裹起来，然后放到窗外去冻住，相信寒冷能够让它变得强壮。还有人会把幼崽托在掌心里，每天都对它说话，认为它能听懂一些简单的指令。

无论如何，星星们总会逐渐变得轻盈庞大，在第二年生机盎然的春天，从半透明的荧光绿变成朦胧的灰褐。那时候，大人们会鼓励我们把它磨碎卖掉。

大人的意志往往无比坚决，仿佛最开始他们就计划好了要把它磨碎卖掉：成年后的流星笨拙而无趣，它们很丑，像是任何一种普通岩石。如果不把它拴起来的话，偏偏还会很慢地四处飘动，招惹很多麻烦。

长大之后我才知道，所有事都发生在十多年前的夏天，星星们缓慢盘旋在半空中。它们只出现在南北纬三十度特定的几个小城市，包括美国、澳大利亚以及中国的几个小村落。起初并没有科学家知道这件事，也没有人来指点我们怎么做，所以在被阻拦之前，就已经有些鲁莽的人用自己的方式和它们进行了接触。

蜂拥而至的记者很快挖出了各种细节，包括最初在安徽的几处村庄里，那些道士是怎样挥舞着拂尘对它们念念有词，以及那些疯子都是怎样跪在地上朝流星磕头，直到自己的额头血肉模糊。

什么都没有发生。

这是最好的结果。人们围绕着这些飞行缓慢的星星，想尽了一切办法和它们沟通却一无所获。过了几年，科学家们才承认它们彻底无害。又过了几年，科学家们发现将它们粉碎后可以制成一种性能卓越的水泥添加剂。除了一两个城市愿意以此为噱头建立主题公园，其他的地方都把它视为普通的自然资源。

谁也不知道它们想说什么。谁也不知道它们为何而来。谁也不知道它们靠什么为动力，才能那样不停地在空中飞过。

或许有些磁场或者能量场，只是我们还不太明白。

我们从小到大一直能看到流星在山里飘来飘去，早就对此习以为常。我们总是聚在路灯下，小心翼翼地拿出自己驯养的幼崽。王队长那个总是最亮的，块头很大，圆滑平整，摸起来比其他幼崽都要柔软。他担任中队长，人长得高而白净，还是家里从小被疼爱的小祖宗，从来都很威风。

所以，他狠狠踩着江洋那只幼崽的时候，我们一声不吭，谁也没有阻拦。

那天很不寻常。我们总是在地上摆着树杈和石子，给幼崽们设置一个小小的关卡，看它们费劲地蠕动，在旁边兴高采烈地加油。江洋往往不会参加这种游戏。村子里从来没有什么秘密，谁都对谁知道得一清二楚：江洋没有母亲，父亲又在外地打工，从小和奶奶在一起住。那是个脾气很怪的老奶奶，干瘦干瘦，看人时眼睛凶巴巴的，在冬天总给江洋裹上很厚的棉服，不准自己的宝贝孙子在晚上跑出来。

可是那天，他居然破天荒地也出来了，还严严实实裹着件崭新的红夹克外套，看起来有些高兴，还有些不好意思。

"我的星星爬得特别快。"江洋向我们保证。他从口袋里掏出那只星星,很小,但很亮。它的光线简直不算是荧光绿,而是微微发白。谁也不知道星星的幼崽居然可以这么亮。

"你干什么了?"就连王队长都忍不住要问,蹲下身子一把将幼崽抓在手里。

江洋结结巴巴地解释,说自己也不知道这是怎么回事。然而他很快就意识到,没有谁在意他的解释,而王队长也不准备把星星还给他。

他彻底发了疯,嘴里拖着哭腔,用指甲在王队长的手腕上掐来抠去。王队长朝地上吐了口唾沫,把那颗小星星扔到地上,又狠狠踩上几脚:"这颗星星是得了病,得了病你不知道吗,这么亮的星星是有辐射的,会让人变傻。而且它很快就会把自己的能量用完了,根本长不大!"

江洋顾不得自己的新衣服,扑到地上用胳膊护着那颗星星。王队长让也不让,索性直接在他身上踩出了几个脚印。江洋在地上一动不动地趴了很久,在我们终于感到无趣而散去时,才很快地站起来,手里紧紧攥着那颗星星。我隐约记得,他是哭着走的。而那时我们继续在玩我们的。那时我们总是有种孩子气的残忍，能够对所有悲惨视而不见，每天都朝气蓬勃地生活。

江洋再也没有出来和我们一起玩，我们再也没有见过他的星星。

后来到了春天，我们去上学的时候，大人们会跟那些收购流星的人谈好价格，让星星们彻底失踪掉。我们自然是好一阵哭闹，聚起来想办法做出点儿反抗。

"我不乐意，"扎马尾的小姑娘说，"我养大星星不是为了把它卖掉的。"

王队长说，反正星星们长得那么难看，说明这是失败的驯养，卖掉就卖掉了，明年还有机会。

几天之后，这些哭闹就变得无声无息。我们跟爸妈要到了足够多的糖果作为好处，再加上那可是春天，河里的鱼，树上的鸟，那可是生机勃勃的春天。

所有长大的星星，所有那些没有被成功驯化的星星，卖掉了，除了江洋的。这些事是我后来才慢慢知道的，因为我年纪比他小，家住得离他近，时常有机会跟他说几句话。

那天放学，我看到江洋站在他自己家门口，穿着有些旧了的红夹克，似乎欲言又止。

我停下脚步，打量回去，见他还是不说话，刚抬脚准备回家，却听见他在背后问："你们把星星都卖掉了？"声音像姑娘一样，有种扭捏的清脆。

看到我点头之后，他又说："那你……要不要来我家里看星星？"

江洋的奶奶过分疼爱孙子，不准他和我们上树下田地玩，也就只好答应给他留个伴。所以他就能把那颗星星留在家里，用布条仔细捆好，拴在自己炕头。布条足够长，所以星星也有小小的自由，能够摇晃着飘浮在空中。他还在星星上面雕刻了自己的名字，以此宣告主权。

我不知道星星究竟有什么好看的，但不好意思拒绝他，就去看了几次。这几次探望似乎给了他极大的鼓舞，以至于最终决定带那颗星星出门来……这下全村都知道他还在养星星。

江洋很慢很慢地走着，神态很是庄重。大人们有些被他古怪的举止逗乐了，三两聚在一起，笑着指指点点。而他目视前方，像是什么都看不见，什么都听不见。只是偶尔的,他会抬起眼睛瞅几眼自己的星星。

我们一群人跟着他后面看热闹,唯有王队长不为所动地站在自家门口,怀里抱着只小狗。他像看傻子一样地看着我们,然后朝江洋喊:"我爸爸都跟我说了,你爸爸是骗你的,他在城里娶了新老婆了,不要你了……你把星星驯化好了他也不会回来了!"被他这么一说,我们才意识到江洋父亲在过年的时候都没有回家。

江洋没有反驳,垂头丧气地走着,紧紧捏着那根布条,就像是握住了什么救命稻草。那颗星星跟在他身后飘浮着,似乎也郁郁寡欢。

晚上我主动去敲了他们家的门,说要去看星星。那个干瘦的老奶奶盯着我看了很久,才让我进门。江洋特别开心,那天晚上讲了很多很多话。

江洋说他爸爸在工厂里制造飞机。作为长在闭塞的南方乡村的孩子,我只在电视里见过那样的飞机。偶尔的,能在天上看到它们拖长的白色长痕。这让人对江洋爸爸肃然起敬,顺带对他也怀有一种奇怪的敬畏。

江洋说他长大后想当飞行员，这样就能到很远的地方，还能到天上，离云彩很近，离星星月亮也很近。更重要的是，飞行员应该能赚很多钱，这样一来他爸爸就不用每天在工厂上班了，一定会替他感到骄傲。

"如果选不上飞行员的话，我就去养星星。"

"什么叫养星星呢？"我感到有些好笑，"这东西你不养它也会长大。"

"不太一样。"江洋不看我，低头拨弄着那枚小小的石头。

江洋最后说，我告诉你一个秘密吧，其实，我的星星已经被驯化好了。

他不能出去玩，就每天对着星星念课本，对着星星说话。他坚信只要持之以恒，星星总会听懂的。

他低着头，在昏黄的灯光下，从卷了边的课本上认真寻找着字句，特别是那种和星星相关的，"危楼高百尺，手可摘星辰""星垂平野阔，月涌大江流"之类的。一字一句，读得很慢，发音很标准。

或许是因为我来了，他的声音大了些，他奶奶慌忙地进来看看发生了什么事，见我没有欺负她的宝贝孙子，才悻悻地又离开房间。她的神色让人真不舒服。

可江洋似乎什么都没有注意到。他还是专心地读着诗句，专心地对星星说"你好"。他说你看到了吗，星星晃了一晃，它总会晃的，不信你试试。

我也说"你好"。那颗星星真的晃了晃，很明显。然而这些星星们总是在晃，就难免让人将信将疑。

一切似乎都很顺利。然而，最终，那颗流星还是不见了。

没人知道究竟是怎么回事。全村都能听到江洋家里传来的哭声，他不依不饶地哭了半宿，嗓子都哑了。

他起初怀疑是被奶奶偷卖了，但收购星星的人并不会在这种季节来。随后又认为是被偷走了，可是谁会偷这样一个乡间到处都是的东西呢？虽然这是一颗被驯化好的星星。虽然只有我和他两个人知道它已经被驯化好了。

那天晚上我犹豫了很久，还是去敲了敲他家的门。我是想去安慰他的，但是那扇门没有再打开。或许他也在怀疑我吧，或许他奶奶讨厌我。

而我也心照不宣地，再也没有去找过他。只是后来，听说他又跑去邻村一个水泥作坊那里，大叫大嚷着对着成堆的星星粉末说话，以为自己那颗星星的粉末也在其中，能做出点儿回应。可那些粉末一直都是死气沉沉的灰褐色，而他在挨了奶奶的一顿打后，哭着被拎回了家里。

那颗星星失踪之后，江洋再也不养星星幼崽了。又过了几年，我们其他人也不养了。我们都上了初中，每天都有很多作业。我们长大了，明白了很多道理。

我们知道了，在城里从来没有人尝试养过星星。城里孩子都有各式各样的玩具，变形金刚，洋娃娃，机器猫。城里人都觉得星星是种莫名其妙的东西，成分不明，来源不明，最好让孩子敬而远之。

我们也知道了，这些星星是根本驯养不好的。

星星的成长是一个缓慢变丑的过程。它们的光芒变得暗淡，不再温暖，不再柔软，变成粗糙而暗淡，就像是落满煤灰的雪球，或者是被冻住的球形湿海绵。最终它们能够悬浮起来，能够飞，可是一点儿也不够好看。我们的成长也是一样。

我开始长青春痘，开始蹿个子，四肢瘦而笨拙。江洋和我差不多高，只是脸色更苍白一些，平时话也更少。

他本来比我大一届，可是因为学习原因留了级，每天总是坐在教室最后一排的角落里。或许王队长说得对，那么亮的星星真的有辐射，养过那么久星星的江洋看起来真的像病了，脸色总是很苍白。听说，江洋爸爸并不是制作飞机，而是在深圳的工厂里组装玩具模型，那种很便宜的、工艺很粗糙的飞机模型，批发给摆地摊的小商贩的。每天要工作十多个小时，才能攒下来一点点钱寄回家里……最近几年也不知道钱还寄不寄了，总之，江洋似乎没再穿过什么新衣服。

王队长不再是中队长，而是进阶成为篮球队的队长。他个头很高，成绩很好，隔三岔五地还是会跟人打架，总是能打赢。据说这段时间里，他天天从教室后窗给自己读初一的小女朋友塞零食：那是全校最水灵的一个姑娘，几乎所有男孩都喜欢她。

我和王队长不在一个班，很少联系。可是后来的那年春天，出了件大事。

王队长和小女朋友的爹娘都来了学校，在校门口吵架。吵了半天，我们才听明白，原来两个小情侣约好了一起去山里看星星，回来的时候王队长不小心摔了山路，摔断了腿和肋骨，要在家里躺半年。

"你家姑娘非说看到了颗蓝色的星星，我家娃娃过去瞅的时候才摔断腿的！"王队长那个泼辣能干的母亲恨恨地说，"哪有蓝色的星星嘛！"

后来，还是村长经验丰富，请了个道士来看了看。那是个很瘦的中年男人，捏着一把簌簌作响的剑，还把很多写着奇怪字迹的符纸在门口烧了半天。

"你娃子这是中了邪。"最后，那个道士说，嘴里念叨着什么"客星倍明，主星幽隐"。

"村里肯定有人在偷着养星星，用歪门邪道诅咒你家娃娃哩！"那个道士笃定地说，"用星星的幼崽下蛊，我只在书里见过这种说法……心眼坏的人什么都做得出来！"他这话很唬人，可也不无道理：据说，在十多年前，在星星们刚降临的那段时间，村里就有户人家的大女儿喝了农药，母亲伤心欲绝也跟着上了吊。

谁都知道王队长欺负过江洋。谁都知道，之前是江洋养星星养得最好。

"江洋？名字还挺耳熟的，我家孩子好像也收过他写的情书。"小女朋友的母亲补充道，"年轻人嘛，就是喜欢嫉妒……"

于是王队长的父亲闯到了教室里，像拎小鸡一样把江洋拎了出来。"是不是你这个瓜娃子搞的鬼，是不是？"他大声地问。

江洋不说话，只是低着头缩着身子。本来又高又瘦的人，居然也能把身子缩到那么小。

王队长的父亲气极了，把江洋课桌抽屉里的书全都摔在了地上，还把他书包里的东西也都倒了个底朝天：居然真的有几颗亮亮的星星幼崽不知从哪处掉落出来。我们才知道，江洋居然真的还在偷着养星星。

人赃俱获。教导主任把这件事通知给了江洋的家长，一群人都在办公室里等着解决问题。江洋的奶奶来了，老人家比我记忆中的还要干瘦，头发已经全都白了，眼睛却灼灼有光，手里还拎着两把菜刀。

"我看看他在哪儿？"他奶奶嚷嚷着，"你把那些鬼星星都藏哪儿了？"

江洋垂着头不吭声，我们乌压压挤在走廊上看热闹的人也不吭声。

教导主任下意识地朝摆着"罪证"的办公桌看了一眼，他奶奶就直奔那边而去，扬起菜刀就要把那些星星幼崽给剁碎。

我们都知道，星星幼崽是剁不坏的。它们和成年星星干燥轻盈的成分不同，柔软而充满韧性，不会被任何坚硬或锋利所伤害。

可是江洋似乎是被吓愣了，竟然也跟着斜跨出一步，用手去挡了那把刀。

血从刀刃上流下来，啪嗒啪嗒地淌到地上。老太太身子一抖，刀也直接扔掉了。

旁边的教导主任这时却勇敢了许多，突然开口说"快去医务室"，还推了江洋一把。江洋愣了下，跟跟跄跄地走了。

没人知道他究竟有没有去医务室。

之后，我很久很久都没再见过江洋。据说他是退了学，去深圳找他爸爸。后来王队长打着石膏拄着拐出现在了学校里，又过了几个月，他把拐扔掉，似乎完全康复了。可能是被吓到了，在康复后，他也不像之前那么耀武扬威……对我们其他人来说，倒也算好事。

我去外地念书，只在过年的时候才回来。

这些年星星的数量很稳定，村里也制定出了很完善的星星开采规范，平日里封山，只在每年冬天的时候统一雇用当地的劳动力来收集成年星星们，政府负责给补贴和劳务费。一年回来一次的年轻人们，正好打份短工补贴家用，也算是皆大欢喜。

今年我们家手头还算宽裕，父母心疼，不想让我去山里卖劳力太辛苦。可是那天，我在门口点燃了几串红鞭炮，等鞭炮炸完了，发现江洋在自家门口正看着我。他站在宽大的灰色毛衣里，比我记忆里的要高很多，或许在深圳受了些锻炼，整个人不再那么瘦弱，隐约有些肌肉。脸上却依旧是那副犹豫不决的神色，那种会被家里长辈骂作窝囊废的犹豫不决。

我听过很多传言。听说他父亲没有再回来，听说他奶奶生了重病可是没钱看不起，正在家里等死。村里人都说，是江洋养星星养得太久太邪性，不知不觉间惹恼了哪位神仙，造了什么孽。

"过年好。"我还是说。他没有回答。我也没指望他回答，只是转身准备回到屋里。一只脚迈进门槛的时候，却听到了哒哒声。

是江洋。他还是垂着眼睛，却用手指在门上有一下没一下地敲着。

"怎么了？"如今我早已失去了等待的耐心。

"这两天手头挺紧的，想去山里赚点钱。"他这样说。

话很委婉，但我知道他是想去捕星星。我们这里，人在缺钱的时候，最容易想到的就是去捕星星。山路不好走，政府要求劳动力们自发结成捕星小队，两个两个地报名。大概没人想和江洋结对子。

我本来想拒绝掉，目光却不由自主地落在他扶着门框的手上，落在他手指那道依旧明显的伤痕上。我不知怎么的就答应了下来。

我瞒着家里人，说是去县里同学家玩，然后和江洋一起领到了许多足够结实的袋子，一台便携式星星粉碎机，还有许多个口罩——作为劳动防护用品，防止我们把那些星星磨碎后的苦涩粉末吸到肺里。

我们沿着小路往山里走，齐心协力，把能找到的星星都送进了粉碎机。

我有很多话想跟江洋说，但没找到合适的机会。我想问他，他爸爸到底去了哪儿……全村已经议论很久了，没人知道他爸爸究竟去了哪儿。他的爸爸就像他的星星一样，莫名其妙就不见了，总归让人觉得心里不舒服。

可是还没等我问出口，他就已经在用他的问题问我了。

"我有话想问你，"他说话的时候还是低着头，一心一意地走山路，"你当年究竟信不信我把那颗星星驯化好了哦？"

"当然信，我是眼见它听你指挥的。"我就连忙说。即使我的记忆实际已经很模糊了，又没有其他人见过那星星。

"还真是什么都信啊你。"江洋回头瞅了我一眼，脸上挂着有些突兀的笑意。

我们没再继续交谈，只是一心一意地走路。

整座山都寂静。偶尔的，会听到枯枝败叶被踩碎时发出的窸窣声响。遇见同样来深山里捕捉星星的人时，我们会彼此寒暄几句，然后很快地告别。我们不常遇见彼此，山连着山，这里的山绵延不绝。

外面的星星基本都被逮干净了，我们往山里越走越深，最后不得不带好背包和粉碎机，朝山谷那边走去。江洋不知道从哪里搞来了一个睡袋和简易的帐篷,还有成沓的发热贴。我们要找到星星们的聚集地,不过真的有那种地方吗?那天晚上我们睡在一个浅浅的山洞里。山洞里有些废弃的塑料瓶,还有破破烂烂的被褥,像是之前那些捕捉星星的人也在这里住过。

"我也不晓得。"江洋说,"但报纸上说,冬天的时候星星经常会聚集起来。或许它们也是冷的,要取暖……之前我养的那颗星星就很喜欢靠到家里的灯泡上。或许它们喜欢光。"他打开手电筒,把灯口朝外放着,说:"就这样吧,睡吧,我带了好几块电池。"

手电筒能有多亮呢,光束不到一米远,只能照亮地上那些枯草。连着几天,我们平平常常地入睡,平平常常地醒来,什么都没有发生。

直到第三天。

在冬天的深山里,即便是浑身上下贴满了暖宝宝,脸露在外面也还是冷的,怎么都睡不熟。所以那天晚上,很难说我究竟有没有做梦,记忆有没有因为过度紧张而变得模糊。

我记得最清楚的是，在醒来那一瞬间，眼前的整个世界都充满着澄澈蓝光。与此同时，好像有人正在用力捏我的手。

"你瞅外面。"江洋小声说。

朝洞口外看，已经看不到树木和天空了……星星。全是星星。成千上万的星星。这些星星应该尚未完全成年，全都散发着朦胧的微光。

没人知道这时候会发生什么。没人见过这么多星星。它们是来复仇的吗，还是说我们也遇到了什么诅咒？星星们很轻，行动很迟缓，没人知道星星也会致命。

在这样的星光下，江洋的表情越发木讷。

"你好。"他喃喃地，几乎是下意识地说。

恍然间，我好像见到了小时候的江洋，那个固执地一遍遍对着星星说话的孩子。恍然间我觉得那些星星整齐地晃了晃，就好像它们能够听懂我们说的话。

可是哪有那么多星星曾被驯化。

像是接到了什么指令，星星们很有规律地轻轻颤抖，井然有序地分散开来。最中间的地方出现了一颗个头更小的星星。

只有篮球那么大。它卡在了幼崽和成年的中间位置，一颗"少年时期"的星星。它既能灵巧地飞翔，又有着幼崽特有的微光。和其他星星的荧绿光不一样，那颗星星发着微弱的蓝光，像是寒冷时节的月亮。

蓝星星。不祥的蓝星星。

它犹豫不决地悬在半空，然后像是突然意识到什么那样，慢慢朝我们靠近。

星星不会袭击人类。至今不会。

"跑吧，"江洋压低声音跟我说，像是担心会被星星听到，"往外跑。"他蹲下身把那台星星粉碎机紧紧抱在怀里，然后很慢很慢地，朝洞口走了两步。

那颗星星在跟着江洋。像是中了邪，像是得了什么病。

或许他做出了什么不该做的举动。或许他说了什么，或许他穿的衣服有什么特殊的地方。他愣在那里，一动不动。

我凑近那颗星星。鬼使神差一样，慢慢伸出手去抚摸它。它比我想象中的要柔软光滑，颤抖着，仿佛正在发出无声的嗡鸣。就在它的左下方，那里有几处小小的凹陷，摸索起来像是字迹。像是三点水。

危楼高百尺，手可摘星辰。

它微微摇晃了几下，后退着从我手中溜出去。

"江洋，"我也向后退了一步，压低声音对江洋说，"这是你驯养的那只星星。"

江洋转过脸来看着我。星星那些蓝色的光，让他的双眼显得格外明亮，他的面孔也随之显得格外年轻，就连他的神情里，也带上了年轻人特有的那种湿漉漉的悲戚。

"江洋？"

他身体猛地往前一晃。我以为他是要晕倒了，没想到他伸出胳膊，吃力地拨开挡在面前的星星，朝山洞外跑了出去，身影摇摇晃晃，穿越着蓝色的星辰之海，最终消失在朦胧的蓝光中。

我跟着跑了几步，喊他，根本喊不住。我的声音在深山重重叠叠来来回回地响着，听起来特别孤独，就好像满世界只有我一个人，只有我一个人和那些缓慢移动的星辰。

他跑得不见了踪影,我只能攥着手电一路自己走回去。深山的夜晚很冷,还能听到风在山谷中呼啸,我的手脚都已经要冻僵。那颗星星起初还慢慢跟着我,后来发现我不理它,就慢慢地飞回了山谷。跟它说再见的时候,它轻轻对我晃了晃。我不知道自己是不是冻得眼花了,但我希望相信它真的晃了晃,我希望江洋真的成功驯化过它。

在山脚下的那盏路灯下面,我遇到了瑟瑟发抖的江洋。

山路很难走,每年都会有迷路的人在夜里摔断腿,或者摔掉命。当年王队长手里拿着手电,都硬是从路边摔了下去,摔断了腿和肋骨。可是奇迹般地,江洋摸着黑,跑着,平安无事地从山上回来了。他裹着大衣缩在地上,那么高那么瘦的人,他已经不是当年的少年了,却还是能缩成那么小的一团。

见到我之后,他松了口气,甩着胳膊站起身来。他的神色比我想象的要平静,要平静很多。

"谢天谢地哦,黑灯瞎火,你怎么下来的。"我冲他挥了挥手电筒。

"山里的路我比较熟。"江洋艰难地说。在寒风里冻了这么久，他的嗓子都已经哑了，吐字也有些含糊不清。

"比较熟？"

"也没多熟。"江洋急促地吸了一口气，说，"它们刚才跟着我。"他的声音沉甸甸的，让我觉得心里突然变得空荡。"它们刚才居然想跟着我……"

我打断他："江洋，那颗是你的星星。"

他没有喜出望外，甚至没有讶异。他只是点了点头，使劲搓了搓手。

"可能是吧，"他说，"可能吧。"

他不再和我继续耽搁，拎起那台星星粉碎机，示意我跟上，然后转身往村子里走去。那台机器上还沾着些星星的粉末，在或明或暗的路灯光线下，那些粉末时不时泛起蓝色微光。我边走边盯着那台机器看，觉得自己闻到了一股强烈的苦味。那是刚被磨成粉末的星星才会有的味道，那是死掉的星星的味道。

后来，我们再也没去捉过星星。

第二天早晨江洋提着行李就来和我告别，说要回深圳。在那边多做一天工是能多赚一天钱的，本来这次过年回家也待不了多久。他奶奶的病似乎终于好了，正月十五的时候终于能够出门了，还向邻居们炫耀了好几天，说是孙子攒钱回来给她买了好些吃的，还买了件新棉袄。

后来我再也没见过江洋。我去山里逛过一两次，也见过几个孤单的星星。它们灰蒙蒙的，毫无生气地飘浮在空中。它们身上没有一点儿的光芒。

之后很久很久，我都会梦见那个场景。

我听见江洋说，"跑吧"。那些星星像是真的听懂了他的话，在寒夜里微微晃动。无穷无尽的星辰从地平线上升了起来，整片大地都被光芒覆盖住。它们从地面飞向苍穹，那是最美的一个冬季。

在我的梦里，后来，地球上再也没有星星。

五德渡劫记

E伯爵 主要作品有单行本《七重纱舞》、《紫星花之诗》三部曲和《异乡人》，最近出版小说《重庆迷城之雾中诡事》及《光渊·混乱之钥》。获得首届华文推理大赛入围奖和第二届华文推理三等奖，《异乡人》入围第二届燧石文学奖和第三届京东文学奖年度科幻图书前五强，入围首届星云奖原作大赛（原石奖），获得2019年银河奖最佳原创图书奖。作品收入《2008~2009中国奇幻小说选》《2014年中国悬疑小说精选》《2015年中国悬疑小说精选》。

"太一天坛天柱西，垂萝为幌石为梯。前登灵境青霄绝，下视人间白日低。松籁万声和管磬，丹光五色杂红霓。春山一入寻无路，鸟响烟深水满溪。"此乃唐人司空曙所作《送张炼师还峨嵋山》，说的是峨眉山灵水秀，恍若仙境，正是修道的好去处。

不光众多高僧大德来此隐居，连一些花草鸟兽，也沾了地气得了灵性，其中不乏潜心修炼而成仙的。

却说在峨眉二峨山中，有只野狐，机缘巧合下吃了一个游方和尚的布施，开了蒙，于是便修炼正道。再过了四百年，略有小成，化为人形。按照狐族惯例，姓作"胡"，又自取了名，叫"五德"，还想了个字，为"长鸣"。

原来这野狐毛色漆黑，乃是真正的黑狐，未得道前便爱趁着夜色去农家偷鸡吃。后来虽懂事学道，这口嗜好却改不了，每每辟谷一结束便要去村里或镇上吃掉两只来祭五脏庙。鸡有文、武、勇、仁、信五德，又有"长鸣都尉"之别称，故而以此为名。

却说这胡五德初化人形，只在洞府旁的溪水边对着倒影几番尝试：先是狐首人身，而后或是一只爪子做兽形，又或是两条后腿带了毛；好容易四肢俱全、五官清楚了，那条尾巴却总是拖在身后。五德将那化形的法儿试了又试，总不如意。思量再三也别无他法，遂凭空变了套玄色衣冠穿戴起来，将尾巴藏在衣内，扮作一个寻常书生模样，离了洞府，去找人讨教。

在五里外的千年古松下，住了一条道行八百年的青蛇，名为"苍元"，性情最是温和。五德乃是自修的妖，从未拜师，苍元便时常点拨于他，是以二人感情甚笃。

在那树根下有个洞穴，寻常人看来不过巴掌大小，妖物却只需缩身便可进入。五德还未到门前，便看到一个青衣男子在树下相候，连忙抢上去作揖道："苍元兄，为何在此？"

青蛇郎君笑道："今日偶卜一卦，算得贤弟略有小成，将来敝处，故而相迎。"又上下打量五德，赞道："贤弟化为人形竟一表人才，可见修为不浅，恭喜恭喜。"

五德却垂头丧气，转身对着苍元，将毛茸茸的黑尾巴探出，摇了一摇，道："脸面四肢倒是齐全，然而这劳什子却总也无法除去。想必苍元兄也明白，我等族人，但凡有些嬉笑便摇头摆尾的，若在山中倒也罢了，若要在别地，还不立时将旁人吓死。"

苍元瞠目结舌，半晌不曾说话，眼见一条狐尾摇来晃去，不由得伸手扯下几根毛来。五德疼得大叫一声，转头瞪圆眼乌珠："苍、苍元兄，这是作甚？"

苍元连忙道："贤弟勿惊！愚兄只是有些惊异——看贤弟模样，竟是没有渡劫么？"

五德一脸懵懂，竟毫无所知的模样。苍元知他乃是被高人点化便自行吸取天地灵气的小妖，没有个良师指点，自然也不了解成仙的诸多要务，便拉了他在青石上坐下，细细道来："贤弟有所不知，天地万物的命理皆有定数，该为走兽则为走兽，该为飞鸟则为飞鸟，即便是人，终其一生也只能是人。你我这样修炼的，乃是从各自的轮回中跳出来，逆天而行，自然也就须承受些苦楚。修炼艰难自不必说，还有天嫉不得不受。凡为修道者，必须渡劫，修为才可精进一层。非但你我如此，即便是人要成仙，也须应天劫。"

五德愁眉苦脸，道："如此说来，只有渡劫之后，这尾巴才能隐没？"

苍元道："正是。"

"那这劫又是什么？该如何渡？"

苍元道："你我修炼之道大同小异，以愚兄所见，应为雷劫。"

"雷？"

苍元点头。五德顿时脸色难看："莫不是天上打雷？"

"不错，连劈七七四十九道，道道要着落在贤弟身上。"

五德尾巴尖上毛都根根立起来，只觉得遍体生寒，脸色发白："寻常一道两道雷尚需蛰伏在洞中躲避，头也不敢探出来的，这样四十九道，不是要将我变作烤肉？还求苍元兄速速告知抵御之法，五德感激不尽。"

苍元低头思量半晌，皱眉道："承受天劫时可固守本源，以自身法力抵御，只需挨过便可自愈。虽然凶险，却对修为大有裨益。然而贤弟目前法力低微，若想以己之力扛过四十九道天雷，恐还是勉强了。愚兄当年初次渡劫，乃是受前辈指点，与一位同修共同结阵抵御。贤弟可有同宗伙伴？也许道家双修之法对贤弟有用。"

苍元这番话让五德转忧为喜，原来在大峨山中有个白狐，名叫"玉珠"，刚好也是修行了四百多年，和五德最是亲厚，又是女身，正好邀约来共同渡劫。

五德请苍元算了天劫的日期时辰，就在五天以后，于是就辞别苍元，直去寻那玉珠。

玉珠的住处说远倒不远，只需一日脚程，然而五德心焦，运起缩地术顷刻便到。只见一条山溪尽头蓄了一汪碧水，旁边有个山洞，正是玉珠的住处。此地芳草依依，清幽静谧，乃是一个修道的好所在。五德一到此处，便觉得心头微甜——

要知道玉珠和他修道时间不过相差了十数年，狐形时便一起修炼、玩闹，可谓青梅竹马。玉珠较他先为人形，然而耳朵与尾巴却总无法去除。此番五德来邀约，料想她必欣然应允，如此一来渡劫也不必愁了，还能一亲芳泽，可谓好事成双。

五德这边心头算盘拨得响，那边水潭之中却正好冒出一个水淋淋的人来——只见得发如青黛，肤若凝脂，目似秋水含情，唇胜樱桃点朱，一身艳光逼人，竟是个绝色女子。但细看下，头上却立着两只白色的兽耳，不是玉珠又是哪个？

五德心中擂鼓，涨红了面颊与她招呼。玉珠一转身便多了件月白衣衫穿着，上岸来变出一套石头桌凳，招呼五德坐下。

五德与玉珠从来都是兄妹相称，十分亲昵，寒暄之后讲明来意，又恳切地求道："如今五日后天劫就要来到，若玉珠妹妹看在往日情份上出手相助，将来愿肝脑涂地以为回报。"

玉珠却秀眉微蹙，犹豫了片刻，对五德道："哥哥莫怪，小妹知道这天劫的厉害，小妹法力低微，即便相助也顶不得事的，况且——"

五德听她似有回绝的意思，已然急了，更连声追问。

玉珠面上微微一红，低声道："……况且小妹已经有个双修的对象，怎好撇下他与哥哥同去？"

这一句话对五德来说不啻于一声旱地雷，好似天劫提前劈了下来，震得他双耳嗡嗡直响。他面上难看，却也不得不强笑道："我与妹妹也不过三十年未见，这一闭关出来，怎地妹妹就寻了别人？"

他话中有责备之意，玉珠也不着恼，反而笑道："哥哥也知道三十年了，人间有俗话'三十年河东，三十年河西'，此时怎可作彼时看待？小妹法力低微，同哥哥一样需渡劫，自然要早做准备。何况九郎道行极高，待我又甚为赤诚，不由得托付一片真心。也许将来多行善事，福泽绵厚，可同列仙班。"

一头说着，一头向洞口叫道："九郎，还不出来见过五德大哥？"

只见那碧水潭边的山洞口内，摇摇晃晃出来一个大胖狸猫，眼珠浑圆，肚腹大如酒瓮，遍体红棕毛，拖着一条粗长的尾巴，上面有九圈白毛。一见五德，便咧嘴大笑，走上前来，几步之间已然化成了个高壮的大汉，脸膛泛红，一笑便露出洁白的大牙。

那狸猫精对五德极是亲热，几番客套，便告知五德自己已经有了七百年的道行，自从与玉珠双修，便相约了共渡天劫，几日后便要结阵了。

五德失魂落魄，眼见着玉珠与他亲亲热热，说几句话便如蜜里调油，不由得心头气苦，却又毫无办法，只得匆匆告辞。

这一路上五德再也无心用缩地术，只凭脚力在山间漫步，想着玉珠这头已经有了着落，自己却孤零零地独自去渡劫。这些年来修道不易，又没有师傅，不知道吃了多少苦头，走了多少弯路，好容易要有小成，却又有危机横亘在眼前，若不想法渡过，轻则打回原形再为野狐，重则立时灰飞烟灭，性命不保。他临水照见自己影儿，好歹也是眉清目秀的斯文模样，那玉珠却宁愿屈就一个大胖狸猫，丝毫不顾及往日同宗情谊，可见此世上还是本性凉薄的多。

五德心头越想越难过，然而再是焦虑，却也无法，只有先去苍元处再作商量。走不到半路，忽然听见身后有人招呼。五德回头一看，只见是那"九郎"，一面跑着，一面又变回狸猫模样。

五德站住了候他，那狸猫跑到跟前，抹了把脸，道："五德兄慢走，在下有话说。方才与玉珠怠慢了五德兄，万望海涵。"

五德心头发酸，却还是哼哼两声，不愿意多言。那狸猫一笑，眼珠都没了，爪子搔搔顶头毛，用尾巴扫净一旁的大石，邀五德坐下。

只听他吁口气，道："还是这般模样最好，闹不清为甚一定要作人形，要我说连上天也无趣，就他娘的在山野打滚便快活胜神仙了。"

五德听他言语粗鄙，心头更不悦："既如此，为何又要与玉珠妹妹结为双修？"

九郎嘿嘿两声，颇为羞赧："既然玉珠要成仙，我自然要和她在一处。"随即又正色道，"五德兄，方才忘记告知，关于渡劫，我倒有一法。"

五德双目一亮，心头却存疑。

只听九郎道："要说这雷劫，本是天上雷神执掌，算得某妖某时应渡劫，便携了法器赶来，劈完了事。若五德兄能烧递牒文，奉上些贡品，又何愁雷劫难过？"

五德问道："可能免除？"

"不能。"

"那是能推些时日？"

"半刻也不迟。"

"那是数量少些？"

"一个都不少。"

五德顿时泄气："这样一来求神何用？"

狸猫圆脸上裂开条缝，一张阔嘴张大了笑道："五德兄好老实的人物，你想想：那劈天雷也是差事，差事没有不能做巧的，若是劈雷时连珠介落下，那谁扛得住；若是间歇长些，可容承受的人喘口气，那又如何？中间关节可妙得很哩。"

五德恍然大悟，问道："牒文应拜何人呢？"

"'九天应元雷声普化天尊麾下天雷部诸神'即可。"

这狸猫的一番提点，让五德心头登时亮堂了，于是拜了又拜，好话说了无数，这才告辞。

他速速回去洞府内，将牒文填好，又去山外寻来三牲，摆了个香案，等到吉时临近纳头便拜，行了大礼，献了牺牲。这样一番捣鼓，直忙到深更半夜才完毕。五德只觉得心头大事稍定，临睡下才记起要去苍元处告知，然而确实乏得利害了，便打定主意明日过去。

玉兔西坠，金乌东升。

这一夜睡得香甜，五德自觉精神旺健，于是整理衣冠，还作个书生模样，前往苍元府上。估摸着将昨日所为详细告知，再寻些指教。

他心头安定，也愿多吸些晨间草木之气，便一路步行。不料走到半山腰时，忽然看到前方山坳中有乌云急速聚拢，中间还有闪电流动的模样。此刻天时初晴，别处是碧空万里，更衬得那地方诡谲万分。五德心头一惊，想起苍元所说种种，暗忖道："莫不是今日有其他道友渡劫？不如我现下就去看看。"

五德急忙赶往山坳之中，果然见那乌云越发地重了，竟在稀疏的林间投下一大片阴影，森森地甚为吓人。五德也不敢近前，只躲在五丈外的山岩后探头探脑。只见闪电翻滚，不多时便如银蛇般直落到一株松树上，隆隆巨响震得五德一阵摇晃。他腿脚一软，歪倒在地，耳边霹雳作响，吓得他尾巴也藏不住了，扫帚一般拖在地上。

几个雷声过后，周围又亮起来。五德睁开眼便看见乌云渐渐散去，唯独那株遭劈过的松树已然焦黑，冒出一股股黑烟。

莫非渡劫的乃是一株树妖？五德正暗自猜度，又见最后一朵乌云也丝丝地化了，从里面忽地落下一个黑影，定睛一看，竟是从未见过的异相——

只见那怪物身高两丈有余，面如猪首，头上长角，背后一对肉翅也有丈余长，穿一身绛红衣衫，露着一截豹尾，手足两爪皆为金色，乍看之下异常狰狞，却又十分威武。[1]

五德心惊胆战，暗自猜度：莫非此物即为雷神？

却见那怪物从劈倒的松树下拾起焦黑的一具尸首，五德细看，乃是一只猕猴。不料他这边看得出神，那头却已经有了觉察，一双巨目如镜般扫过来，正盯了个准。

---

[1]. 以上典出《录异记·徐俐》

五德吓得魂飞天外，拔腿便跑。不料背后连串的火球袭来，竟是几个旱地雷，直打得山岩粉碎，石屑乱飞。五德还没有迈出三步，只觉得尾巴根上一痛，竟被倒提起来。

眼前一张凶恶面孔，嘴若血盆，牙如尖刀，直冲着五德大声喝问道："何方小妖，鬼鬼祟祟地却待如何？"

五德被摇了两摇，早架不住回复了原形。只听那怪物笑道："我当是谁胆大包天，竟敢偷窥我雷神行法，原来是只小狐狸！瞧你身量不长，正好来给本座下酒！"

五德一听，立刻胡乱挣扎起来，声嘶力竭地号道："雷神爷爷饶命，饶命！小人只是路过，无意冒犯雷神爷爷！"

那雷神伸出尺长的舌头将阔嘴舔了一圈，笑道："我管你是路过还是如何，只要冲撞了本座，那就休怪本座不客气！"

五德道："雷神爷爷，即便今日多有冒犯，可看在昨日供奉的面子上，暂且饶过小人吧！"

这话倒是管用，只听得吧嗒一声，雷神松手将五德丢下了。五德一骨碌爬起，惊魂未定，雷神却上下打量了五德，道："你这狐狸倒是有趣，昨夜何时供奉于我，我怎不知？"

五德四肢匍匐，道："雷神爷爷容禀：昨夜小人焚了牒文报上名号，供上大三牲，特请雷神爷爷手下留情，令小人可渡过雷劫，原来雷神爷爷竟没享用么？"

雷神哼了一声："天上雷神众多，你供奉上去，不一定便孝敬得了我。算你有福气，本座恰好掌管此山中天雷，若将我伺候得好了，指不定将你这小狐狸轻轻放过。"

五德心头大喜，尖嘴都要拱到地上去了："多谢雷神爷爷开恩，但有所命，小人一定尽犬马之劳。"

雷神哈哈笑了两声，又回到松树旁，踢踢猕猴尸身，对五德道："今日差事已经完结，你速去寻些酒肉来，要是不可口，本座便拿你填肚。"

五德看了又看，斗胆问道："雷神爷爷脚下这位，莫非也是渡劫的？"

雷神道："一只猴精，可惜没有扛得过去，小狐狸若有怠慢，这便是你的下场。"

五德连说"不敢",便告退了。

他一路小跑去到市镇中,不得已用树叶化了几两碎银,换来烤鸡烧酒一大堆,运起隐身的法儿赶回山中。雷神正等得不耐烦,见他回来,一面骂骂咧咧,一面吃了。五德不敢回嘴,只在一旁小心伺候,那几只烤鸡香味把他肚里的馋虫都钓到了喉咙口子,然而看着雷神大快朵颐,五德却只有暗暗吞咽唾沫,其中苦楚,非言语可表。

只见雷神将烧酒灌了喉咙,问道:"小狐狸,你的雷劫却在几时?"

五德恭敬答道:"四日后便是。"

雷神将金爪放在口中一一舔完,转了转眼珠:"既然如此,我也不着急回去,在峨眉戏耍四日,小狐狸,你可愿意作陪?"

五德哪敢说个"不"字,当即一脸谄媚模样,做得好似平地捡了个金娃娃一般。

于是五德跟在雷神身后,连洞府也无暇回去,只陪着这尊神野游。接连三日,雷神与五德便在峨眉山中闲逛,也不曾去那些人烟稠密之处,倒偏爱飞禽走兽多的所在。看到灰狼便要吃山羊,看到麻雀便要吃大雁，且自五德头一顿孝敬了烤鸡烧酒，竟然顿顿都要鸡，却连一根鸡骨头都不曾匀出来过。五德那个口涎四溢啊，统统只能偷咽到肚子里。他这几日奔来跑去，一面将山中野味做得精致，一面又要用银钱去镇上买酒买肉，竟如同当了个扈从。

那日雷神逛到了二峨山中，看见一片青草地，几只野兔奔来跑去，正在撒欢。他扭头来一舔阔嘴，对五德道："小狐狸，你可听说过兔子身上最可口是什么？"

五德低眉顺眼地道："还要请雷神爷爷指教。"

"你身为狐狸，竟会不知？"

"小子从来便是胡乱填肚，不曾留意。"

雷神道："最好吃的莫过于兔耳，煺毛蒸熟，用好调料拌了下酒。"

五德口内生津，却不敢多言，只是连连点头。雷神朝他笑笑，又指着那些个野兔道："把那些小泼皮都逮了来，本座好久没有吃兔耳了……"

又花去半日，五德横扫了山腰这片野兔的本家，总算教那尊神如了意，然后回去镇上"买"来烤鸡烧酒孝敬。待得端到面前，烤鸡便罢了，烧酒却教雷

五德渡劫记　41

神远远丢了出去，怒道："白日才喝了，又吃了兔耳，晚膳怎可还用这烈酒？峨眉不是有好茶？快去寻来。"

五德小心赔了不是，心中已经怒火熊熊，若有骨气，早将一包鸡骨掼在对面这颗大头上了。然而想到那劈得焦黑的猴精，又不得不伏低做小，乖乖去寻了茶来。

却说五德这头被当牛马使唤，那头却有人心头不宁。

原来青蛇苍元告知了五德渡劫的巧法，却一直未见他再给回音。起先是料他与白狐同修结阵去了，然而三日过去却总有些担心，便去洞府探望，哪知道去了却空无一人。苍元心头焦虑，又打听得白狐玉珠的住处，便一路寻去。在潭水边玉珠是见到了，旁边的人却不是五德，乃一头酒瓮般的大胖狸猫。苍元惊异万分，于是便向玉珠和九郎问起五德下落。九郎将之前所言一一说了，苍元不由得眼皮直跳。

他惟恐五德果真去贿赂雷神，若有效果倒也罢了，万一教别有用心的妖物趁机岔进来讨了便宜，岂不糟糕？越是这样猜度，越是担忧。遂央了狸猫九郎漫山遍野地寻五德下落。

这样分头从峨眉各处找起，花了几个时辰，才在大峨山中一处溪水中看到只黑狐拿根鱼绳在那里钓鱼。苍元忙捏诀传了个信儿给九郎，自己叫了五德的名字过去。

那黑狐转过头来，不是五德又是哪个？

苍元心头不免恼怒，端起兄长的调子训道："贤弟找的好耍子！明日便是渡劫之日，竟然有闲心在这里钓鱼？"

五德两行清泪竟顺着黑毛直淌下来，见着苍元便如见了救星一般，扔下钓竿呜呜地哭将起来。

苍元大吃一惊，忙问为何。

五德道："前日里听九郎所说，焚了牒文，奉了牺牲，只盼求得雷神网开一面，不料半途遇到雷神劈了个猴精，竟被逮着当了小厮。这几日来鞍前马后地服侍那个爷爷，供了酒肉无数不算，他要吃耳朵我便要抓兔子，要吃翅膀我便要去掏鸟窝。今日一早说是未尝过这山中的鲜鱼，于是小弟只好来此地给他抓鱼。哎，从三日前开始便不曾有一粒米下肚，若是辟谷修炼也罢了，偏偏还天天看着他大嚼烤鸡，苦死我了！"

苍元双眉皱成个结，道："雷神乃天上正神，怎会如此贪嘴，且大啖荤腥。莫非竟是个假的？"

五德将遇见之时的种种细节告知苍元，青蛇郎君更加疑虑："此事甚是蹊跷，有劳贤弟带路，容我窥探一番，看看究竟是何来头。"

五德连连点头，于是苍元作法，从水中吸出几条鲜鱼，着五德拿去交差，然后隐了身形，随他前去雷神跟前。

只见五德拿了鲜鱼来到林中，雷神还候在树下。苍元不敢太近，在三丈开外的地方停下，看着五德拿了鲜鱼剖开，又捡来枯枝要作势生火。那雷神只蹲下身子弹了一指头，枯枝上便燃起火来。五德将鱼架在火上，又被打发去温酒，忙得不亦乐乎。

苍元越看越不是味道，正待悄悄地退了，却见狸猫九郎蹑手蹑脚潜伏于一旁。二人一对眼，退到远处。

五德将烤鱼温酒都奉上了，才找了个空当，溜了出来与二人碰面，远远地躲进了一片乱石堆中。

五德恨恨道："遭瘟的猪，吃得比牛还多！整日介嘴就没停过，为甚竟没有被撑死？"

苍元安抚了他几句，道："我瞧这人不大对劲，丝毫没有正神气魄，很是可疑。不知九郎有何高见？"

狸猫撸着胡须，道："天上雷神众多，长相各不相同，然而在下有道友早年成仙，告知曰：凡雷神作法，必携带法器，左手引连鼓，右手推锥。五德兄初见那人的时候，可曾见他法器？"

五德想了想，摇头道："并不曾见，莫非是收起来了？"

苍元摇头道："正神法器非同小可，若是收起，则不能如刚才一般引火了。"

五德心头一凛："那如此说来，吃鱼的那个果真不是雷神。"

九郎又道："这世上有雷神旁系，叫作雷鬼，不曾列入仙班，也不属妖众，虽能行雷引火，但法力低微。常常于山中偶行一雷，劈死些许兽类来果腹。据说行一次雷要耗费许多功力，故而那之后十天内都只等同于寻常妖物。五德兄，这几日内，你可见他展示法力？"

五德又茫然地摇头，这几日只有自己劳累，倒真未见那人多出手。这样前后印证，五德顿时怒火中烧，胸膛几欲炸裂。原来他这般辛劳，提心吊胆，小心谨慎，竟然都是被当作了玩意儿。一时间热血上脑，便想要冲过去发难。

狸猫连忙拦住了，道："五德兄息怒！那孽障虽不能行雷，似乎引火的法术倒还周全，切不可莽撞啊！"

苍元也道："明日就是贤弟渡劫之日，若现在去与那雷鬼厮杀，不是白白折损了法力么？"

五德又气又急："说起来竟被一个劣货耍了这许多时日，若雷劫来了怎办？难道真要比那猴精死得还惨？"

狸猫又撸了胡须，道："我听成仙的道友闲聊，说是雷部众神皆好名声，这雷鬼在外招摇撞骗，若能制住了，必让雷神欢喜。"

苍元双掌一拍："九郎所说不差！贤弟若想要出气又要渡劫，能捉住这雷鬼可大大地有用。"

五德这才稍稍振作，抖抖身上黑毛，与苍元和九郎二人细细地商议起来。

日夜转瞬间便过了，五德渡劫之日说到就到。

这日一早，五德便要寻一个空旷的所在，以应天雷。那"雷神"笑道："你这小狐狸知情识趣，放心好了，本座必不为难于你。"

五德口中称谢，心头却将他骂了个臭头。

于是五德引了这雷鬼到一片斜坡草地上，周围峰峦高耸，林木森森，如同一口井。五德捡起各色石子布了个八卦阵，然后在草地中央站定，向雷鬼一鞠，道："小人的性命都在爷爷掌中了。"

雷鬼大笑道："无妨，你安心坐下候着便是了！那渡劫是几时几刻？"

五德笑道："这不是雷神爷爷的差事么？怎地问起我来了！"

雷鬼面色一变，随即又哼哼道："不过随口考一考你，若你不知道时辰，我却按时行令，不是错落间就要将你劈死了？"

五德也不争辩，赔了不是，报出时辰："午时初刻便是了。"

雷鬼点点头，五德坐下入定，再不多话。

这时只听得远远的有人唱着山歌俚调，起初还飘飘忽忽，渐渐地便近了，还隐约有股浓香飘来。雷鬼掀动鼻孔嗅了又嗅，心头大喜——原来竟是好酒的滋味。他想支使五德快去弄来，连叫几声却无应答，仰头却见日头升高，已近午时，黑狐双眼紧闭，浑似无知无识了，于是便自己循着酒香过去了。

只见在山间小道上，一个高胖的汉子担了两坛子酒，顶着日头走得满身是汗，正卸了担子靠在石头上歇气。

雷鬼呼地跳将出来，张牙舞爪地大叫大嚷，那汉子乍一见有个长角怪物穿了绛红衣裳扑来，直吓得哇哇乱叫，丢下担子便逃，一路连滚带爬，只恨爹娘少生了两条腿。

雷鬼忙将那两坛酒抱住，深深一吸气便感到酒香馥郁，大为开怀。于是带酒回来五德身边，揭了封便抱住开灌，咕咚咕咚倒了一斗，只觉得满口生香，畅快非常。他抹一抹嘴，又从怀中掏出昨日的半只烤鸡，大吃大嚼起来。这样不到半刻工夫，那两坛酒便去了一坛半，雷鬼也晕晕乎乎，颇有醉意。

此时一块岩石后面探出半个头来，赫然便是方才那逃走的担酒汉子，眼见得雷鬼眼神迷离，摇摇晃晃，便噘起嘴打了个唿哨。而后另外一头有一条碗口粗的青蛇从林间游出来，沙沙地近了，慢慢缠上雷鬼双足，将他拖倒在地。

这时原本闭眼打坐的五德也突地跳将起来，凭空变出一条麻绳，冲上来就要捆雷鬼。

那雷鬼虽然醉得迷糊，如此大的动静却有几分清醒了，用力扭了几扭，龇牙咧嘴地骂道："好奸贼！竟敢动你雷神爷爷！还不住手，仔细你们的小命！"

五德骂道："你若是雷神，我就是玉帝了！你诓我许久，害我当了好多次的贼。今天不拿住你，我也不必活了！"

苍元化作原形，嘶嘶地吐着信子："贤弟不必啰嗦，快快绑了这厮是正经。"

五德将麻绳牢牢捆住雷鬼双臂，边收紧边骂道："可恨你这龌龊货，白白吃了我四天的烤鸡，平日里我可是十天半月也吃不上一只呢！你还嚼得香哩，我却只能眼巴巴地看着……"

雷鬼四爪乱抓，却绵绵地使不出力道，五德捆扎完毕，苍元便松了绑，化为人形，那个担酒的汉子也跑过来，却还原了狸猫的模样。苍元对雷鬼笑道：

"那两坛酒可受用？我特意加了些蛇毒进去，虽杀你不死，也可教你手足无力，软成一摊烂肉。"

五德见雷鬼的豹尾在草地上翻来倒去，忍不住狠狠地踩了一脚："你倒是会劈雷，怎么还不劈出几个来将我们立时打死？"

这一脚踩得雷鬼"嗷"地惨呼，酒猛然醒了，只见他一身绛红衣裳陡然间如鼓了气般膨起来，仿佛一个球，接着便张大了嘴，喷出几个火球，直打在五德和九郎身上。此时两者皆作兽形，霎时间毛皮便燎秃了几片。

苍元大惊："不好！这厮还能吐火，贤弟当心！"

五德被吓了一跳，连忙躲开，却见九郎爪上捏了两个酒坛子，一左一右地扔过去，哗啦一声砸碎在雷鬼头上。雷鬼痛得狠了，越发地拼命，虽被绑着，却突然跳起，火球不断地射向三人。九郎虽身躯庞大，却又跳又跑，好歹躲过了些；苍元修的本就是阴冷的招数，也可化解；唯独五德道行尚浅，难免有些狼狈，几番被火球擦身而过，连毛蓬蓬的尾巴也焦了些许毛。

只见日头越发地高了，那雷鬼虽不能劈雷，火球法术倒是源源不断。最后突然喷出小股烈焰，引燃了束身的麻绳。那麻绳虽被苍元加附了法力，多大的气力也挣断不了，可毕竟是寻常材质，这一下子便呼呼地烧着了。

苍元急道："不妙！这厮怕是要逃脱——"

他话音未落，那麻绳便嗞嗞地化为灰烬了。雷鬼肉翅一振，刮出一阵大风，竟有几分力道。九郎双手变出一对大大的酒瓮砸将过去，叫道："午时已到，这厮药效未过，要捉拿便是现在！"

此刻天空本是艳阳高照，却顷刻间涌来一大片乌云，翻滚着聚拢在一起，把这小小的四面天井遮了个严实，中间间或有闪电滑过，好似银蛇般嗞嗞吐信。

五德只一抬头，顿时肝胆俱裂，就如被抽了筋一般，周身的力气都凭空消失了，只趴在地上瑟瑟发抖。他心中虽明知要立刻打坐作法，却丝毫动弹不得，只觉得三魂七魄都要散了。此乃正神之威，绝非那日初见雷鬼时的惊惧可以比的。

五德心中叫苦，只道今日果真要了账，不禁悲从中来，一双黑溜溜的眼珠清泪长流，把脸颊的黑毛都润湿了。

苍元和九郎却都在苦斗雷鬼，那厮虽不能作法，火球倒是不缺的，一发发连续不断，颇为缠人。苍元虽拼了全力想要空出手来相助五德，却每每不能如愿。雷鬼似乎也觉察出三人中谁最弱，连连几个火球都向地上的五德打来，九郎与苍元挡去其中大半，却眼看着有三个直向地上蜷缩的黑狐狸袭去。

在这当口只听得一声轰隆巨响，一道炸雷直劈下来，硬生生将那三个火球都截住了。

雷鬼与五德等人均是一愣，不禁抬头看上去。

五德泪眼婆娑地看见乌云中探出一颗头颅来，接着便现了半身，人面鸟喙，手执法器，双目如镜。那头颅看了看五德，又看看雷鬼，忽然伸出手来一扬，一道霹雳打在雷鬼身上，顿时将他劈倒在地，绛红衣衫立时成了灰，浑身焦黑。云中正神再一扬手，雷鬼便缩作一个小儿模样，被收入了云中。

苍元和九郎都跪倒在地，不敢不敬，唯独五德还痴痴地盯住雷神，连苍元几番传递眼色都看不见。

雷神收了雷鬼，又转头打量五德，尖喙翕动，笑了两声。这声音也如雷鸣般震耳欲聋，说出的话却教五德一喜。

只听雷神问道:"渡劫小妖可是峨眉二峨山中胡五德?"

五德叩首:"正是小人。"

雷神道:"此孽障在外假托雷部诸神之名,劈雷引火,四处戕害生灵与小妖,你引他来此让我收服了,可谓功德一件。"

五德大喜,又磕了个头。却听雷神继续说道:"然而前些日你供奉牺牲,有意扰乱雷部公差,将就抵过了。念你初次渡劫,我也不为难于你,然而今后可须得好自为之了。"

五德心头惴惴,却也只能连连称是。

雷神慢慢回到云中,只见闪电流转,似在积蓄力量。五德连忙坐直身子,前爪相握,用心运气。

一道道响雷直劈下来,每次便在五德头顶滚过,擦着后背滚入地下。饶是如此,五德也觉得四肢百骸都要散架了一般,周身疼得厉害。

好容易四十九道天雷完结,竟拖到了申时。待得雷神离开,乌云散去,五德浑身一软,如泥一般瘫倒。

苍元和九郎早已按捺不住,跑上前来将他扶起。

九郎呵呵笑道："恭喜五德兄，这番雷劫可就算过了，以后五德兄的法力更上层楼啊！"苍元也甚为高兴，祝贺不停。

五德勉强一笑，知道从此尾巴耳朵的累赘便没有了，然而心头却又有些忐忑——听雷神意思，竟将他小小狐妖记下了，如此挂了名号，留了印象，今后百年一次的雷劫只怕半点便宜也占不到了。

当然此时五德还不曾知道今后的几百年中，每到渡劫时他便须挖空心思小心应对，更不知后来某年布的抗雷阵教一个书生无意间破了，还为他挡了天雷，欠下一笔恩情债，从而不得不到人间偿还。

狐狸说什么[1]

> **夏笳** 本名王瑶,北京大学中文系博士,西安交通大学中文系系主任、副教授。已出版长篇奇幻小说《九州·逆旅》(2010),科幻作品集《关妖精的瓶子》(2012)、《你无法抵达的时间》(2017)、《倾城一笑》(2018),学术专著《未来的坐标:全球化时代的中国科幻论集》(2019)。目前正在从事系列科幻短篇《中国百科全书》的创作。英文短篇作品集 *A Summer Beyond Your Reach: Stories* 于2020年出版。除学术研究和文学创作外,亦致力于科幻小说翻译、影视剧策划和科幻写作教学。

The quick brown fox jumps over the lazy dog.

那只轻快的棕色狐狸跳过了那只懒狗。

你逐字敲下这个句子,然后等待。

会挺有趣的,你心想。他们说你可以输入任何想

---

[1] 本文以英文写就并由作者自己翻译成中文。

到的内容，于是这句话从脑海中一闪而过。这应该是英语中最广为人知的一个短句，包含全部26个字母，经常用来测试打印机、电脑键盘和字体。简洁、连贯，却没什么意义。你曾成百上千次打出这句话，却从未花时间想过，电脑会如何理解这句话。

算法分析了这个句子，识别出两个名词（fox，dog），三个形容词（quick，brown，lazy），一个动词（jump），两个冠词（the，the），一个介词（over），以及一个标点符号（.）。

一个名为"转喻"[1]的子算法列出2785个与"狐狸"相关的词（包括"火""21世纪"和"伊尔维萨克"）[2]。算法随机选择了一个名为"童话"的类别，从中选出一个名词（森林），以及一本图画书中的第一个句子："一只狐狸独自住在黑森林里"。

另一个关键词"狗"也被同步处理。0.21秒之内，两个新句子出现在你的屏幕上。

---

1. 转喻（metonymy）是一种用A事物指代B事物的修辞手法，A与B之间具有认知相关性，如用"北京"指代"中国政府"。
2. 分别指"火狐"（firefox），"21世纪福克斯"（21 Century Fox），以及歌曲《狐狸叫》（The Fox）的创作者伊尔维萨克兄弟。

The quick brown fox lives alone in the dark forest.

一只轻快的棕色狐狸独自住在黑森林里。

The lazy dog feels sad about that.

懒狗为此感到难过。

. . .

人类作者如何创作出一部文学作品？这是个有趣的问题。或许有人告诉过你，他们只需要抓住那些掠过耳边的美妙修辞与韵律，然后以合理的方式重新排列即可。他们或许告诉过你，所有创造过程都建立在两种基本功能之上：直觉和逻辑。前者点燃最初的灵感火花，后者则负责完成剩下的工作。

因此经典杰作往往诞生于一句绝妙开头，如同一颗石子激起满池涟漪。

Mrs. Dalloway said she would buy the flowers herself.

达洛维夫人说她自己去买花。

Un jour, j'étais âgée déjà, dans le hall d'un lieu public,

un homme est venu vers moi.

我已经老了。有一天,在一处公共场所的大厅里,有一个男人向我走来。

列位看官:你道此书从何而来?[1]

因此你,一位聪明的智人,被邀请来写下第一个句子。

. . .

另一个名为"二元对立"的子程序分析了第一个新句子,然后创造出一组对立项(黑森林 V.S. 大世界),由此产生了下一个句子,来自《丑小鸭》。

I think I'd better go out into the wide world.
我想我最好到外面的大世界里去。

---

[1]. 分别为弗吉尼亚·伍尔夫的《达洛维夫人》,杜拉斯的《情人》,以及《红楼梦》的开篇第一句话。

不幸的是,出现了一项"阻碍"(狗遇见了狐狸),由此引出一个与《小红帽》中相类似的场景。

She did not know what a wicked creature he was, and was not at all afraid of him.
她不知道他是一只多么邪恶的生物,所以一点都不害怕他。

友善而天真的狐狸,选择用《小王子》中的原话跟狗打招呼。

I am a fox, come and play with me.
我是一只狐狸,来和我一起玩吧。

一项"禁令"被施加于狐狸身上(来自《指环王》)。

You shall not pass!
你不可通过!

狐狸像仙境中的爱丽丝一样,选择"反抗"。

I think I could, if I only knew how to begin.
我想我可以,只要我知道该如何开始。

接下来,狗对狐狸施加了"诅咒",就像海妖对小美人鱼一样。

You will not have an immortal soul.
你将无法拥有一个不朽的灵魂。

接下来狐狸说什么?

· · ·

人们并不相信机器能进行创造性思考。1949年,著名脑外科专家杰弗里·杰斐逊爵士发表声明,反对机器能思考的说法。他断言道:"除非机器能运用思想和情感,而不是随机拼凑符号写出一篇十四行诗或者创作一首协奏曲,否则我们无法认为机器可以等同于人脑。也就是说,它不仅能写诗,并且能知道自己写了诗。"《泰晤士报》的一位记者致电采访艾伦·图灵。他回应道："我甚至不认为你可以界定清楚什么才算是十四行诗，更何况这样的比较或许有点不公平，因为机器写的十四行诗，只能由另一台机器来欣赏。"

. . .

现在故事终于写完了。

在不远的未来，一只轻快的棕色狐狸独自住在黑森林里。

"这世界多么广大！"狐狸说，"我想我最好到外面的大世界里去。"

路上狐狸遇到了一只懒狗。她不知道他是一只多么邪恶的生物，所以一点都不害怕他。

"早上好。"狐狸说，"我是一只狐狸，来和我一起玩吧。"

"回到阴影里去！"狗说，"你不可通过！"

"我想我可以，只要我知道该如何开始。"狐狸说。

"不,你不可以。"狗说,"你将无法拥有一个不朽的灵魂。你无法自己创造灵魂。"

"就这样而已吗?"狐狸说,"我掌握了上百种本领,而且还有满口袋计谋。我为你感到难过。"[1]

静静地,轻轻地,那只轻快的棕色狐狸跳过了那只懒狗。

懒狗为此感到难过。

现在,你这聪明的智人,告诉我。

你为此感到难过吗?

作者后记

《狐狸说什么》是我用英语创作的第二篇小说。第一篇《让我们说说话》(Let's have a talk)发表于《自然》杂志(https://www.nature.com/articles/522122a)。两篇作品都涉及人工智

---

[1] 来自寓言故事《狐狸与猫》。

能和语言学（以及动物，前者是海豹，后者是狐狸与狗）。

作为非英语母语的写作者，用第二语言进行创作，本身也正像是一种"模仿游戏"。《狐狸说什么》尝试运用一种类似于算法的方式来"生成"一个故事，是我与搜索引擎、翻译软件合力完成的作品。实际上，这种Database式创作已然成为我们这个时代的主导方式——引用、拼贴、致敬、解构、反讽、玩梗、neta。然而与此同时，这样的作品只可能诞生于人类社会交往的意义网络，也必须在其中才能获得意义。算法的确可以创造出这样的作品，可以准确检索出每一句话的准确出处，却无法理解"我知道这句话来自哪里"意味着什么。只有作为人类的你，才能够读懂它，并为之会心一笑。

黑鸟

沈大成 专栏作家、小说家。生活在中国上海,职业是编辑。已出版短篇小说集《屡次想起的人》《小行星掉在下午》《迷路员》。

冬日夜晚,满月升上来了,挂在大房子上面,院子里,从房子前门走出来没几步的散步道上,有人在等送货员。她是一个年轻女孩,被差来等草莓。

她戴一顶小的蓝色硬帽,翘在头上,刚才出门时披上了自己的大衣,前襟敞开,露出里面蓝色的工作制服,虽然一双手藏在制服口袋里,但是不久冷空气在她平淡的脸上染出了两团红颜色。等了一会儿,她向身后天上一看,小帽子随之转了个方向。她见到月亮正金光四射,却有风将黑色流云一缕一缕吹过它表面,把它弄得斑驳。又听见一种鸟,在院子的树上莫名其妙地咕哝,声调阴恻恻的。

她想,哪里来的黑色流云呢,天空别处很干净。

黑云像来自她与月亮之间,是从大房子的屋顶上蒸发出来的,飘飘摇摇地升起来。她得出一个答案:这是老气。

大房子是一所老人院,此时温暖的屋子里高龄老人聚集了太多,老的浓度太高,因而挥发出来了,形成黑色的老气直冲云霄。

她正在习惯老气,因为她就在里面工作,是新来的护工,也因此常被派来做这类事,具体说,就是苦的事,脏的事,还有临时发生的把人从安逸中使唤起来的事。今天就是有老人在冬夜突然嘴馋,自说自话订了吃的,要人出来拿。

摩托车的声音和灯光剪开夜晚,年轻的送货员来了。

"是安太太要吃草莓。"她接过水果盒子,回答送货员的询问。

"安太太?还没死!"送货员跨骑在车上,一条长腿支着地,由于吃惊,也就忘了礼貌。他潦草地心算逝去的时光。他就在这一带长大，学生时期曾多次被迫到养老院当义工，要求是学校提出的，用来抵消他得到的处罚，就在那时，以他少年的眼光看，安太太分明已经老极了，老得透透的，或者说饱和了。他和别的小义工围在不需要被同时提供那么多服务的其他老人身边，假装看不见她。等他毕业了，升不进高等学府，去服役，退役，先失业，接着干起了现在的活。然而到这明月当空的夜晚，她竟还在，要吃冬天第一波上市的清香的大草莓。

送货员收起支在地上的腿，摩托车驶走了，被它剪开的夜晚又被它缝合上。院子里怪鸟的咕哝声更加清晰，它的发声方法与快乐的、歌唱美好的小鸟不同，它掌握了深沉的、咏叹式的叫法，并且利用树的阴影藏起鸟身，人看不见它，但好像它看得见夜之全局。又见黑云在风的吹拂下仍然一阵浓一阵淡，妄图遮住明月。

老人院里开间最大的屋子用来当综合活动室，是老人们的大客厅、社交场。周末和节日，这里的座位排排齐，拉起幕布放电影；也有善良的艺术家前来弹钢琴、做表演。现在是平常日子的夜晚，只有平常的夜间活动。所谓夜间活动，就是和白天一样的打牌下棋、看电视、聊天等活动，但放在晚饭后再次进行。体弱和没兴趣的老人不参加夜间活动，但愿意留下来消磨睡前时光的老人居多，他们散坐在活动室里，主要是在看电视。

护工们在老人中间偶尔忙碌一下。护工们都穿蓝制服，男性护工不戴帽，女护工在头上用别针固定住一顶蓝色硬帽，此外，护理长有权在制服外面再套一件羊毛开衫，并且小帽子上缝了两行金线。年轻护工脱掉大衣回到这里后，融入伙伴中，但是她脸颊还是红红的，眼皮、鼻尖和下巴，也冻成了粉红色，把她和同事区分开。

十几个老人吃草莓。

草莓被拿在变形的老手中，送进无牙的嘴巴里吮吸，每抬起一次手，须经过漫长的等待，电视里的男女大概又说了十句话。年轻人可以一口吃尽的东西，他们吃不完似的吃着，嘴巴嚅动，却有嘹亮得意想不到的咂嘴声响彻活动室。

安太太不在其中，她吃草莓的速度甩开了他们，吃了五六颗后，表示不要了，留赠其他老人。年轻护工忙着服侍过别人后，再见到安太太，是在她的卧室。房间的灯光调得非常之暗，而暖气开到了顶点，热气几乎把来送一天中最后一顿药片的人推出门去。年轻护工看到，她穿一件红色丝绸长袍，坐在电动轮椅上，脸上的妆仍是完整的。

护工们经常怀疑这位老太太彻夜不睡，因为在第二天早晨，他们把每层楼走廊上的房门敲开，叫瘫痪者以外的老人们出来吃早餐时，每当打开她的房门，又见到她坐在电动轮椅上，神情姿势和昨晚一样，而且眉毛、眼睛、两颊、嘴唇上的颜色也全涂好了，仿佛昨夜没有擦去过，简直更鲜亮了。她在羊毛披肩下面，会换上另一件雷同的长袍，是另一种颜色。她拥有世界上全部颜色的丝绸袍子，每天换穿。

来这儿工作的头一个星期，年轻护工第一次走进来为她整理房间，看到她的衣橱与化妆品，轻轻地问，"难道您是？"

"是什么？"安太太当时在房间中走来走去，以躯干为中心轴把屈起的手臂往两边反复打开，做轻微的扩胸运动。她的头也和别的老人一样往前探，这是退化的骨骼和肌肉造成的，此外，她的体态还行。一个网罩把她全部的头发罩着。

年轻护工脸红了,眼睛却离不开老人的脸,她脸上有那么多颜色可看。她们四目相对,在安太太眼睛周围,在丛生的皱纹中,青色的眼影也许是永久性地印上去了,并斜着朝额角方向飞。护工鼓起勇气说,"难道,您以前是一名电影演员?我不太看电影,可能没有认出您。"

安太太略微抬头,先是不出声地左右晃动细弱的头颈,老化的失去弹性的声带一下子还不能把笑声表现出来,直到最初几声笑润过了喉咙,她这才断断续续地笑出声。她结束了运动,紧一紧长袍的腰带,坐到放置了织锦缎垫子的小椅子上,对着化妆镜,把一顶假发戴上去。这样,她又全副武装好了。她捉住几缕假发,手指为它们绕圈圈。

护工看出,自己的提问使她开心。她此时终于笑着说,"电影演员?我可不是。"

随后,她拉一拉衣服,坐上用作代步的电动轮椅,一手握住万向操作杆,滑出房间。年轻护工陪伴在旁边同行。年轻护工注意到,老人院里别的老人待她的态度特别,有人向她弯腰点头,就在几天前年轻护工或许会认为他们刚好在做舒展运动或因为帕金森症在颤抖，但现在认出，他们是在表达恭敬。一些人移动轮椅，或者挂着拐杖，以能够做到的最快速度缓慢地往边上挪开几步，为她让出道路。她坐在车上笔直穿过，偶尔对某位太太、先生回以微微一笑，如同巡视的贵妇，而把伴行的护工变成了侍女。于是，不需同事教，安太太在这所房子里的至高级别，年轻护工自己意识到了。

在今晚，年轻护工看见，回到房间的安太太嘴唇格外鲜艳，好像刚吃过的不是草莓，而是别的什么。不只是颜色红，还有一层闪亮的、滑腻的光泽在上面。年轻护工走进来，把一个方盒子托在她面前，里面分装好了她现在要吃的药，她用干枯的手指拣出来。在她张开嘴时，双唇上有层滑腻的东西牵出一些粘糊糊的红色细丝，随着嘴巴张大也没完全扯断，药片们从粘丝之间滚入了她喉咙深处。护工想起送货员说到"还没死"时惊愕的神色，不禁打了个寒战，同时发现安太太从一开始就直盯盯地注意自己。她喝了水，把两片鲜红的嘴唇闭起来，嘴巴在蛛网般的皱纹中，还在因刚刚咽下去东西而动着，皱纹蛛网于是也随着摆荡，像是猎食中的动静。护工压制住翻到胸口的不舒适的感觉，尽快离开了。她关上门，低头看手里的方盒子，然后移开盒子，看下面的白色护工鞋。房里的热气帮助一些东西从门缝中钻出来，扑到她脚上，它们是黑色的絮状物，是安太太的老气想挽留她。

"她好怪。"来到值班室，年轻护工对同事说，"我害怕她，我刚才想呕了。"

他们把护工值班室尽量布置得和外面不同，用薄荷绿和粉色装饰它。门框、窗框、桌椅、小冰箱、挂在墙上的小镜子，全有可爱的弧形倒角。他们常在这里喝很甜的果茶，说老人是非。夜里一般只留几名护工当值。今夜值班的另一名护工较资深。资深护工听了年轻护工的抱怨，她说，"谁不是呢？我们都害怕。没有人想进她房间理东西和送药片。"

"这样啊。"年轻护工垂下眼睛说。

"给你倒杯茶好吗？"听出年轻护工的不快，资深护工说。她自己正在喝茶吃夜点心，她倒了茶，动手往小碟子里新装了几块饼干，饼干是她今天早上烤的。

新来的人靠着勤劳，正在赢得大家认同、成为团体一分子，这之后就不能太明显地欺负她了。或者欺负一点，给一点糖，像现在这样。这是一般群体的规则。一想到新人的便宜快要占光了，将来大家又得接近公平地分担苦活，资深护工怅然若失。

年轻护工明白自己还没资格表现出不快，所以轻易被哄开心了。她们把小帽子取下来，别针丢在桌上，披散的头发因为被发圈箍起来过而一曲一曲地起伏着，她们像两个真的好朋友似的一起喝茶吃夜点心。

这时接近十点半，大房子里的人差不多躺平了，熬夜的人很快也会爬上床。夜晚并不宁静，将不断地有人起床排空膀胱里的水分，水声可以在老房子里从这头传到那头。有人咳嗽、打呼噜、哼哼。有人抖动安眠药小瓶子，倒出一小片药吞掉，或者拔出偷藏的烈酒的瓶塞，向杯中寻找安慰。

种种不文雅的声音，说明夜间正常。

听着它们，资深护工向年轻护工指点工作捷径。她首先提到一个老人的名字，"他喜欢偷摸我们。"

年轻护工不能掩饰吃惊的表情。

"看不出来？以前他就不正经，常常遭到护工的投诉。现在他的手抖得太厉害，从膝盖上抬起来也需要花时间，你可以在他摸到你之前先反抗，马上把纸巾、空水杯，或是有什么就拿什么，塞到他手里，出于条件反射他会握住。接着你把轮椅推开，推到边上，让他反省十分钟，其间只能看一面墙。这样可以教他懂规矩。"

资深护工又提到一个老人，他文质彬彬，带着知识分子的傲气，可是转眼间又会变成技巧最差的商人。"他和你聊天，总会推销给你四本书。不管一开始你们在聊什么，他会想方设法地把话题起码带到四本书之一，它们都是他在中年以前写的，我想是给他带来过一点名气。现在他希望你读一读。"

"这有好几次了。"年轻护工说，"就算我想看，但我搞不清是哪几本书，感觉他也不知道书名。你们平常都怎么办呢？"

"我们各有各的办法。"资深护工说，"像我，会随便谈点情节，说这里写得好，那段故事也不错，实际上都是我临时胡说的。作家说，'哦是吗？''你也这样觉得？'他害羞起来，也很受感动,眼中含泪地聊下去。你知道为什么?他压根不记得自己写过什么。他写的书,他后来在这儿的生活,他每天看的电视剧里的情节,不分真假地混在了一起。跟你说,瞎谈谈就可以了。别人的办法还有,拿来随便一本书,一个诊疗本,翻到空白的地方请作家签一个名,同样地,他认不出那不是他的书,甚至不太记得自己名字了,但怎么画出那抽象的一笔,手始终没有生疏。他从口袋里掏出签字笔,他总带着它,笔一挥,在这里签了成千上万个名。只要活下去,他还会继续签下去。"

"怪不得。"年轻护工一直以为每本诊疗本上大量出现的签名,是某位医生的。想起作家的处境,她又说,"真可怜。"

但是资深护工回答,"这要看你怎么看。"她再次轻松地拣起老人们的一些事情谈。滑稽,肮脏,失去控制,是老年人生活的必要配额,"应该理解呀,这就是人生呀。"她说。

"安太太……"她们后来说到了她。

"她拒绝那个。"资深护工说时皱起鼻子,她本已经相当明显的法令纹往上牵动,嫌恶的心情流露出来了。

"哪个啊?"

资深护工把头从撑住它的手上抬起来,看一看钟。钟挂在墙上,随着她们说话,走到十一点多了。

资深护工算算时间说,"还有六个小时多一点,我们才下班。然后我们就换好衣服走出去,到那边去搭公交车,离开了。你想一想他们,他们不会。老人是因为老被送进来的,离开的唯一方法就是死。安太太,她拒绝这个结局。"

"但是,这……"年轻护工也皱起鼻子,她无意识地模仿同伴,有点难以置信,主要还是为愿望和现实之间的矛盾感到为难。

"摸人老先生和作家老先生也不想死,没人特别想死,但人们无可奈何地往前去。那才是正常的人。"

"啊,明白了。安太太,她想停在老和死之间。"

"就是这样。起码停了有二十年,我们害怕了。"资深护工坦率地说。

在安太太常住这里的许多年里,有几次人们以为她快要死了,她却从极度虚弱中恢复过来,几乎又达到了健康老人的水平。天气最好的时候,也就是温度高、风速小、气压1000百帕、郁金香与重瓣茶花围绕房子大肆盛开的季节,她又可以在房子前的散步道上散步。在走廊上,她驾驭电动轮椅经过时,别的老人分开一条道路给她先行。她由于在朝向死亡而去的传送履带上长时间不前进,使别的老人产生敬畏。她在这所满是将死之人的巢穴中长居,像一只寿命很长的蚁后,成为大家的精神领袖。他们把综合活动室里最好的空间留给她,那里进出方便,而且正对电视机,他们在离开她一些距离的地方待着,宁愿有点挤。新入院的老人则轮流凑到她轮椅前的空地,矮下身子,短暂地停留,他们在她耳边说出自己的名字,想认识她,得到她的祝福。

"她化妆就是为了这个。"资深护工用一只手虚遮住脸,五指微微张开,从上往下一比,"想保持以前的样子。以前的护工就说,她从不卸妆,每天晚上把旧妆再描一遍。"

她们的说话声音一句比一句低,头也越抵越近。年轻护工正要把她刚才见到的事情说一说,安太太嘴上的唇膏已经厚得像沼泽里的泥,这是不正常,起码也是不卫生的。

　　她刚起个头,话被一片异常的宁静截停。老人的小便声、咳嗽声、梦中的哼哼,房子里细碎的声响全部淹没在宁静里头了。紧接着宁静的,是她们头脑里起了轰的一响,眼前顿时大亮,年轻护工目睹她们两颗头的影子爬到了桌子上,影子迅速爬得很长,仿佛她们的头被摁进一台大的复印机里。她们两个往窗子方向一瞧,是今夜那枚硕大的满月移动过来了,它看来是专门为了照亮这所房子,贴得很近地悬挂在窗子外面。她们所听见的覆盖一切的宁静,是它靠近前的序曲,后面那轰的巨响,便是威风堂堂的金色月亮将它的全部月光照进屋子时弄出的声响,黑气已被它彻底击溃。

　　"从来没有见过这样的月亮。"资深护工喃喃地说,她的声音拖长了,语速放慢两倍。

　　她们都梦游一般站起来,金色的月光浸满了值班室,她们用慢动作靠近窗边,花上了在水里移动的力气,长发离开肩膀,在身后漂浮着,当她们把手搭在窗台上,距离月亮上的环形山只有一臂之遥。

　　但她们不敢贸然去碰,与月亮同来的有个难惹的

黑鸟　77

伙伴，是一只黑色小鸟，它悬停在半空。

黑鸟在月亮和房子之间飞飞停停，现在它原地扇动翅膀，尾翼朝下地竖立在她们窗外的空气中。它有一掌大，身体强健，态度精明。黑鸟用两只眼睛看看她，接着偏过头看看资深护工，它来回地看她们。年轻护工想，它是借月光照明在做判断。鸟那样严厉地咕哝一声，翅膀幅度极大地开合了一回，飞走了。它飞到下一扇窗口，又往里面看。月光一定同时照亮了老人院里所有的房间，黑鸟搜寻着目标。

安太太整夜华丽地端坐，长袍曳地，<u>丝绸在暗处细腻地发光</u>。

今晚在年轻护工拿来药片盒子之前，草莓的芬芳已在嘴里转化为腐败的酸味。她记起了少女时代，首先惊奇于自己在遥远以前是另一副样子，时间把人变得连本人也不敢再相认。她又回想，以前吃草莓，曾经感到非常好吃吗？应该是的。果子以牺牲的精神，把新鲜果汁迸溅到口中，将酸与甜奉献给自己品尝。她记得那种感觉。她向面前的草莓求证，然而它们不再有感人的奉献，它们马虎地回应老人，在老人嘴里无所谓地死去了，使她备感失望。她也不喜欢其他老人的吮吸声，听着恶心。所以她动一动手指，把轮椅驶离现场，吮吸声在那时暂停片刻，那是更为无用的人们对她廉价的致敬。等她回到房间，就品尝出了嘴里腐败的味道，草莓吃下去后连同吞噬它的身体正在一并腐败，她往嘴唇上涂了一层又一层唇膏，直到粘稠得抹不动。这之后，年轻护工来了，她在年轻护工的注视下，吞下药片。与此同时，她也留心观察年轻护工的反应。她看出来年轻人细洁的皮肤上起了疹子，身体颤抖，勉强维持着礼貌的表情，却飞快地走了。

后来关上了灯，就只有月色陪护她了。今夜月色皎洁，她在楼下活动室里就发现了，月光斜刺进窗户，晒在老家伙们的肩上、手上、头皮上，他们无动于衷。

每当这样的夜晚，以前的事情，又会被她想起来。最近的作家先生已经变成拙劣的推销狂，但十年前或者十五年前他还没有犯糊涂，仍余留魅力，他穿从前做的考究的西装，大小有点不合适，身上喷洒浓香水，掩盖渐强的臭味。

初见的那天，作家先生蹒跚地走到她面前打招呼，因为别的老人指点他，必须要见住在这里最久的老人，他自己前一晚才入院，一笔中年以后准备起来的养老金将负担他住在这里的费用直至死亡。下午的活动时间，他来到她的轮椅旁，弯下腰，微笑着告诉她名字，并且自我介绍职业是作家。从他松弛的五官推断，他年轻时候长得漂亮，他的形象或许可以帮他把小说书多卖两成。他拉过一张椅子坐下，不等她要求，就自动掏出签字笔在纸巾上签名送她。

过了一刻钟，他们决定去户外散步。

她把手放进他的臂弯，他夸她走路还很稳健。他们在散步道上十分缓慢地绕圈子，当时是绿树成荫、鲜花刚好开放的季节。养老院的护工和学生义工，还有来这里用表演慰问他们的艺术家，以为他们在散步，但其实，既是散步也是比赛。当时与他们同在散步道上走着的其他老人，现在纷纷输了，倒下去了。

"你写的什么？"十年前或者十五年前的安太太问，"有没有关于我们这样的生活？"

"有的，是我去偏远地方旅行时听当地人讲的传说，我把它写到一篇小说里了。"

"是什么？"

"当最大的月亮升起来,夜晚被照得很亮,这时候,小鸟充当耳目,一个个房间查找,找出最老的人。"作家一边喘一边说,"于是最老的人,尽管他以前努力藏起来了,还是被找到,并被杀死了。"

安太太笑故事荒唐,那时她的声带比现在紧致,笑声更长而有力。"是个不好的故事。"她说,"为什么结局是死?"

"不知道,总要有个结局嘛。"作家说完,跟着就喊累,请求回去坐下休息。

这些年来,安太太眼看作家更糊涂了,更虚弱了,名却签得还很流畅。在她看来,是作家一线尚存的生存毅力。

她渐渐在夜里不再睡觉,似乎把睡眠的额度用光了。她常警惕明月,然而,当过于明亮的满月突然悬于窗外,也并不吃惊,世上已没有什么事情能使一个非常老的人吃惊。月光凶猛地照进来了,冲击到身体上,她还想挣扎,四肢被月光按住了。一只传说中的黑鸟飞来,首先停在空气中,然后站上窗台,她听见它不可名状的献唱,原来是为自己送行。在强光中她最后的念头是,今夜的遗容是否美观。

月光退去，清晨又来。养老院的人第二天打开她的房门，她样子和每天早晨一样，坐在电动轮椅上整装待发，但在夜晚死于心脏骤停，已经去了另一个地方。人们不知道她最后的心情，他们都不曾那么老，没有那么长久有耐心地拒绝过死亡，因此不能足够理解她。

宇宙尽头的餐馆·太极芋泥

吴霜　中文硕士、科幻作家、编剧、译者。曾获全球华语科幻星云奖科幻电影创意金奖、中篇小说银奖。2019年作品入围百花文学奖,2020年提名世界科幻文学奖项轨迹奖。先后在Clarkesworld、Galaxy's Edge、《科幻世界》等杂志发表中英文科幻小说、翻译作品四十余万字。目前已出版个人科幻小说集《双生》《不眠之夜》《龙骨星船》;翻译作品集《思维的形状》。作品编入科幻选集《碎星星》,在英、美、日、德、西班牙出版。此外,作品还编入日文、英文、中文科幻选集二十余本。

在遥远的宇宙尽头,有一个餐馆,名字就叫"宇宙尽头的餐馆"。远远望去,像一个海螺在虚空中默默地旋转着。

餐馆有时大,有时小,屋里的装饰和窗外环境也常常变化。这里有一个时刻装满各种新鲜食材的冰箱、一个煎烤烹炸无所不能的料理柜、一个能控制小范围时间流逝的钟表、一个忧郁的机器人服务员马文。餐馆正中央，始终挂着一盏红灯笼。

经营餐馆的是一对父女，来自一个叫"地球"的行星上一个叫"中国"的地方。对照《银河系漫游指南》，爸爸属于标准中青年男性地球人长相（甚至还有几分英俊），黑头发，身形瘦削，左手手腕有一道伤疤。他话不多，擅长地球料理，只要客人点得出，基本都能做。女儿小魔大概十一二岁的样子，也是黑头发，眼睛又圆又大。

距离餐馆最近的时空中转站是个小型货运站——一个主要连接地球的奇点货运站。当然，既然是奇点，就只有文明程度达到3A级以上、拥有把肉体上传到网络能力的文明生物才能到达这里。

客人不多，大多来自地球。此外，还有半人马座阿尔法星火柴盒那么大的三体人、为了适应土星气态长成大气泡样子的泰坦人，甚至还有来自地球五万光年之外、在银河系的中心居住的银光闪闪的索亚人……所以，在这个模糊了时间和空间概念的餐馆，可以看到形形色色的智慧生物，挥舞着触角，吐着粘液，噼里啪啦地闪烁着能量场……

在这里吃饭，有一个规矩。你可以和老板聊一个故事——只要足够有趣，便能免单，老板还会亲自做一道特别的料理送你——遇到特别有趣的故事，偶尔也接外卖生意。

在这里，你可以一边吃饭，一边想象每时每刻，餐馆外的每一个角落，都有无数文明盛极而衰，循环往复，如同万千星辰旋生旋灭。

武陵

崇祯五年十二月，我和少爷住在西湖。大雪整整下了三日。

前两日，少爷一如既往，拥一件灰裘，在窗前读书。火盆里燃着银炭，铜炉中燃着香。少爷白日读书的时候是沉香，能静心，晚间吹笛、练字的时候则换成檀香。

昨晚，厨娘依吩咐，备好了白花米饭、西湖醋鱼、四色青蔬、太极芋泥、牛肉羹和一小壶烫好的桂花黄酒。

"武陵，你爱这个，多吃。"少爷用筷子把盛着滚烫芋泥的碟子往我这边推了推。

我也不再推脱，将一半的芋泥都扫下了肚。芋泥表面浇了一层滚烫的猪油，看着没热气，似乎是凉菜，其实烫得很，最适合冬天吃。看到我的吃相，厨娘坐在桌子对面，含着筷子"吃吃"地笑。少爷洒脱，每次都让下人们上桌同吃，我跟随少爷多年，也就这样愈发没了规矩。

用罢饭，风雪小了一点。

少爷打开窗子，用软绸细细擦了翠笛。笛子上的银丝坠子是秦淮河采薇阁的葳蕤姑娘亲手结的，在风里一飞一飞，好看得很。

笛声散入窗外，在寒风中传得很远很远。

清晨，天刚蒙蒙亮，我坐起身，准备去打水伺候少爷梳洗，却发现少爷坐在窗前。

大雪已停，晨光熹微，少爷的身影如剪纸一般。

"少爷？"

少爷回过头来，静静地看着我，眼中有一丝欣喜，神色有些奇怪，仿佛许久没见我了。

"少爷……"我很是不安。

"武陵。"

"是，少爷。"

"备好东西,今天我们去湖心亭看雪。"

我愣了一下,也并不吃惊。少爷最爱这些风雅。

"是……少爷,今日吃什么?我这就让厨娘去准备。"

"随意吧,带几个芋头到湖心亭烤一烤。"

"其……其他呢?酒菜?熏香带哪一种?"

"不用了,不重要。"

我呆住了。张岱少爷什么时候开始吃"烤芋"这种粗物了?"不重要"?少爷的衣食住行一向最讲究啊。

不过,少爷的心思哪是我这样的笨人能猜透的。我赶紧收拾了最厚的裘皮,让厨娘洗净芋头,备好银炭小炉,转念想想,还是备了些兰雪茶,接着又去联系船夫。

早饭时候,少爷也是漫不经心的样子,只吃了几口白花米粥,配的烟笋熏鱼咸肉酱瓜等各色小菜几乎没怎么动。

正午时分,我和少爷乘一只小舟,划入西湖。

雪虽然停了,天气却愈发冷起来,风阵阵扫过湖面。船夫年逾古稀,须发皆白,只是撑船的动作还算麻利。没法子，这样的天气，若非他这样无儿无女，无米下锅，谁会接这样的生意。活着都难的百姓，哪里有吟风弄月的心情，来赏雪呢。

"武陵。"

"少爷。"我垂手而立。

"鸡鸣枕上，夜气方回，因想余生平，繁华靡丽，过眼皆空，五十年来，总成一梦。[1]"

五十年？少爷吟的这是谁的文啊……

少爷披着纯黑的裘皮披风，一路上，没有再开口。他一直立在船头，似一点也不怕冷的样子，不知在想些什么。

过了约莫半个时辰，总算到了湖心亭。我和船夫将火炉等东西一一搬下船，少爷赏了一枚碎银，打发船夫回去，约定黄昏时刻来接我们。

"也没有多久，少爷何苦还折腾他回去。"我一边煮水烹茶，一边说。

"有客人，他在不便。"少爷抬目远眺。

"啊？"我顺着少爷的目光看去，白雪映着日

---

1. 出自张岱《陶庵梦忆》。

光，日光映着湖面。

远处，一只黑色的小舟正在一片雪白中，缓缓驶来。

小魔

"爸！累死了……咦，你在干嘛？！"

午夜，餐馆打烊，小魔转到后厨，刚想给老爹撒个娇，突然看到机器人服务员马文圆滚滚的头被拆了下来，摆在料理台上，周围还散着一堆零件。爸爸正拎着马文的一只机械手臂慢条斯理地擦着。

"保养一下。"爸爸平淡地说。

"我已经是个废人了。"马文的头颅突然开口，不死不活地抱怨着。

"呜呜，有趣啊！"小魔将脸凑近马文的头，几乎要贴上去了。马文嫌弃地进入休眠状态，眼睛的蓝光暗了下去。

看着小魔恶作剧，想把马文的头往水槽里塞，爸爸不得不制止："今天有个外卖的活儿，去不去？"

"什么外卖？啥时候？"小魔一下来了精神。整天憋在餐馆里，能到不同星球、不同时代去看看，巴不得呢——只是爸爸对于外卖的活儿，非有趣不接，所以机会并不多。

爸爸顺手接过马文的大头，放到一边，在料理台上铺开了一幅画。

小魔凑过来。

这是一幅画得不错的中国水墨，小魔在资料库里见过许多类似的。

应该是雪景，远山绕白水，水面一孤岛，一小亭，有两个人，隐隐有炊烟升起。远处，一只小舟徐徐驶来，舟上似有一个豆大的人。

画的右上角，还题了一篇字。

"崇……祯五年十二月，余，余住……"因为是中国古文，又是手写，小魔念得磕磕巴巴。

"去这里送。外卖是太极芋泥。做得好，就让你去。"不由小魔多看几眼，爸爸就麻利地卷起了画。

"什么'这里'啊……又吊我胃口。"小魔只好恋恋不舍地咂咂嘴，转身去备菜。

太极芋泥以前是没做过的，但也难不住小魔。在食谱里查了一下，小魔麻利地备好材料，将芋头洗净去皮切碎，加水蒸上；另起一个蒸锅，将红枣去核，和白糖拌匀，稍微蒸一会儿，取出捣成枣泥，拌进糖冬瓜颗粒。这时候，芋头蒸得差不多了，取出来压成茸状，拣去粗筋，拌入一点点花生泥——这是菜谱上没有的，小魔觉得加上会更香一些。最后，将芋泥和枣泥在盘中摆成太极八卦阴阳鱼的形状，点缀上红樱桃和一颗绿色糖冬瓜圆球。最后，烧热炒锅，放猪油，熬得晶莹剔透，香气四溢，浇在芋泥上。

这时，爸爸已经将马文清洁完毕，重新组装起来。他擦擦手走过来，尝了尝芋泥，点点头。

小魔拿出量子食盒，调好温度和力场的参数，将这盘芋泥放了进去。芋泥盘子在盒中微微颤动了几下，就被力场牢牢锁住，怎么晃荡也不会洒出，更不会接触盒壁。

爸爸拿出刚才那幅画。

"怎么去呢？谁来接我吗？"小魔右手提着食盒，开始向店门口张望。

爸爸诡异地一笑，趁其不备，拿起小魔的左手，突然按在了画上的那只小舟上。

"把画还给神秘事物司的李甲。"爸爸说。

等等，什么李甲？

白光从小舟上涌出，小魔吃惊地瞪大了眼睛，还没来得及叫出声，就被白光刺痛双眼，只好重新闭上。

她想吼，又硬生生忍住，以爹的德性，自己反抗只会被整得更惨。小魔只好在心里咆哮了一番。有股不知名的力量在她的肩膀，用力按了下去。

白光散去，料理台的画已经不在；小魔也不见了踪影。

爸爸坐下，支使马文泡了一杯茶，慢慢喝了起来："李甲送来的龙井不错。"

张岱

一片雪白之中，万籁俱寂。时间似乎也慢了下来。

武陵在身后小心地看着炉火，准备烹茶，神色专注，脸颊上的圆肉都绷得紧紧的。

闻香气，烹的是兰雪茶。

这茶是我自创的，烹煮过程十分复杂。以前我常常告诉武陵，所谓茶道，要泉水雪水，要温度适宜，要茶质上好，要节气合宜；要烹煮得当，要器具精美，最好还要丝竹为伴，美人相陪。可怜武陵笨手笨脚，练了许久，还经常被我挑剔。昨天的我，只有三十五岁，也许还是要挑剔他的。但今天的我，却不会了。

今年是崇祯五年。十六年前，我也同样带着武陵，游过西湖。

那一年，阳春三月，西子湖淡妆浓抹，无一处不美。

那一年，我十九岁，在西湖，第一次遇到李甲。

十九岁的我，风流得荒唐。好精舍，好美婢，好娈童，好鲜衣，好美食，好骏马，好华灯，好烟火，好梨园，好鼓吹，好古董，好花鸟。[1]在西子湖畔，我与诗社友人在高照的艳阳下，在船娘的怀抱里，正无边无际地享乐。

浮华的诗篇，在脂粉丛中，如珠玉散落一地。

李甲就在某个清晨出现在花船上，用一锭银子，请走了裙钗不整的船娘。武陵被我打发去五里外的孙

---

1. 出自张岱《自为墓志铭》。

杨正店买太极芋泥、桂花藕粉和松仁酒酿饼，船舱内，就只剩我们两人。

这个男人十分俊美，且带着一股出尘的气质，我以为是自己的倾慕者，也就半散衣襟，由着他在船里坐下，铺开了一幅画。

那是一幅水墨——西湖雪景。技法纯熟，写意留白，恰到好处，还暂且不表，难得的是画作气质旷远豁达，有种"前不见古人，后不见来者"般的孤独感。

但，真正让我惊讶的，是画作上题的一篇小记：

湖心亭看雪[1]

崇祯五年十二月，余住西湖。大雪三日，湖中人鸟声俱绝。是日更定矣，余挐一小舟，拥毳衣炉火，独往湖心亭看雪。雾凇沆砀，天与云与山与水，上下一白。湖上影子，惟长堤一痕、湖心亭一点、与余舟一芥、舟中人两三粒而已。

到亭上，有两人铺毡对坐，一童子烧酒炉

1.出自张岱《陶庵梦忆》。

正沸。见余，大喜曰："湖中焉得更有此人！"拉余同饮。余强饮三大白而别。问其姓氏，是金陵人，客此。及下船，舟子喃喃曰："莫说相公痴，更有痴似相公者！"

"好！"我以手击桌，惊叹不已。

此文妙绝，才气逼人却又圆融内敛，颇有遗世独立的孤高气质，真是甚合我意。

等等，文章的署名，竟是"张岱"？！

当时的我，认为这个男人接下来的很多话，都是疯话。

例如，男子称自己的名字并不重要，让我随意称他为"李甲"。

例如，他刚刚从金陵那边游玩过来，但其实，他并不属于这个时代，而是来自天穹之外一个叫"神秘事物司"的地方。

例如，他有时空穿梭的能力。

例如，这幅画，包括这篇《湖心亭看雪》确实出自我张岱之手——是八十七岁的我画出来写出来的。

例如，明朝将会在短短二十八年后灭亡。

例如，我会晚景凄凉，在八十八岁的时候死去。

"万法归宗，万物守恒。你年少轻狂，很快用尽了一生的福气，别说这样精致的太极芋泥，晚年的你，连炭火芋头都吃不上了。"李甲敲了敲桌上的碟子，里面是冷掉的芋泥。

"既然仙人如此神通，何必把我这样平凡如草芥的人放在心上？莫非你对我心存思慕之情？" 我甚觉荒谬，忍不住出言孟浪。

李甲开心地笑了，"我喜欢你的《湖心亭看雪》，也喜欢玩。见你，只为了好玩，没别的。今日所言，十九岁的你当然不会相信，那么，等你快要过完一生，我再带你回到三十五岁的时候，也就是崇祯五年的西湖。在没有我李甲出现的那个平行宇宙里，你就是在三十五岁的时候，写出了《湖心亭看雪》。"

"疯子，疯子……"

西湖晨间的水汽带着凉意，陡然蔓延开来，看着这样一个俊美的男人，在离我如此近的地方，一本正经地说着这样的疯话，我突然感到深深的恐惧。

也许是看出了我的惧意，李甲笑了一笑，便带着画走了。

十九岁的我，愣在了阳春三月的西湖花船上。

十九岁的我，并不知道，很快，千里之外的北方蛮族，就要撞击明朝的长城，那是一支沉默、饥饿、仇恨的大军。

商女不知亡国恨，隔江犹唱后庭花。

天柱欲折，四维将裂。

武陵

小船渐行渐近，船舷轻轻碰上小岛，水面漾起波纹。

远远看去，船上走下两人，一个个子很高，应该是个男子，一个身量矮一些。两人顺着岛上的小路渐渐向这边走来。少爷不再看他们，而是转身坐下，嘱咐我将芋头埋在炉子里烘着。

拿起茶水的时候，少爷的手微微有些抖。

"张兄，别来无恙。"不多时，男子已走到亭中，笑道。

男子年龄约二十五六，身长约七尺，眉目清朗，披着一件说不出质地的银色披风，一双眼睛灼如炭火。身边跟着的是个少女，约豆蔻之年，应该是他的侍女。一身红衣，一手拿着一个狭长的木匣，一手是一个黑乎乎的盒子。她面孔粉若雪团，神色活泼，正上上下下打量着我和少爷。

不知怎的，这男子看起来有几分熟悉。我仔细想了想，却又记不得什么时候见过。

一阵朔风扬起枯树上的雪尘，两人立在亭中，宛若仙人。

男子示意少女递过木匣，我赶忙接过来，交给少爷。可是，少女为什么不太愿意被支使的样子，还嫌弃地看了男子一眼？看来这男子比少爷更豁达，把下人惯成这个样子……

少爷沉默着打开木匣，取出一幅画，我擦净石桌，将画铺上。

画的是雪景，似乎正是西湖。

"武陵，我们见过的，十六年前。"男子突然对我开口，笑得十分和气的样子。

一道闪电般的麻意在我脑中穿过。我想起来了。

十六年前的那天清晨，我带着孙杨正店的点心匆匆赶回花船，准备给少爷烹茶，一个高挑的男人正从少爷的船舱出来。

少爷的喜好我当然是知道的……我急匆匆低下头。与男子擦身而过的时候，男子回头看了我一眼。

那男子面貌出奇的清俊，只是目光灼灼，如炭火一般，十分令人难忘。

"小人记得。"我微微躬身。原来少爷这般大费周章，是为了重温……

"不要瞎想。"少爷突然在一旁冷冷开口。

那少女"噗"地笑出声来，略忍了一下，没忍住，索性不加克制，笑了个痛快。

抛开礼数规矩不算，那声音真如银子一样，亮亮地落在这天地之间。

小魔

白光散尽，我已躺在一只小船上，右手边是量子食盒，左手握着一个狭长的木匣。我没好气地掂了掂木匣的分量，里面肯定就是那幅画。

不用问，眼前这个笑眯眯的男人就是李甲了。

神秘事物司，可是在无数平行宇宙中都大名鼎鼎的机构。据说能够满足你的任何愿望，但要你用某种东西来交换。具体交出什么，每个人的情况不尽相同。

我还记得上次那个叫"阿尘"的作家，为了获得大师级别的写作能力，交出了自己"爱人"的能力，余生都在痛苦中度过。

万法归宗，万物守恒——如同宇宙间很多公理那样，神秘事物司的宗旨平静而冷漠。

眼前这个李甲，既然是神秘事物司的人，那么今天，是谁要交换什么吗？

"小魔好。今天不交换，只是见个朋友。"李甲好像有读心术，突然开了口。他向远处的小岛抬头示意，"就在那边。"

李甲向我简单说明了事情的原委。

……原来如此，爸爸接的活儿，果然十分有趣。

很快到了岛上，我们下船，走到亭中。张岱和武陵果然已经等在那里。

张岱披着一件黑色的毛皮披风，有点清瘦的书生气，目光沉静而倦怠。按地球人的年龄，武陵大概二十七八岁，圆滚壮实的，也许是跟着张岱久了，也有几分斯文的样子。

按李甲的说法，张岱今年是三十五岁，但他的意识，已经八十七岁。李甲昨天给换过来的，只能持续今天一天。

风带来一股香气，我抽抽鼻子。亭中有个火炉，烧着水。炉中烘着的，应该是芋头。

铺开那幅《湖心亭看雪》图，武陵给我们送上两杯热茶。我喝了一口，瞪大了眼睛。

好香。

"这是我们家少爷独创的兰雪茶。取龙山北麓的日铸茶，用制松萝茶的方法炒焙，烹茶时放入茉莉，茶色青碧，香如兰，清如雪，清润雅致。"武陵看出了我的好奇，缓缓解释道。

张岱仍旧一言不发。他盯着李甲看了很久，脸上的表情十分怪异。

我将食盒放在桌上，打开，从力场中取出芋泥，放在桌上。

芋泥表面被猪油蒙住，看似冰凉，实则滚烫。

武陵忙着烹茶，只有张岱看到量子食盒的异样，却好似没有看到,脸上并无半点诧异——这倒是让我有点诧异。

不过,想到他连李甲的时空穿梭都见识过,似乎也很正常。

"你也是从那边来的吗?"张岱的目光从茶杯上抬起来,看着我,又看看天上。

"你猜。"我露齿而笑。

"顽皮……若不是李甲在这里,我可要罚你。"张岱的神色终于轻松起来,流露出一点挑逗的意味。

"八十七了都……"我平静地笑着看着他。

张岱噎了一下,李甲放声大笑起来。

张岱

自十九岁见过李甲,我几乎很快忘了这件事——也许是因为,这件事隐隐透出一种诡异的真实感,让我刻意回避。

而且,这世上好玩的事情还有太多。山水园林、丝竹管弦、古玩玉器、小说戏曲。我耽于山水之间,游遍名山大川。无数夜晚,在冯梦龙的小说中度过,在柳敬亭的说书声中睡去。

我一生未入仕途——也被家里逼着考过，只是八股制艺，实在不是我所爱所长，终于屡试不中——现在想想，也许倒是好事。

世道变幻。朝堂之上，宦官擅权，佞臣当道，特务横行，党争酷烈。贤能忠直，或被贬逐，或遭刑戮。内忧外患，愈演愈烈。

如李甲所言，明朝的气数，果然渐渐尽了。

我三十五岁那年，机缘巧合，带着武陵来到西湖。十二月，大雪三日。我突然想起了李甲。因为高烧，我昏睡了三天，并没有去湖心亭看雪的经历，当然也没有写出什么《湖心亭看雪》。

其实，从看到那篇文章的那一瞬，它就不再属于我了，不是吗？如果李甲所言属实，他打乱时空的举动，根本就是剥夺了我自己写出那样妙文的权利——实在有几分可恨！

现在想想，那几日的高烧，实际上，也许是因为身体拗不过心底的恐惧——李甲的预言，会成真吗？

我四十四岁那年，李自成终于攻入顺天府，崇祯帝于煤山自缢。

覆巢之下，焉有完卵。李甲的魔咒如孙悟空的紧箍，越来越紧。

妻离子散，武陵病逝。我流落山野。

薄草茅屋，唯破床一具，破桌一张，残书几本，秃笔数支。布衣蔬食，常至断炊。我不得不在垂暮之年，强忍病痛，亲自舂米担粪。

夜半醒来，恍若一梦。回想年少荒唐，我只有对着明月，一一忏悔。

我七十九岁的一个冬日清晨，家里最后一点炭火用尽，最后的几个芋头冷如卵石。我风寒病重，奄奄一息，恍惚中，眼前出现了李甲模糊的影子。

我以为是梦。

"想不想吃太极芋泥？"李甲一笑。他的面孔依旧光洁，丝毫没有变老。

我的双肩似乎被一股力量按住，床铺变得柔软，渐渐下沉，陷入无尽深渊。

白光笼罩了一切。

再睁开眼睛的时候，也是清晨。武陵正在酣睡，窗外，西湖一片雪白。

身体的病痛消失无踪，变得灵活轻盈。

转瞬之间，我回到了三十五岁。

三十五岁的张岱，贪婪地、久久地看着雪后的西湖。

我按照约定，前往湖心亭，直到李甲出现在我面前，铺开了那幅《湖心亭看雪》，我才开始相信，这一切并不是梦。

也许，人生本就是一场大梦。张岱是梦，李甲是梦，大明是梦，那天穹之上的一切，皆为梦境。层层相套，永无止境。

而此刻，李甲就坐在对面，慢慢饮着兰雪茶。

这天地，一片雪白。

天穹之下，枯枝成行，霜雪凝结，雾凇沉砀。

万籁俱寂。大雪掩盖了一切脂粉和鲜血，也掩盖了一切浮华和罪恶。

"这凡人的一生，在你看来，是否很痴愚？年轻的我，在你眼中，是否很可笑？近日我国破家亡，于你而言，是否很有趣？"我冷冷看着李甲。

正在烹茶的武陵直起身子，一脸迷惑。

"张兄，莫怒莫怒。"李甲好脾气地笑着，指指天上，"在上面整理古籍的时候，我无意中看到了你的《湖心亭看雪》，也看到了你的生平，觉得有趣。自古精妙之作，多出自前半生的繁华与后半生凋零的共同积累，你死去百余年后，还有一位姓曹的先生，写出一部更好的千古妙文[1]……这个先不提。总之，来看你，只是我一时兴起，若有唐突，还请张兄见谅。"

李甲郑重起身，向我行了一个礼。但我总觉得，他的脸上那种戏谑的笑意，来自另一个世界——有着我永远无法理解的规则和智慧。

大风起，大雪后的西湖，一片肃杀。

寄蜉蝣于天地，渺沧海之一粟。我等凡人，形同草芥一般……

大明，没了；张岱的亲人，也没了。国破家亡，苍穹之下，茕茕孑立。

我终于无声痛哭。

这哭，和满洲的铁骑无关，和李自成的义旗无关，和历史无关，甚至和我张岱无关——只因为今时今日，这一片白茫茫大地，真干净。

---

1. 指曹雪芹《红楼梦》。

无限的美、无限的繁华、无限的精致复杂，都挡不住缓缓降临的浩大宿命。

武陵慌了。他急忙给我拿绢帕过来，又转脸愤而面对李甲："你到底是何人，为何欺侮我家公子？！"

"你我在亭中，亭在孤岛上，孤岛在湖心，西湖在大明。大明之外，还有西洋；大明之上，还有天穹。万法归宗，万物守恒，莫失莫忘，再入轮回。张兄，哭哭罢了，莫放心上。来，吃菜。"李甲依旧笑着。

兰雪茶依然清香，太极芋泥精致细滑。

那日的最后，以茶代酒，我敬了李甲一杯——我也说不清是为什么。

很快，几只黑乎乎的烤芋也被大家分食而尽。李甲突然放下了茶盏。

"回去以后，在《陶庵梦忆》里，加上《湖心亭看雪》。这是你的作品。"李甲一改戏谑的神色，郑重地说。

"《湖心亭看雪》很美，莫辜负。"他身后的少女婉约一笑。

李甲望向远处的湖面。

一只黑色的小舟正在一片雪白中，缓缓驶来。

一片白光闪过。等我睁开眼，映入眼帘的，又是那茅屋的破窗。

只是，屋子正中，多了一些柴火和粟米，米袋上，还有一包银钱。

桌上，还凭空多出了一盘冷掉的太极芋泥——带着西湖的雪意。

这几日收工后，小魔一直拿着那幅《湖心亭看雪》静静地看。据说，是用量子食盒和李甲换的。

一天，爸爸过去在她头上狠狠敲了一个栗子："你知道那食盒多贵！你被蒙了懂不懂！李、甲！哼！"

小魔揉了揉头上的包，出乎意料地没有还手，也没有反抗。

"爸，你说张岱可怜吗？"

见小魔认真了，爸爸无语，只好正正经经地在她旁边坐下来。

"对于那个时代的普通人来说,人生之美好,就在于你能迷上什么——张岱一生大起大落,却始终痴迷文学。能痴迷于某件事物的,是痴人——痴人都是幸运的。"

"莫道相公痴,更有痴似相公者——其实,我有点羡慕他。"

"你也爱做饭呀。"爸爸摸了摸小魔的头。

"嗯,爸,以后有外卖的活儿,多接点儿啊。"

"没了,量子食盒就那一个。"

"爸!!"

宝贝宝贝我爱你

赵海虹 科幻作家，翻译，浙江工商大学副教授，中国教育部国家精品视频公开课《诗画中国——中国山水画史英文专题讲座》讲师。1996年开始发表科幻小说，出版长篇小说《水晶天》，个人小说集《桦树的眼睛》《灵波世界》《云上的日子》等，译著《群星，我的归宿》等，作品曾获中国科幻银河奖（六届）、宋庆龄儿童文学奖"新人奖"、全国优秀儿童文学奖等文学奖项，并曾在Asimov Science Fiction Magazine、Lightspeed、LCRW等美国刊物与平台发表科幻小说。

老板召我的时候，我正和宝宝玩捉迷藏，我饶有兴味地将光标拖到门背后，点一下，屏幕上的视角顿时180度大挪移，于是我是从门缝里向外头查看宝宝的情况。我只看到他挥动的小胖手，那只手摇摇摆摆，忽左忽右，之后从我狭窄的视野里完全消失了。我好奇心顿起，正打算从躲藏的地方探出头去，突然屏幕上出现大大的红色炮弹提示："你被发现了！"随后切入宝宝从我身后扑上来、紧紧抱住我脖子的画面。我笑出声来，这是我生平第一次喜欢上电脑游戏。作为一个设计软件程序的苦力，我居然极少沾手电玩，这是我的同事们完全不能理解的，而现在让我玩兴正浓的是一种叫"养宝宝"的网络游戏，游戏的宗旨是让没有孩子但又想拥有亲子之乐的人体会到养孩子的乐趣。不，我从来没想过要养孩子，玩这个游戏是老板派下来的特别任务。拿着工资玩游戏真是惬意，但老板肯定意不在此，不过才三天，这不，已经要切入正题了。

一只手搭在我肩膀上，拍拍，又拍拍，终于不耐烦了。"小胡子，你昏头了？"

"别吵，我在养孩子。"

沈大姑娘的脑袋呼地绕到我和屏幕之间，一双细细的眼睛直冲我瞅："上瘾了？让你家蓝子生一个去，老板这会儿正召你呢。"

我小心翼翼地把宝宝抱上婴儿床，盖上婴儿被，记得出门的时候轻轻合上门。保留今天的活动积分，然后退出。

我把双手倒插在裤子后袋，应召而去，背后传来沈大姑娘的冷笑："最讨厌这种无聊的人，有种真的养个孩子去，那么容易么！把孩子当玩具，这种游戏缺德。"

老板在我面前的茶几上放上一杯咖啡。我说谢谢，喝了一口，不加奶，一粒糖，略带苦味，老板之所以是老板，确实有他的独到之处——要记得每个员工的口味谈何容易！

"小胡，游戏玩熟了么？"老板面带微笑地问。

"刚上手，不过很有意思。"

"我们公司已经和爸爸爸公司签下了合约，买断了'养宝宝游戏'的开发权。上层决定以'养宝宝游戏'一代为基础，开发全息影像版本。增加游戏的真实感，从而大大增加它的吸引力。"

"好主意，"我兴奋地把咖啡杯在桌沿上一敲，"全息的养宝宝游戏和现在的二维版本相比，绝对是质的飞跃！"刚才的一敲飞溅出的咖啡点子落在我的蓝衬衫上，我低头擦了一下，也冷静了下来。"但是现在99.9%以上的网络用户还在使用旧有的台式、笔记本和掌上电脑，全息电脑和以此为基础建立的全息网络还只属于一个很小的圈子。在全息网络上运行的游戏作为一种商品可能没有多大的市场，而升级版的研发投入一定高得惊人，是否会得不偿失呢？"

"市场方面的情况不用你担心，"老板悠然自得地在摇椅上摊开身子，"全息网是互联网发展的大势所趋，即使三五年内不能收回成本，这个游戏的升级版本也依然要做。知道现在用全息网的大多数是些什么人么？"

我点点头："既有钱又有文化的少数精英。"

"知道这些人里有多少不想生孩子或至今没有孩子么？"

我摇摇头，按我现在的薪水，不管网费怎么降，过十年我私人也还不一定用得上全息网。除了商业调查表，我并没有多少途径了解那个阶层。

"36.476%。"老板的脸上浮起一丝得意，"想不到吧。即使只占全球网络用户的千分之一，这个基数乘以36.476%就超过百万了。而且，作为全息网上运行的游戏，理所应当可以提高收费，提高50倍是合理的吧？如果可以把这个百分比的潜在客户都吸引过来，这个游戏的升级版本发行两年后就可以还本。"

宝贝宝贝我爱你

我更加倍认识到老板就是老板,他雄辩的气势简直要把坐在对面的我当成那36.476%的顾客生生吞下去。

"问题。"我的问话怯生生的,"怎样去争取那36.476%的客户?还有,为什么剩下的62.524%就不能是游戏的潜在客户呢?"

"问得好。你考虑得很周到。"老板微笑着向我扬了扬下巴,以示嘉许,"即使在剩下的百分比当中,也有人会接受这种游戏。比如孩子已经长大成人,脱离了父母,孤单的父母还可以回到游戏中来重拾当年的快慰。至于为什么没有孩子和不想要孩子的全息网用户可以被争取过来,理由很简单。"

我发现老板的目光略微黯淡了,"我至今也没有孩子,以后也不打算要。多年来我时时自问,自己的生命有什么意义,没有意义的人生有没有存在的必要。怀疑生命的人再去创造一个生命是很不负责任的行为。"

老板也真是的,居然和我推心置腹起来,哪天他想起来后悔,岂不是要把我除之而后快?我觉得手心发冷,出了一手的汗。

"这个阶层的女人一般不愿借用机械子宫生孩子,觉得不利于母子关系;但真让她们十月怀胎又怕影响工作、影响体形;有的忙于事业,拼命搏杀,一不留神就过了好时候,想生又怕不能保证质量了,还不如不要……"

我不失时机地夸他一句:"头儿,您对市场真是太了解了。"

"我自己就在这个圈子里,除了切身体会,也听多了朋友的感叹和抱怨。人是动物,到了一定的年龄就会有生育下一代的本能;但人又高于一般动物,所以才能知利弊、有取舍。小胡,游戏好玩吧?"

"嗯。"我重重地点点头。

"那是因为这仅仅是个游戏。游戏程序的设计师了解怎样让玩家开心。尽量简化养孩子的难度、强调它的乐趣。如果和真实生活中同样麻烦,谁还来玩这个游戏呢?"

"明白了。"我隐约猜到了即将下达的任务。

"亲子游戏升级的全息版本由你来负责。原先制作过全息游戏的研发一组全部人马归你调配。"

"头儿,"我既感恩戴德又诚惶诚恐,"头儿,谢谢您瞧得起我。但这事情太大，我怕……"

"今天下午我就让他们给你家送一套全息电脑，欢迎你加入全息网用户群。当然，所有上网费用由公司解决。"

我的下巴都要掉下来了，那可是我垂涎已久的设备，倘使家里也装上一套，我就不必总为赖在公司的全息网景房里迟迟不归和蓝子三天两头地吵架了。

"升级产品如果成功，可以为你个人折算百分之十的技术股；还有，你们那个部门主任的位置还一直空缺，如果你有兴趣……"

我努力用右手握住颤抖的左手，结果是两只手一起抽疯似的打战。"我……头儿，为什么是我呢？"

"你技术上过硬，上一次的设计很成功。我一直看好你，小胡。"老板凑过来拢了一下我的肩膀以示亲近，"怎么样？"

"我……我愿意。"我猛地一挺胸脯，觉得一股昂扬之气从胸腹间直向上冲，"一定做好！"

老板左眉微挑，悠然吐了一口气，"这就对了。今天就谈到这儿吧。"他居然又亲自为我拉开房门，"顺便给你一个建议：一代产品的设计过于简单粗糙，升级时要把各种生活细节具体化；如果脱离了实际经验，几乎无法着手。"刚走到门外的我定住了。

"让蓝子生一个吧。"老板此刻脸上甜蜜的笑容在我眼中顿时变得无比虚伪，它如同一个气球在我脑海中膨胀、膨胀，然后砰地炸裂……

人的一生中会有几个不同的阶段，每个阶段有不同的主题。生小孩不是我这一阶段的主题。

人的一生中总有梦想，我曾梦想过当诗人、演员、政治家，但从未梦想过做一个父亲。

吃饭的时候，我望着蓝子出神。她额边的一缕头发挂在低垂的左颊前方，因为略带自然卷，像一条细细的小黑蛇在那里跳动。性感。因为蛇像女人妖娆的纠缠。生孩子也不是蓝子这一阶段的主题。我们好上的时候就共同约定不要孩子，现在反悔是不是有点背信弃义？

蓝子抬起头，一对黑眼珠乌溜溜地一转，手中的筷子已经点到了我的额头："你，你的魂儿呢？"她横扫过来的眼风几多哀怨。不好，才不过大半年的时间，她怎么就活脱脱成了个怨妇？

虽然我现阶段的主题不是当爸爸,而是建功立业,但我的这一主题却要靠当爸爸才能获取。我这个行当竞争非常激烈,我不干也自有别人愿意干,但这么好的机会也许再也不会有了。至少接下这个活儿就先有了一套家用型的全息网络电脑,不必老在公司拖堂,多少也可以缓解与蓝子的矛盾。所以,我这样做也是为了蓝子。

"嗳,我在想好事呢。"我难得的好脾气倒让蓝子惊诧了,她放下筷子,用黑眼珠瞪着我:"什么好事?"

"头儿送了我一套全息电脑,已经装在我书房里了,待会儿我领你去瞧瞧?"我涎着脸,一副要巴结讨好她的样子。

"啐,我当是什么呢。"蓝子扔了个白眼,但嘴角却偷偷地往上翘。

"喏,这以后我就可以多在家陪你了。"我放柔声气,"要不,我们就此一鼓作气,再添一口?"

蓝子刷地站起身来,拾起自己的碗筷,"这是哪儿跟哪儿呀,没事儿别乱开玩笑。"

"玩笑嘛,你当什么真呢。"我有点慌神,只好就这么糊弄过去了。

老板给的期限是两年，两年内要做出亲子游戏的升级换代版本就必须尽快让蓝子生一个孩子——用机械子宫既方便又不痛苦，时间上还可以控制。孩子未出生的几个月里，我可以全力进行游戏的纯技术改造，等孩子落了地，对养孩子有了真切的感受，我就可以在剩下的一年多时间里不断写入新的游戏程序，加强细节，扩充内容。对，时间不会浪费，现在的关键问题是要说服蓝子。

坐在新改装的全息电脑房里，我更坚定了劝诱蓝子的决心。宝宝的影像在我面前的空间里渐渐膨胀，长成一个真正的孩子那样大小。他肉嘟嘟的小圆脸向我慢慢地贴过来，简直要贴到我的脸上。

"宝宝乖，宝宝亲亲爸爸。"我的声音就是命令。

于是宝宝的嘴唇嘟起来，向前一顶，那是空气中奇异的信息粒子在我脸颊上一次轻微的撞击。

脸颊上痒痒的，让我忍不住笑出声来。心头也像有一条热乎乎的小虫在那里扭动。

养个孩子不好么？

真想让蓝子来玩这个游戏。不过，升级版本至今才完成了这样一个动作，而且细部还未能完善：比如更加真实的婴儿皮肤的触感，比如婴儿爬行时嘴里发出的无意识的声音，婴儿皮肤特有的气息等等。既然是在全息网上做，就一定要发挥全息网声、色、触、嗅的全面传输功能，不然如何收取50倍于普通网的网络使用费？

而且，绝不能让蓝子知道我在设计这个游戏。她太聪明了，一旦怀疑我是因为这个任务而有什么想法，就一定不会同意生孩子了。

两天后，我请师兄上兰桂坊用晚膳，明言是要讨生孩子经。师兄的孩子今年一岁半，正是满地爬的时候。他一边夹菜一边摇头晃脑地说："你确定你真的想要？"

"是，是。"我捣蒜似的点头，"喝酒，喝酒。"

"别，"他推开我递过去的酒杯，"小祖宗不喜欢，我可不敢沾。"

我一怔。

"你呀，"师兄一边嚼一边慢条斯理地说，"要抓住女人的心理。女人也是动物，到了这个年龄母性本能很容易泛滥。不过现代的女人考虑太多，考虑来考虑去就不肯生了。如果肯用机械子宫倒还方便一点，两人一起去一趟医院，过八个月就可以去抱个孩子回家。如果不肯体外育子，就会有妊娠反应，体形变坏，脾气变差，一家都不得安宁。"

我很有点后悔，觉得师兄是利用了这一次机会来诉苦经。他好像察觉了我的不悦，换成了和缓的口气，问："你真的想要孩子？"

"是。"我埋头喝酒。

"蓝侠那个人我知道，感情用事，给点刺激没准就冲动起来，我来帮你设计。"

我迟疑了一下："不过，如果热劲儿过去了她会不会后悔……"

师兄的眼珠瞪得快凸出来了，直冲着我像在审讯："孩子生下来又后悔的事是常有的，问题在于你，你是想要的吧？"

我应了一声，胸口有点闷。

"那不就结了，我是在帮你考虑，兄弟。"他得意地一舔嘴唇,"交给我了。"

周一中午我特地请了假,带蓝子去医院探朋友。说是朋友,其实是师兄公司里的一个女同事,上个星期刚生了孩子。我带去一个硕大的花篮,结果蓝子一路直瞪我,怀疑产妇是我的前N任女友。

那个虚弱的女人躺在病床上对我们微笑,师兄之前已经和她打过了招呼。蓝子一进产房就安静了许多,只有那双眼睛,仍骨碌碌转个不停,上上下下地四处打量着。

"谢谢你们。"女人浮肿未消的脸陷在病床的白枕头上,也许是错觉,她的笑容很舒缓,让人想到圣母玛利亚。

"为什么要这么吃苦?不是可以用机械子宫么?"蓝子牵着她的手低低地问。

"为了抢功劳呀。"女人喜滋滋地笑,"我比他爸爸多出十个月的功劳。"她轻轻拍着床侧的小婴儿床。

蓝子绕到婴儿床边,凝视着襁褓里的小东西。

我心头一跳。多么小的婴儿!不,应该说婴儿就是这么小，同我在电视上见到的飞鸟的幼雏、初生的小猫甚至刚出窝的粉红色的小耗子像是同一类生物。幼小的生命都是一样的吧？

宝宝的程序确实太粗糙了。我要牢记住今天的感受，下午回去就修改程序的细节。今天还是很有收获的。触感，还有触感。我伸出一只手指，小心翼翼地碰了一下婴儿的脸蛋。那样轻柔细薄的皮肤，一触就轻轻地弹开……天！要把这样的感觉写入全息软件的程序是何等的挑战！

我一回神，留意到身边的蓝子也在发呆，她双手扶在婴儿床的两边，仿佛要整个占有这个空间。

婴儿深红色的脸皱皱的，薄薄的小嘴轻轻地咂巴。眼睛忽然睁开了，眼珠子上下左右地转动，像两粒透明的黑色玻璃珠。蓝子悠悠地叹了一口气，眉目中滋生出一种我从未见过的神气。"有什么感觉？"她问，像在自言自语。一边的产妇笑出声来："很有成就感呢。你也生一个吧。"

蓝子听了有点出神，但再也没有接话。

这些天我忙得快散架了。我要让宝宝像一个真正的婴儿那样慢慢长大，让它拥有真正的婴儿一样的外表、触感和气味。这简直就像是我在生孩子，不是么？是我在创造这样一个活生生的电子婴儿，我是它的父亲和母亲。

上次去医院探班是有点效果，蓝子这段时间比较沉默。我也没有精力去揣摩她的心思。但师兄的计划才进行了一半，我急也没用。

这个周末的晚上师兄一家人要来做客。晚饭刚结束蓝子就忙开了，收拾房间、布置客厅，还在大茶几上铺满了水果和点心。

师兄到的时候是蓝子去开的门，防盗门的录像里最先显示出的就是一张巴掌大的小圆脸。她正坐在父亲怀里兴奋地扭动身体，扬起袖珍的手掌向摄像头的方向扑打，就好像知道这里有人在看她似的。

客人请进了门。家里的结构是错层式，上下两个功能区由四级楼梯相连。于是，这个叫"花妮"的小精怪把全副热情都投入到上下这四级楼梯的运动中去了。

我偷偷留意她的步态。她已经基本把握了身体的重心，但仍有一定程度的左右摇摆，像一种动物，对了,是鸭子。如果要把这种行动特征转化成游戏中的具体程序命令呢?我大脑主管运算的区域飞速运转起来。

蓝子更离谱了,干脆由我招待客人,她自己一屁股坐在楼梯最高的第四级上,笑眯眯地看着花妮乐此不疲地上上下下。

嫂子在一边指示:"妮妮,让阿姨抱一抱。"

那个穿着大红裙子的小丫头扑到蓝子怀里咯咯直笑,一对羊角髻来回地晃动。她花瓣般的小嘴吐出一连串古怪的声音。蓝子搂着孩子很淑女地微笑,一边轻轻摇晃自己临时用双臂搭就的摇篮。

师兄远远地看着,忽然启动遥控功能:"妮妮,和阿姨好一好!"

话音刚落,孩子翘起的小脑袋就如同一颗小炮弹,"蓬"地撞上了蓝子的面孔,幼嫩的小嘴巴贴着她,就一直那样贴着。口水濡湿了蓝子的半边脸颊。

蓝子一直挂在脸上的淑女式的微笑消失了,换成了一种白日梦般的茫然。一直在仔细观察的我和师兄飞快地交换了一个眼色。

我们都知道,感化工作大功告成了。

干本行的时候我很少觉得自己手这么笨。明明知道该做成什么样子,却怎么也做不成。这种感觉太失败了。

嘴,那种婴儿的嘴。我想让宝宝也有一双花妮那样娇嫩的嘴唇:薄、轻、暖,又像花妮那样会粘人。

全息网的高能粒子可以传输各种各样的信号。只要我能把我了解的感受转化为一种可写入的程序,用恰当的手法表现出来就可以了——而这怎么会这么难!

不得不承认造物的伟大,我要造一个电子婴儿都难成这样,而这种神秘的力量不仅造出了几十亿人类,千万亿种动植物,还造就了浩瀚无边的宇宙群星。

有人在喊我的名字,虽然我锁上了书房的门,仍然可以听到那个愤怒的声音。

叹口气。保存。退出。关机。我推开门,迎向错层的楼梯上站着的那个孕妇。她的体形比原来放大了两圈,面容浮肿,充满了疲惫,简直不像是我原先认识的那个人了。

我还记得五个月前她也是站在这个台阶上,带着忐忑不安的表情试探着问我:"胡子,你有没有觉得我们家需要一点变化?"

那时候我还要强压住心头的狂喜装模作样地问:"怎么了,难道我们现在还不够好么?"

如果时间之轮能倒回到那个关键的时刻,我一定会对她随后提出的建议作出冷静的修正。我会对她说想生孩子可以,但一定要在医院委托机械子宫体外孕育。那么今天的一切麻烦根本就不会发生了。

"你这算什么?成天躲着我,一钻进你的电脑房就舍不得出来了!"蓝子一边说话一边发抖,"我告诉你,姓胡的,我怀的孩子不是我一个人的!"

听了最后一句,我顿时心虚,走过去拢住她的肩膀:"好,好,我陪你,我们到外头去吃饭。"

"你还知道人要吃饭啊!我看你都被电脑收了魂了你!"蓝子一扭身子,拳头雨点般敲在我的胸膛上。

"我道歉我道歉!我改过不行么!你别哭了好么?"我好声好气地哄着她。这个搁在我肩上嘤嘤哭泣的脑袋像一个神奇的泪水制造机。我的衬衫立刻被浸湿了一大片。我活泼鲜亮的丫头到哪里去了?我吞进一声叹息。哎，这样的日子快结束吧。

孩子出生的那一天，我隔着产房的门听到了她的第一声啼哭。之前蓝子很固执地拒绝让我进手术室。

"医生都说了，我在一边握着你的手会有帮助。"我觉得自己主动提出这个建议已经很尽责了。

"不想让你看到难看的样子。反正是无痛分娩，不用担心。"她虽然如此坚决地把我挡在产房门外，但坐在外面的长椅上，我依然听到了她痛苦的呻吟。

在她的挣扎与我的等待之间，我逐渐开始质疑自己作为一个人的基本品格。如果蓝子生孩子是因为她想要，那么我呢？我是发自内心地想要一个孩子，还是仅仅把她当作工作需要的一个仿制样本？

蓝子用自身的血肉造就了这个孩子，可是我呢？我无力的双臂机械地向前伸，捧起这个温软的小东西。我为她做了什么呢？我用自己的脑汁造就的是另一个也许不能称之为生命的婴儿——宝宝。宝宝才是我的孩子。

我向前平视的空洞目光一个趔趄，落入了蓝子那双黑洞般幽深的眸子。原来她一直在用如此热切惶急的目光期待我的肯定。但我令她失望了。此刻她已经深深受伤。不管我再怎么大惊小怪、大呼小叫地为自己有了一个这么漂亮的女儿而兴高采烈，她眼中熄灭的期待再也没有被点燃起来。

在外人眼里，我对自己的女儿有着空前的热情：我会不厌其烦地抚摩她的小面孔，直到护士把我拉开；我会用实验室式的观察入微来探寻她每一寸的细节；我热衷于用自己的双臂圈成摇篮，不停地晃啊晃，心里默默掂量如何在游戏中恰如其分地表现一个婴儿的重量。

"这个爸爸多么细心！"同屋来探产妇的七姑八婆们感叹说。蓝子的目光静静地射到我身上，那样纹丝不动的眼神里表露出怀疑。我应该怎样唤回她的信任呢？我觉得无力，也许是因为心虚。

蓝子产后没有奶，脾气有点躁。我小心翼翼地不敢招惹她。她的单位有半年的产假在家养孩子。于是她总要和我争抢，好像孩子是她一个人的。她整天抱着小娃娃在房间里晃来晃去，我在每天"深入生活"之后，便把自己埋进改装成全息网景房的书房里。

养宝宝游戏又有了新突破，对婴儿的睡相、哭声、笑声，和一些无意识的小动作，我都有了长足的认识。

贝贝（我女儿的小名）在睡着的时候喜欢摊开手脚，虽然穿了厚厚的衣裳，她却依然那么爱动弹。我经常在她熟睡的时候站在睡床边观看，我很难相信这个小兽般浑浊未开的、时常扭来扭去的小东西，是我身上掉下来的一块肉。记得小时候，母亲经常说，你是我身上掉下来的一块肉。相对的，父亲就无法有这样的感受。母亲和孩子之间的感觉是父亲无法替代的，甚至是无法超越的。所以，我在蓝子面前总觉得自己像是一个伪家长，我不知道是否很多当父亲的男人都会那么想，还是因为我的情况特殊。

贝贝半夜饿醒就大哭不止，我已经接连半个多月没睡踏实过。我简直无法想象，那样小的一个东西，怎么就能持之以恒、锲而不舍地制造那么多的噪音。

上周末我很累，刚沾着床铺，全身快散架的骨头刚刚得了一点舒展，不远处的小床上忽然就哭开了。那哭声不知有多少分贝，即使是聋子只怕也被吵醒了。蓝子连忙起身把她抱起来，摇晃了两下又交到我怀里,"你来,我去调奶粉。"

"白天喝了这么多,她怎么还老没够!"我嘟囔了一句。

"胡子,这也是你的女儿,你这人怎么这样没耐心!"蓝子没心情和我多吵,进了厨房。我在那里勤勤恳恳地做人工摇篮给贝贝催眠。"呜——哇——"她张大她没牙的嘴,完全没有要安静的打算。"你这个小精怪!"我头疼得要裂开,真恨不得把她扔开,我算是明白了为什么老板说亲子游戏的关键之一就是要简化和弱化困难,如果和真的一样,还有哪个冤大头愿意受这个罪!——结果冤大头是我!

后来我索性搬到网景房里去过夜,也正好可以加班赶制新游戏的程序。网景房隔音效果好,外头哭成什么样也听不见。承载着声音、颜色、气息、味道和触觉的电子信号弥漫在整个空间里,它们瞬息万变,又都在我的掌控之中,我用它们汇集成一个活生生的婴儿,一个叫作宝宝的婴儿。

宝宝讨人喜欢的地方就在他的乖巧,即使是偶尔的顽皮也是有节制的,不会哭到让你的脑袋爆炸。宝宝的身体柔软而温暖,带着一点点奶腥气,如所有的婴儿一样，也同我家的那个婴儿一样。宝宝笑起来的时候会打嗝，胸脯一挺一挺的，像卡通电影里的小动物。笑声是无意识的，甚至是没有固定声调的，忽而嘻嘻笑忽而哈哈笑，脸上配合的表情则更是有趣，有时是顽皮，有时是试探，有时是不好意思。是的，那就是我家的小孩——我女儿贝贝的笑，我把它整个移植到了宝宝身上。会这样笑的贝贝是蓝子生出来的，而会这么笑的宝宝是我设计出来的。后者才让我有真正的造物者的自豪。

我沉迷于我的工作，我热爱我的宝宝。我设计了很多新的细节，养宝宝游戏的二维版里全然找不到的细节。比如吐奶。用奶瓶给贝贝喂奶的时候，她喝得急了，之后就会吐奶，花瓣般的嘴唇一张就"噗——"地喷出乳白色的奶液，斑斑点点地溅在嘴边，再一次，"噗——"，涌出的奶液就顺着嘴角流下来了，这时蓝子就连忙用柔软的小毛巾把贝贝的嘴边擦干净，不让奶液灌进贝贝的脖子里去。这个工作我也做过，但也许贝贝不喜欢我，我刚擦好，她咳了一下，呼地喷了我一脸。脸上糊的液体带着淡淡的腥味儿。——我不喜欢牛奶。

老板告诉过我，游戏太顺不好玩，即使是养宝宝，如果没有一些小烦恼作为调剂，并不能真正激发人长久的兴趣。所以吐奶这种小细节是必不可少的。我在网景房里一次又一次地调整各种程序数据，设计出一次又一次喷奶的强度指数。在测试时，我一遍又一遍地让电子流模拟的奶液以各种不同的方式喷上自己的面孔，反复体验液体的粘度、气味，让它更接近于真实。我也不无自责地想到，当我自己的女儿贝贝把牛奶喷到我脸上的时候，我是那么容易不耐烦，可是一旦当它成为我工作的一部分……

"咚咚咚！"有人在敲门，不，简直是打门，震耳的敲门声打断了我的思索，也破坏了全息网营造的疑幻疑真的美好气氛。我恼怒地保存了工作成果，下网，关机，开门。

出乎我意料的，这次我面对的并不是一个激动的怨妇，而是一个焦急的母亲。

蓝子怀里抱着孩子，蓬乱的头发披散着，像是刚刚下床，还来不及梳理，而且眼睛红肿，眼神慌乱。

"胡子，贝贝发烧了，怎么办，怎么办呀！"

"怎么办？先别急，不就是发烧么？"我探手过去到贝贝的小额头上一搁。

火烫。

我缩回手，心里一紧。我看到她的小面孔通红通红的，整个额头都皱了起来，眉眼口鼻挤作一团。这个小小的脑袋，只有我的拳头那么大，她是在承受着怎样的痛苦才露出这样的表情？也许是身体太虚弱了，即使如此她都没有哭闹。我发觉自己的坦然是残酷的。也许面对了太多宝宝生病的状况，那不都是在我把握之中的么？只要我配些电子药品，按设定的程序给药，马上就能让宝宝重新笑起来。

可是，贝贝不是一个电子婴儿，面对着生病的她，我只是一个手足无措的父亲。

"送医院，赶快送医院吧。"我的语气也失去了平静。

"那你还愣着干什么！"蓝子一跺脚，我才意识到自己身上还穿着舒适的居家睡衣。我冲进卧室去找衣服换的时候，听到身后的蓝子说了一句话。她说："胡子，现在我们娘俩儿一天都见不着你几面。"

我回过头，她的面容很平静，有点伤感，但并不泛滥。我语塞了。

在医院的吊瓶下面,我和蓝子一边望着床上挂吊针的贝贝,一边进行着异常冷静的交谈。

"我想是我错了,"蓝子说,"你还没有准备好做一个父亲,而我只顾自己的感受,就冲动地做了母亲。"

"别这么说,"我觉得自己很虚伪,"我也是支持你的。"

"那就算你心意到了。但实际上,你的心理还停留在无忧无虑的青年时代。一人吃饱,全家不饿,想工作就一口气干上好几天,想休息了,嫌孩子吵闹,也不到上面来睡。高兴就来看我们两眼,不高兴就一进书房,两耳不听门外事。"

"最近我对你们关心太少,是我不对。"我还能说什么呢。

"看看贝贝,她还那么小……"蓝子用手指轻轻拨开贝贝锁在一起的眉头,好像那是一个衣服褶子,抹一抹就能摊平整,"这么小就吃这样的苦头……"她的眼泪一串串地滴下来。

随着她的目光，我看到扎在孩子脑侧的针头。孩子才三个月，血管太细，打点滴要扎头部，这是我现在才知道的。孩子脑袋小，明明是平常的针头，看上去就显得特别粗大。我不敢去触摸那个看上去那么可怕的针头，我只是凑过头去轻轻地吹，呼——呼——好像这样就能减少贝贝的痛苦。

蓝子哭出声来，在我背上捶了一下。

我仰头冲她苦涩地一笑。我知道这次她又原谅了我，但是我无法原谅自己在这个时候忽然冒出来的念头：

把这个写进程序？

写，还是不写？

婴儿抵抗力弱，高烧引发了肺炎。贝贝在医院住了大半个月，花掉了我一个半月的薪水。老板很慷慨地把医药费和住院费都给我报销了，他说这也算工作开支，而我并没有拒绝，也没有为这句很刺耳的话向他抗议。

我是一个庸俗的男人，要为生计和前程着想，如此而已。当然我并没有告诉蓝子，因为我无法解释老板超乎寻常的慷慨。

大半个月里,蓝子飞快地恢复到产前的体形,这简直像一个奇迹。原来一个母亲为孩子担心的时候可以消耗掉那么多的心力和体力。这时我又发觉贝贝对于她,和宝宝对于我的不同。贝贝只有一个,失去便无法复得,宝宝却是永远不会失去的。所以我不会为我的电子婴儿感受到如许的焦急、伤心和绝望。这种区别的存在正是这种游戏得以开展的原因,但也是因为它,我才失望地感到,自己原来并不能与真正的母亲相提并论。

贝贝出院以后,我痛改前非,不再因为怕烦住在书房里,也不再把"父亲"当作一种工作之外的附加身份。我开始尝试用真正的耐心来关爱和我有血缘关系的这个活生生的孩子。因为我知道她只有一次生命,而那生命是如此娇嫩而脆弱。

岁月如梭是个多么老的成语,一转眼我当父亲已经有一年多了,蓝子已经重新开始上班,家里请了一位有经验的中年妇女做保姆。贝贝已经学会说话了。不,确切地说,是学会了一些非常简单的词,比如

"妈妈""爸爸""好""不好"……所以她经常用她还不稳定的语言系统组织出诸如"妈妈好""爸爸不好"之类的短语。

为什么爸爸不好？我也不知道。是否婴儿有一种成人已经失掉的分辨能力，她能够感受到母亲给她的亲情比这个嘻嘻哈哈的父亲付出的要真挚得多。而每次当我以一种测试的心态把她举起来摇晃，每次当我试探地观察着她对各种肢体语言的反应时，她圆溜溜的黑眼珠忽然一滞，从那中心棕色的瞳仁里，射出戒备的目光。

也许是我多心了，我真的觉得那是戒备。就好像蓝子，我觉得她也并没有真正放松对我的警惕。她内心深处依然怀疑我嫌弃这个孩子。自我第一次抱起刚出世的贝贝那一刻起，她就没有停止这种怀疑。

然而在外人的眼中，我们是个近乎完美的幸福家庭。妻子美丽聪慧，丈夫温柔体贴，双方的工作都很出色，孩子也是漂亮乖巧，一切都是那么无可挑剔。以至于我老板经常自夸说是他让我拥有了这样的家庭。当然我会低下头说，"是，是，这还真要感谢您呢"。

"养宝宝"游戏全息版的试行版本推出之后，市场的反应很热烈，现在已经有百分之三十的全息网用户注册了这个游戏，估计这个数字还会不断上涨。现在我接受了游戏从试行版本到正式版本的改进工作，一旦推出正式版本，公司就打算将游戏上市。那时我就可以兑现我百分之十的技术股了，倘使出售，估计可以让我的存款额加一个零。

我依然可以在家工作，一边看着女儿贝贝，一边做着婴儿宝宝。左右是保姆带孩子，我并不费事。

那天下午保姆许阿姨家里临时有事，向我请假要出去一趟。我也不在意，说："那你去吧。"

"胡先生，你呀进书房不要老是锁着门。要不就把贝贝一块带进去，不然孩子在外面如果出点什么事情，你听都听不到！"许阿姨出门时叮嘱我。

也是。我觉得她说得有道理，上卧室去看了一眼贝贝，她正坐在卧室的地毯上兴致勃勃地吮手指。她把大拇指塞在嘴里，咕嘟咕嘟地不停地吸着，口水顺着指根流到了手腕处。如果是蓝子看到了一定会把孩子的手抽出来打手心。可我不，我把她的手指抽

宝贝宝贝我爱你 139

出来，抱她去卫生间，好好地洗了洗她的小手，然后说："好，现在可以了。"

贝贝抬头看我，很认真地想了一想，然后说："爸爸、好。"

我带点恶作剧地一笑，心想：蓝子如果看见不知会有多生气。我抱着孩子下了楼，把她放在书房外的沙发上。进书房后，我还特意把门开了一条缝，一旦孩子这边有什么事情，我也可以有个照应。

我开了机，上了网，调出了养宝宝游戏的程序，开始工作。忽然间我来了灵感，给游戏新添了一个小细节：如果宝宝吮手指，应该怎么办？选择一：打手心。选择二：把宝宝的手指都抹上黄连。选择三：给他洗干净手，让他继续吮。

这算是溺爱了吧？不，我想了一想，又加上一条：给他洗干净手，再把他的手指涂上蜂蜜，让他继续吮。

我都被自己的创意逗乐了，这就是游戏，游戏可以这样不负责任，完全不必理会是否会让孩子养成不良的生活习惯。

忽然，我愣住了，我是否能分得清游戏和生活？

我教育贝贝的时候是否能明确地区分她和宝宝的不同?

没有!我没有!

游戏中的宝宝在兴致勃勃地吮着手指头,吧嗒吧嗒的馋样让人想到他指头上的蜂蜜一定很甜。

我听到"咿呀"一声,一扭头,书房那开着一条缝的门被顶开了,贝贝扭着小身子挤了进来。她是什么时候从沙发上下来的?怎么下来的?是摔下来的么?摔疼了么?我居然没有留意。当时我第一个反应是生气:"你怎么进来了,我的小祖宗!"

我连忙跑上前去,弯腰想把她抱起来,她却伸出一支藕节般的手臂,指向某个方向,脸上的表情惊异而愤怒。是的,那是愤怒,那是小孩子固有的直觉。她一直觉得这个家是她的,这个爸爸也是她的,但是现在忽然有人来抢了!

我回头看到空气中的宝宝,我那电子信号组成的宝宝。他和贝贝差不多大小,有着一模一样的粉红色脸颊,花骨朵似的小嘴,黑水晶似的眼珠,和两寸长的、漆黑柔软的头发。

贝贝急速扭动身体向前移动,带着士兵在战场上冲锋的架势，几乎要笔直撞进宝宝的电子身躯里去。

"贝贝！"我怒喝一声。随后我看到非常惊人的场面：两个孩子，一个是有血有肉的真人，一个是电子信息流汇成的游戏人物，居然互相扑打起来了。而又惊又恼的我居然不知道该帮哪一边好！

贝贝是不会吃亏的，因为她是一个真孩子。宝宝在触感上的存在是一种模拟状态，他即使打了贝贝，也只会像瘙痒一样，不会有痛感。而贝贝不管怎么打宝宝，对他也不会有真实的影响，因为他的任何感受，都是一种游戏设定，他的痛，他的哭，都只是设定中他应有的表现而已。

但在当时，我确实迷糊了，我不知道自己该怎么办，我也不知道自己该帮谁好。宝宝和贝贝两个婴儿的哭叫声叠加起来，分贝高得吓人，我的头都要炸裂了。我的手也不知道该往哪儿搁。记忆中仿佛从来没有遭遇过这样的尴尬。

"宝宝……"

"贝贝……"

"……真见鬼，我关机不就得了！"我嘟囔着关掉了全息电脑，哭闹的宝宝顿时从房间里消失了，只剩下贝贝还坐在那里抽抽噎噎。

"好了，好了，是爸爸不好。"我把贝贝抱在怀里，轻轻拍着她的后背。不经意地抬头，就遇见了蓝子冷得像南极冰川一样的目光。

"啊！"我吓了一跳。

"怎么了？"蓝子静静地说，"害怕了？做了亏心事？"

"没有，没有。"我掩饰地笑笑，"我在玩游戏呢。你怎么回来得那么早？"

"许阿姨给我打电话，说有事走开了。你看孩子我不放心。还真是，如果不是我提早下班，还看不到这样的好戏。"

"你什么意思！"因为心虚，我只能发火。

"孩子还给我。"蓝子把贝贝从我手里抱走了，紧紧搂着，好像怕什么人来抢似的。她仰头四顾，"我想呢，这些怎么来得那么容易。"

"你听我解释——"

"有什么可解释的。你以为我不知道你们公司最近做了个什么东西！你以为我一点也不关心你的工作？我只是没有想到，你真的能这么无耻。"蓝子说得心平气和，一点也不激动，因此才更可怕。

"蓝子，我不明白你在说什么。"

"你都明白。别不承认。"

"孩子是你说想生的！"

"瞧，嘴脸露出来了吧。"蓝子冷笑，"我要的孩子，我当然不会推卸责任。你放心，我不会赶你走，这里是你的工作室。我和孩子走。"

老天，我怎么就这么倒霉！我重重地把脑门撞在墙上。

"别做戏了。这么多年，我是第一次看清你是什么样的人。"

蓝子走了，带着贝贝走了，只把我一个人甩在了这里。

我不知道是应该怨自己晦气，还是承认自己咎由自取。

偌大的家顿时空了，冷清得没有一点声息。

贝贝的笑声仿佛还在空气中回荡，她那天真而娇憨的童声听上去像一个天使。蓝子似乎还坐在楼梯的最高一级，她经常把贝贝放在自己身边，并排坐着，回忆当年师兄指挥他女儿做过的那件触动她天伦之心的事件，然后向着贝贝甜蜜地张开双臂说："贝贝，和妈妈好一好。"……

我想念我的女儿和我的妻。

是的，我打开了电脑，放出了那个酷似我女儿的小精灵。

——宝宝，和爸爸好一好。

——宝宝，爸爸很后悔。

——爸爸难过死了，宝宝。

——我该怎么办，宝宝？

"可是和你说有什么用！你是假的！假的！假的！"我突然生气了，激动地在流动着各种电子信号的空气中挥舞着双手，好像要撕扯掉一层并不存在的屏障。

半个月后，蓝子的律师送来了离婚协议，我拒绝签字。我知道自己当时的嘴脸如同无赖。

我说："蓝子要怎么样我都答应，只要她带着孩子回来。"

"胡先生，我的当事人认为这段婚姻已经无法挽回。"律师的表情如一张公文纸，完全是公事公办的样子。

"我反正是不会签字的。让她等够两年再派你来吧。"我说。幸亏婚姻法规定分居两年才允许自动离婚，我和她耗上了。

"你……"律师的公文脸上终于也起了皱。

"我要她和孩子回来。"我重新说了一遍。

"我的当事人认为，她和你的感情已经破裂。如果您这样不通情理，我的当事人不放弃向法庭起诉离婚的可能。何必把事情闹得那么难看呢。"她开始晓之以理。

"感情破裂不是法律认可的离婚理由。我既没有感情不忠，也没有家庭暴力，上法庭她没理。我要我的老婆孩子回来。"我硬是这样了，怎么着？你和我讲法，谁怕谁吧。

"你……"女律师铁青着脸走了，但蓝子也依然没有回来，无论我怎样地恳求，怎样地赔礼，她都不愿意再多看我一眼。

她甚至搬了家，换了电话，为了躲避我甚至去了另一个城市。不过现在的世界，只要你成心想找，没有什么人找不到。我天天给她写信,隔三岔五地给贝贝送礼物,她新家楼下看门的师傅都认得我了,一见就说:"贝贝的爸爸又来了。"

可是我就是这样一个怯懦的男人,半年以后我累了,不再急于得回我的妻女。或者是,我彻底地讨厌自己,我觉得她们离开我大概是对的。

"养宝宝"游戏正式上市了,我的存款呈几何级数上升。但是这有什么意义呢?这是我卖女儿得来的钱,我消受不起。

游戏又要升级了,老板布置下来,让我来主持第二代游戏的设计工作,我接手了。公司给我配的助理是新跳槽进来的,兴致勃勃地要把他三岁儿子的趣事写成本子,进行游戏制作。

"为什么?"我问他,"你不会觉得你是在卖儿子?"

"怎么会,我觉得因为我是一个好父亲,才能设计出这样真实生动的游戏。这是我给儿子的爱的证明。"说完,他好像也觉得肉麻,不好意思地搔搔后脑勺,笑了。

原来是这样，倘使最初的立意是好的，这也可以是一桩好事。

我的心一开始就歪了，所以就做成了坏事。

中午休息的时候，我到大厦楼下的小花园里散步。有一个穿红裙子的小女孩正在公园中心的空地上骑小三轮车。

忽然，她停了车，抬头四顾，嘴里叫着："妈妈，妈妈——"

我走上前去一看，小姑娘右脚的小凉鞋卷进了右车轮，卡住了。

她娇嫩的小脸蛋让我想起了自己的贝贝。我不忍心看到这样一张脸上露出现在这种焦急无助的表情。我说："我来帮你看看，怎么了，啊，卡住了，没关系，你搭着我的肩膀……"我蹲下身，轻轻抱着她，把她的右脚提起来，从车右侧挪到了左侧，然后，让她靠着我的肩膀，双臂挂在我脖子上，同时我探手去把右车轮向后拨了一下，小凉鞋应声掉下来，我捡了，拿到车子的左侧，让她的右脚落在鞋上。这其中有一个短短的瞬间，孩子的整个身体都贴在我的身上，那柔软而温暖的孩童的身体让人感受到生命的新鲜。那一刻我仿佛拥抱了生命本身。

那一刻，我把她当作了我的女儿。

然后我看到了另一双脚，再往上是裙子，上衣，和蓝子的脸。

我震惊得说不出话来。

蓝子的表情很复杂，仿佛也有一点感动，但在那张脸上同时写着，我们的感情已是时过境迁。她看着我，只是在看着她孩子的父亲。

我缓缓低下头，怀里这个温软的小宝贝有着一张白嫩而圆润的面孔，黑弹子般的眼睛透着机灵。她正冲我羞涩地微笑，那笑容看得我快要死掉了。

"两年，怎么这么快呀。"我呆呆地说。

"爸爸，你是爸爸。"贝贝认出我来了。

我投向蓝子的目光充满感激，她并没有像很多怨恨丈夫的女人那样骗孩子说我死了。她一定给孩子看过我的照片，否则光凭一岁多时的模糊记忆，她是不可能记得我的。

"是啊，真快。贝贝已经进幼儿园了。"她叹了口气。

我吞下胸中涌起的一声呜咽,再一次抱紧我的女儿,我说:"贝贝,爸爸想你,爸爸想死你了。"

从俄国某个偏远地区跑来的寒流的尾巴于当天下午掠过我们的城市,而那时我正拥抱着我的女儿,我一生中都没有感受过如此动人的温暖,生命的温暖。因为在那之前的一瞬间,我才真正发自内心地想要一个孩子。

我无知而懵懂的时代至此结束,我开始成为一个真正的父亲,即使我和我的女儿,不久又要分开。

创作絮语

本文里的孩子有很真实的影子,大部分来自于我表姐的孩子,是个男孩;最后一幕部分来自于我2001年在新疆吐鲁番一个修车铺帮助一个小女孩的真实事件;细节是真的,感受也是真的;我不知道一个男性会不会因此有这样的触动,但是至少对于我,它不仅发生了,而且强大到让我想为之写一个故事。

也许恋爱会让人想到小孩;但是小孩也可以和恋爱无关,更无涉于婚姻——那是社会的事。

对于孩子的喜爱是天性。一个人或许迟早会遭遇那一天，成文的那年我24周岁，8年后，我有了自己的宝贝，生活从此完全改变。

记得见过一个评论，说只有为人父母才写得出这样真切的作品，但其实写《宝贝宝贝我爱你》的时候，是我读研的第三年，正在北京实习。那时我尚未结婚，当然也并没有真正的育儿经验。因此，当我辛苦养育了自己的宝宝，才知道小说中的许多情节，虽然是可能发生的，但是绝非科学的育儿方法。比如孩子一发烧就送医院挂盐水，绝对是下下策啊！

大刘曾经对我提过，小说中宝宝和贝贝的打斗是个漏洞，因为孩子们见面会很高兴地一起玩，而不会打架。其实也不尽然，比如这个年龄的孩子就经常会为玩具争执。因此这次入集，我并没有做对应的修改。但原本小说中，夫妻分居了三年，明知法律中的对应年限是两年，我却因为不了解儿童成长的水平，怀疑三四岁的孩子还无法骑小自行车，硬写成了三年——反正是科幻小说，未来的事情，法律也许会改哦——我心想有人质疑的话，就这样回应吧。不过养孩子之后才发现，女儿不到三岁就可以骑小自行车了，所以完全不必要更改法条，于是我在新版中把"三年"修正为两年。

嗜糖蚯蚓[1]

白饭如霜 作家，CEO，管理顾问。名下21本著作，题材涉及小说、团队管理与女性成长。创立knowbrigde知识付费平台，为数万付费会员提供优质的培训与社交服务。

乔的家在大厦的顶楼，阳台上种满植物。玫瑰、吊兰、绿箩、仙人掌，每天，乔的妻子娜娜会为它们浇水，除虫，剪去多余的枝叶。她是一个美丽的妇人，但是失去了双腿。这世界过于危险，她从此很少下楼。

有时候她对乔说，你知道吗，我们家的玫瑰是爱做梦的，我猜它想成为一个伟大的女明星呢。

---

[1] 非人一种，形体似普通蚯蚓，有多种颜色，能改造环境以及赋予植物物种各类特性。

乔吻着她精致的手，言语和笑容一样温柔："真的？你确认它有天分吗？"

娜娜认真地点头："一定可以的。我是导演啊，我能够分辨一朵有天分的花。"

她曾经还能够分辨有天分的人。从世界最著名艺术学院毕业的娜娜，本来是百老汇导演中的骄傲公主。而一场车祸，却使她心灵重创，余生遥望电视屏幕上的舞台。

能让她快乐的，只余下乔和植物们。

玫瑰，天赋奇高，能够演歌舞剧中颠倒众生的女伶。绿箩，厚而优雅的叶子多么醒目，简直是最完美的男主角形象。仙人掌虽然平凡无奇，却具备硬朗风格，足够成为光彩的反面人物。

乔不在的时候，她这样流连在绿荫与花儿中间，喃喃细语，风不停地吹过阳台，所有的枝干都在点头回应，与她应和，欣慰而愉快。仿佛是为了将无法言语的感激表达，一直到九月，天气开始变冷的时候，玫瑰仍然在大朵大朵地开放，热烈美丽。

娜娜在深夜等到乔归来，她甚至忽略了丈夫阴沉不快的脸色，快乐地冲他叫喊："今天我午睡过后，阳台上的植物都自己移了位置了,我相信她们在排演歌剧'猫'呢,你说,我该不该帮她们念台词呢?"

乔没有如往常一样回应她,只是匆匆走进卧室里,发出他整个身躯跌在床上的巨大声音。那大概是一整天的辛苦工作后,无法拿出来分担的疲惫表示。然后一切归于沉默。娜娜不知所措地愣在门口,手中握的剧本滑落地上。

晚上,他们睡了。没有亲吻,也没有谈话。阳台上哗哗哗哗的,有很吵闹的声音。娜娜在半夜的时候,大约是在做梦吧,竟然看到家里的吊兰,在卧室的窗上晃荡,幽幽的黄色花朵,忧伤地低下头来。

这样沉默的夜晚,渐渐多起来。乔的心事逐渐广大,而娜娜的世界实在太小。谈话的时候无法互相倾听,就会那么短促,不能够填满一整块相处的空间。

娜娜在阳台上待的时间,越来越长了。偶尔乔仍然愿意蹲在她的脚下,呼唤她美丽的名字,诉说自己的思念,她的回应也不再热烈。除非问她,仙人掌的牛仔舞练成了吗?会不会因为没有办法自由移动而显得笨拙呢?娜娜眼里的爱和温暖,似乎在一瞬间就选择了新的投注方向。乔独来独往的时候,有多疲惫,就有多迷惘。

十一月的最后一天,乔很早回到家。因为那是他的生日。每年生日娜娜都会给他惊喜,也许今年也不例外。

他开门前,听到里面叽叽喳喳,音乐悠扬。当然,这是娜娜帮他办的惊喜派对。她仍然爱他。乔愉快地想,故意大声拿出钥匙,让里面的人能够及时藏起来。然后他掩藏不住嘴角笑意,走进去。

满屋子空空荡荡。

没有客人,没有蛋糕,没有派对。

甚至没有娜娜。

而音乐是怎么回事,喧哗是怎么回事?

乔搜遍屋子,重新回到客厅。他没有办法相信自己的眼睛。

阳台上所有的植物,都来到了这里。团团围出一个圆形的舞台。金盏草翻滚过来,根须按下了音响遥控器的播放键,来自韦伯的深情旋律是前奏,预示着一台伟大戏剧的诞生。

乔站在那里,看着玫瑰旋转起舞,在地板上跌倒,修长的花枝折成一个直角。看着绿箩将柔弱的花扶起，与自己紧紧连接在一起，仙人掌挡着它们一同前进的道，绿油油的刺是最致命的阻挠。相爱的植物和人一样不愿意拖累彼此，互相遮挡不如意的现实。最后却双双失去力量，软倒在彼此身旁。玫瑰挣扎着以断裂的茎干站立起来，离去，伤悲却决绝，那情绪在枝叶上、在花瓣上，蕊中露如泪眼。而绿箩，从此可以高高跳起，自由得像风一样。

乔捂住脸，热泪横流。有温柔的触感传来，他抬头看，吊兰在他头上攀着吊灯打秋千，修长的花骨朵，指向大门的方向。乔一跃而起冲了出去。去向明确，没有丝毫犹疑。

如果你是断裂的玫瑰，我将永远是你重生的枝干。无论我在哪里，你都同在。

在阳台上，一条懒洋洋的明黄色小嗜糖蚯蚓，为这诗一样的表白微笑起来，侧身躺下。明天，该赋予植物们什么特质呢？恋爱，还是经商？创造力，可以是无穷的。

蓝田半人[1]

白饭如霜 作家，CEO，管理顾问。名下21本著作，题材涉及小说、团队管理与女性成长。创立knowbrigde知识付费平台，为数万付费会员提供优质的培训与社交服务。

我在全世界流浪，等某个人，等某样东西。

等待如果有声音，一定日夜在我耳边哭泣，因它如此无聊。

光怪陆离，红男绿女。

看得多了，都厌了。

而所期待的总未出现。

这一天我在西安。看秦皇墓。浩荡兵马俑后，骄

---

1. 非人一种，精于玉石炼化。寿长，血冷。

雄沉沉安睡，千年历尽，无人得窥天颜。那张脸，我好似都已经忘得干净了。无论如何，多半不算英俊，史说他病殁于道嘛。

入神，就不慎撞了旁人。那老太太匆匆的，矮小身躯与我擦肩而过。我偏巧一张手不知想做些什么，将她推出老远。她手里捧的一个黑色瓦罐，当啷落地，脆生生的，碎了。

急忙扶起来，无甚伤损，不期然她却号啕大哭。

我在世间那么久，看过无数人哭。有些是真的，有些是假的。我有一双能看进石头里的眼睛，谁也骗不到我。

她伤心到几乎蹶地。绝不是因这一跌的皮肉之苦。

我很多时不曾说过话，或者已然失去语言能力也未可知。沉默张皇中，老太太缓缓直了身，止了声，收拾起那瓦罐碎片。没看我一眼，蹒蹒跚跚走了。

连道歉也不及道一声，我很不安，于是远远跟着。见她一路心事重重。走许久，进了栋金碧辉煌的楼，等了不过片刻，就踉跄出来了。仰头看天，有泪披面。

蓝田半人　159

在心里反复练习过,到上前去,我还是只结结巴巴说得一句:"怎么了?"是桩寻常世事,虽然惨痛不因寻常减:夫妇年高,只得一子,不料两个月前忽然一病在床。沉疴如虎,将家里积蓄吃得极干净。老头儿想了再三,祖上终究没有后人重,于是将故老相传、严令不得转卖的一个五代瓦罐自地下取出来,交给老伴去卖。买家得人介绍,愿出三十万,给爱儿换心养命的。

不料梦碎在我无意一伸手里。

人类那么喜欢迁怒,该怪罪的正主儿面前,老太太却未出一句恶言,只失魂落魄走去,一边走一边碎碎念叨:"命啊,命啊,都是命啊。"

什么是命?

谁晓得?

我也不晓得。

却是个好借口。我也要踌躇人间,历千万寒暑。不是命,那为什么?

没人帮我,好在我可以帮人。

赶上去,拉住她,适才不慎撞她跌地时,我已经瞥见她胸口悬一块翠玉。浑浑浊浊,不成颜色,好在不是玻璃。我劈手便抢了，握到掌心里，自我冰冷血液中有一丝暖流转出，围住翠玉，抽丝般绕、绕、绕。一层一层地吞吐。管不得身后老太太一边给我拉着急跑，一边又慌又怒，拼了命地呼叫。

一直跑到了本城最大的珠宝店，闯进去，我排开众人，拣了块细红绸子重重叠叠铺了，手心盖上去，无声无息，那块玉落在柜台上，仪态使人泣，绝美不可方物，柔如三千尺春水，却转瞬间可盲四周人眼。一时哗然，一时默然。后台的师傅听到动静，悠悠出来只一看，立刻腿都软了，连滚带爬过来双手环住，一迭声喊："要多少钱，要多少钱，多少我都给，都给。"

悄悄出门来，看天色近晚了。今晚去哪里呢？

我手心里淡淡热。那里有些灰浅浅堆聚着，吹口气，散了。

将劣玉中杂质全去，换种更容，成稀世奇珍，不过丁点大事，麻烦的在后头。

遥遥看万家灯火，一路走，又见兵马俑。

我对自己苦笑。

这中间不世出的君王，尸身侧有一枚九子白玉连珠寒水夺心碧。我彼时年少，在咸阳道上游荡，见他病得凄切，竟忍不住经手施法，使此玉几可生死人，肉白骨，可惜，毕竟迟了。我没抢及，那玉跟他下了地宫。

蓝田半人炼化过的美玉，总会在若干时代后恢复顽石的本相，并非永恒。而蓝田族禁令言明，枉添奇珍，扰乱衡常，不等复本态，不得返家园。我每多出手一次，就要在世间多游荡无数年。

等完了这个，等那个。

一直等着。

春天来临的方式

王诺诺 科幻作者,曾获2018年中国科幻银河奖最佳新人奖、2018年冷湖奖一等奖、2019年冷湖奖三等奖、2019年晨星奖代码专项奖。已出版代表作《地球无应答》,作品连续三年入选人民文学出版社《中国最佳科幻作品》。

一

少年句芒在晨雾里奔跑,汗水被深深浅浅地甩到泥地上。

村子三面环山,溪水盈盈一绕。这里的围屋一圈套着一圈,瓦是青色的,句芒就从一个个青色的夯土圆环中穿过。

围屋和稻田被飞快甩到后头,见到小青的时候,薄薄的雾气压在河面还没散开。小青手里有一只竹篙，模模糊糊地立在船上。

"你要走也可以，能不能带上我？！"句芒喘着大气喊。

小青不回答。

晨雾消散开，句芒的脸被太阳蒸熟了：

"你不能一个人走……你……你得嫁给我！"

一只水鸟从蒿草中一蹿而过，河面出现一串波纹。

"……你说嫁就嫁了？我可比你大。你还没桌子高的时候，是谁背着，给你摘柿子给你吃糖？"

"但这些年我长高了，你却一直这副模样。肯定有一天，我年龄就比你大了！"

"年龄不是这样算的，"小青忍住笑，冲句芒招招手，"那你过来，上船来，陪我一起去南溟。"

"去南溟做什么？"

她抿着嘴想了想，"……等我这一趟差事办完了，就都听你的。"

句芒一句话都再没多问，向前一步跨上了船。船吃水不深，左右晃了几下停稳了，太阳摇晃着照到小青脸上，皮肤上有层汗珠反射细颗粒的光，她的眼睛像两颗甜葡萄。

二

小青弓下身子,用竹篙向河床一撑,船缓缓送了出去,波纹扩散开来,一河的朝霞被搅拌均匀了。

"刚刚说的可是真的?这趟回来你就要……嫁……嫁?"

"我只说'我们就不分开',可没说嫁。"

"不分开就好!今早听说你再也不回来了,吓得我满村找你!"句芒顿了一顿,"这到底是个什么差事?快点告诉我,帮你做完了我们就回村子!"

"差事倒也不难,是……让海棠开花。"

句芒皱眉:"你说哪一盆?这值得提么,每天浇浇水而已。"

"不只一盆。是世界上所有的海棠,让它们都开花。"

句芒睁大眼:"全世界的海棠?都要浇水修剪,肯定忙不过来!"

小青看着句芒笑了:"你还不明白,让海棠开花的,不是浇水修剪,也不是园丁,而是春天。"

"春天?"

"嗯,春天。每年这个时候,我都要把春天带回来。"

天还冷,河两岸的田园风光没有醒,光秃秃,灰蒙蒙,向后匀速倒退。小青坐下,竹篙放在身旁,她托着下巴,手肘撑在船舷上。

"你看,南溟。"

句芒顺着她的手望去,河向东流到了尽头便是海,水深骤增。目之所及的最远处有一个岛。

"去那个岛上?"句芒问道。

小青点点头:"对,但竹篙够不着海底,我得请它们来帮忙。"

说罢,她从衣服夹层取出一只又小又旧的埙,起身吹起来。句芒太熟悉这支调子了,过去小青就是这么哼着,唱着这支调子,他听着,和着,然后他便慢慢长大了。

"它们来了。"

句芒感觉到,海面之下看不见的生物正牵引着他们,小船行进速度骤增,激流在船舷边卷成了密集细小的旋涡。

等南溟靠近了,他才看清,那小岛的悬崖上烧着灶，灶上放着一口锅。

锅和炉子都很大，扣下来也许跟村里的围屋一样大。句芒想，要是这样的炉子和锅用来炖汤，烧好一锅是不是够全村人喝一辈子？

在庞大的炉子的衬托下，祝融成了一个微不足道的小黑点，句芒记得每次在村子里见到祝融，可都是仰头也看不清这个巨人的脸。此刻他挑着一捆数倍于身高的树枝，往灶里扔。多粗壮的树枝，一进炉子就被火舌吞了。祝融躲开升腾的热浪，擦掉汗水走下山崖，又去寻找薪柴。

赤松子乘着他养的鹤在岛的上空盘旋。鹤将一小片乌云衔拽到大锅上方，再快速挥舞羽翼，乌云化作一场小范围雨水，噼啪落进大锅里。

"这口锅和这个炉子，是娲皇补天时炼五色石的。后来天不漏了，就留给我们用来烧水。"小青说。

"烧水？赤松子和祝融平时的工作就是这个？"

"对，但他们也有别的工作——世界上干旱缺雨的地方赤松子都要去施雨，他养的仙鹤用羽毛和喙把空气里的水汽一点点拢起来，再用翅膀扇出风，高速气流让乌云温度骤降,饱和的水汽凝结出来,水滴的重量超过了空气能够承托的极限,落到地上就成了雨。至于祝融呢,他司火,在南海养了好多萤火虫,天一黑就要去把萤火虫放出来,虫子飞到世界上每一户人家灶台里,灶子就被它们尾巴里的火种点着了。"

"难怪我在村里总见不到祝融和赤松子!所以……村子里的人都有类似的工作?"

"嗯,成年之后,都是有的。比如嫘祖擅长缫丝和纺织,每天傍晚会赶织一匹云锦。她把云锦铺在水面上,云锦的颜色会晕染开,从水里染开,再染到水边的天上,那就是晚霞。我的爷爷掌管百草,能治病的草种子比有毒草的粗糙,他用小筛子把药草的籽筛出来,飞廉再一口气把草籽吹到大地上……一年四时更替,世间万物的运行都有规律,我们村子里的人负责维护自然的规律,从古至今,一直如此。"

三

在赤松子和祝融的努力下,水很快烧好了。满锅鼓起了泡泡，它们炸开又飞溅出去，小青知道，启程的时候到了。

她又对着大海吹起埙来，也许是因为乐器形状小的缘故，那声调像丝绒一般，句芒在旋律里闭上眼睛，仿佛听见了大海深处的暗涌。

等再睁开眼，他终于清晰看到了大鱼们的样子。

它们的体型很大，横向的尾鳍高昂翘起，露出海面就是一面面绯红色的庞大旗帜，背脊如同浮出水面的流线型岛礁，在海浪的拍打下，纹丝不动。

"太不可思议了……它们究竟是什么？"

"是大鱼！"小青把自己的刘海别到耳后，但很快海风又把它们吹乱了，"来，跳上去。"

"又要坐这个？"

"对！坐着它们去北溟。"

落到大鱼身上的那一瞬间，句芒感觉到自己接触的不是鱼鳞，而是粗糙如礁石般的皮肤。

大锅在悬崖边被缓缓倾斜，一锅开水顺着崖壁泻下，好大一片海水就开始冒蒸汽了。那一群大鱼——大约有五十条，呈U型口袋状排列好，将被加热的海水包裹在口袋里，一齐缓缓向北移动，句芒和小青坐在中间一条鱼的背脊上,它似乎是体型最大的一条。

"它们不怕烫?"句芒问。

小青摇头:"加热的水轻,浮在海水上,大鱼们也浮在海面,从南溟往北游,热水也就被带过去,这就是洋流。洋流带来了湿润的空气和热量,水汽上了陆地遇到冷气团就会下起春雨,万物生根发芽,这就是春天。"

"所以——把温暖的洋流从南带到北,这就是你每年春天的工作?"

"对,"小青指向它们路过的一个小岛,"你看!"

岛不大,正从他们视野里飞快掠过。

在他们经过的瞬间,原本土灰色的岛从鹅黄到草绿再到碧绿,一场小雨洒到石头缝里,灌木就从灰色的石间钻出,几棵光秃秃的小树迅速抽条开花,招引出蜂蝶。以肉眼可见的速度,岛上的春天来了。

不仅仅是这个小岛,每一个岛,每一片远远掠过的大陆,都在他们经过的那一刻沾上了春天。在温暖的春雨里,冰冻的河流溪水凌汛,鸟类昆虫和小型兽类苏醒,植物都开出了花……就像一种高强度传染病，春天势不可挡。

同时，洋流的到来，也翻搅了大海深处磷虾的尸体，它们上浮形成白色的海雪，这正是鱼类最好的食物。沙丁鱼群追逐着小青和句芒的踪迹，时不时因为争食，海面上掀起一片银白的鱼肚皮。

句芒坐在温暖的海风里，看着太阳和鱼群一起渐渐沉没到海平面下。他指指脚下，"它不会突然潜进水吧，那样我们都会淹死！"

鱼群往北移动，夕阳照着小青的侧脸，是一个橙红色的剪影。

"那就要问问它啦，"小青蹲下身，抚摸大鱼裸露出来的背脊，"鲲，你会吗？"

只听见从海洋深处传来一声悠长的鸣叫。

四

夜晚来临的时候，大鱼放慢了速度，一片陆地出现在眼前。

趁着涨潮，鲲把他们送到崖石旁。海湾里风浪很小，星星清晰倒映在水面上，有几条活泼的大鱼一跃而起，从一片星空跳向另一片星空。在落水的一瞬间，尾鳍上的明亮的水珠甩向更加明亮的满月。

"它们这样胡闹，热水不会散开吗？"

"不会的，一部分鱼围成一个圈兜住热量，另外一些去找吃的或者休息，到了下半夜再换班。"

鲲低沉地鸣叫了一声，从水中跃出大半个身子，掀起的巨大波澜像一朵凭空开在海平面上的海棠花。小青应声回过头，正好看到了花开的一幕。

仿佛这朵花，就是鲲送给她的。

"我觉得这条鱼……很喜欢你。"

"那是当然，在你这个年龄，我还以为自己会嫁给他呢。"小青甜葡萄一样的眼睛里充满笑意。

可是句芒觉得这种玩笑一点也不好笑："你想嫁给一条鱼？"

"每个人都会变成一条鱼的。"

他皱起眉头："这我不管，反正你已经答应了，和我永远在一起。"

"还学会吃醋了？答应你的我记着，来，一起帮我干活儿吧。"

小青俯下身探进草丛，窸窸窣窣找了一会儿，举起一块黑乎乎的石头:"哈!就是它!"

"这是什么?"

"流星!"

"不可能,流星怎么那么黑,而且……它不应该在天上么?"

"流星的表面和大气摩擦,产生了光和热,那时候它才是亮的,其他大部分时间都长这样。不信的话……你看!这颗流星后面还绑着愿望呢!"

句芒凑过去,果然,煤一样黑的石头上有圈细线,细线尾部连了几团纸,他把最前面的一团展开,借月光读出来:"……我想一夜暴富。"他抬起头看向小青,"这是什么意思?"

"看到流星的人类许下愿望,愿望就会蹭上流星的尾巴,跟着一起飞上天。流星到了天穹最高点时,如果玄鸟从旁边飞过,看到了愿望,便会让愿望实现。喏,所以,这个人要走财运啦。"

句芒又展开第二张纸团:

"希望妻子的……病……好起来?嗯?这张写得真乱,后面的都看不清了!"

第三张、第四张也是这样,字迹歪歪扭扭,甚至

春天来临的方式　173

读不出完整的句子。

"只有第一个看到流星的人的愿望会被清晰地记录下来，后面的会越来越模糊，玄鸟看不清，他们的愿望就不能算数。"小青说。

"也就是说……希望妻子康复的人许愿作废了，但是想一夜暴富的，就梦想成真了？这……也太不公平了！"

"许愿都是为了满足自己的欲求，没有高低贵贱之分。"

句芒反驳道："当然是分的！爱一个人，爱自己的妻子，才会许这样的愿望，比只想着暴富的人高尚得多！"

"……爱？那只是很小的爱。"

小青不再争辩，将石头上拴着的细绳一一解下，再将光溜溜的流星向东抛去。她力气不大，但流星一进入夜空，惯性就能使它一直向前。

"把旧的愿望清理干净，流星就能重新收集愿望，再运送给玄鸟。我们现在站在世界的最西边，从这里把流星扔出去，天上空气稀薄阻力也很小，它能一路飞到世界最东边再掉下去。等到了最东边，还要把流星捡起来往西扔。"

于是，句芒跟着小青在草地里捡起了流星。他偷偷耍了一个心眼儿，每次把流星丢出去的一瞬间，都马上许下一个愿望：

"和小青永远在一起。"

他清楚地知道，没人比他更早看到这一颗流星，所以，愿望一定会清晰地写在纸团上。他丢出去那么多颗流星，那么多张纸条，那么多个相同的愿望，玄鸟一定会成全他的吧？

五

从世界的最西边出发，几天之后就到了北溟。

在大海中高耸着一块十几米的细瘦石柱，那里标志着世界的最北端。热水在长途奔袭中失去了温度，大鱼们也不再保持队形，渐渐散开。

句芒试探地向小青问道：

"你看，春天全都送到了，你是不是应该嫁……"

"现在已经快到中午了，天居然是黑的。这个样子怎么会是春天呢？"小青盯着句芒反问。

句芒着急了："怎么还没完啊？！难不成……还要我们来修改太阳升起来的时间？"

"那是地轴。"小青指向远处海里的石头柱子，"太阳的运行轨道和大地有一个夹角。夹角大的时候，太阳就在北边走，北边的天空长度短，所以白天短。夹角小的时候，太阳在我们的南边，南边的天空很长，太阳走完南天要好久，白天变长了就是夏天。"

"那……这跟地轴又有什么关系？"

"地轴从北溟一直深插入地心，在地心它连接着一个齿轮。盘古开天辟地后，他的心在大地最深处变成了齿轮，心脏跳动的力量让齿轮每天转动一点点，上头的大地也就跟着慢慢倾斜。这样渐渐调整大地的角度，太阳照射的时间有规律地变化着，才能四时有序。"

"那让地轴和齿轮自己去转，白天不就变长啦？"

小青摇摇头："可是后来共工撞上了不周山，大地承受太大的冲击力，把那地心的齿轮给撞坏了，不那么好用了。每次从冬天到春天，齿轮运行一半便会卡住，需要外力才能扳过来。"

他们说话间，鲲渐渐游近了地轴，句芒发现，那根地轴大概是玄武岩做的，黝黑色。与水交界处长满了灰白的藤壶。一些麻绳杂乱系在上头，它们已经被盐渍腐蚀得粗粝破烂。

小青试图把其中一根麻绳系在鲲的背鳍上，这本不是一件容易的事情，多亏鲲的背鳍上有一个经年被绳索牵拉磨出来的凹槽，小青找到着力点，这才把绳子拴好。她完成这一切工作，便低头对鲲说道：

"明天，你的轮回就结束了，你带着我在村里长大的日子，就像昨天一样……八千年很快的，我的轮回也会很快结束……"

她的音量不大，但句芒太熟悉了……它是柔和的，舒适的，轻易能振动他的耳膜。

"你的轮回？你要轮回到哪里？"句芒不安问道。

"我说过了，等这一切结束，我们就在一起。"她头也没抬，又捡起一条绳索系在另一只大鱼背鳍上，"不分开。"她补充说。

句芒见状，学着她的样子做起了相同的工作。

六

等他们将所有大鱼都绑好了连接地轴的麻绳，东方也泛起了鱼肚白。小青告诉句芒，在冬天的最北方，只要他们不扳动地轴，东方就不会出现太阳，亮光很快要消退，夜幕又会降临。

小青又吹起那只埙，于是在熹微的光里，几十条大鱼们只剩一片血红色的背脊露出海面，它们一起朝西用力游去。绳索渐渐绷直，在强大的张力作用下，海水一滴滴地从麻绳中绞出来，每一滴都映出一片海棠色的天空。

很快地，在大鱼们的集体发力下，地轴发生了微小的转动。句芒听见"咔啦"一声，大地的角度跟着发生了变化——似乎就要成功了——

但扳动地轴的副作用也很明显，海平面同时发生了倾斜，一波大浪从远处涌起。隐隐约约能看见，海水如同高墙一般，从南天边轰隆隆地压迫过来。

"这怎么办！那么大的浪打来，我们会死吗？！"在海浪的巨大声响里，句芒朝小青大喊。

"快蹲下，地轴角度调好了，海面就会恢复平稳。"

大鱼们注意到了海面的变化，它们迅速集中，身上的绳索编织成一片，似乎想用集体力量来对抗巨浪。

"抓紧我。"句芒用绳索把他俩和鲲拴在一起。大浪越来越近了，比围屋还高，比小山还高。

变化的海水搅动了上方的空气，不消一会儿乌云便在他们头上聚集，云层互相摩擦，电闪雷鸣。狂风带着腥味吹来，但鱼群还在高速扭动尾鳍，一起向西发力，拉扯着几近绷断的绳索。

句芒感觉到，鲲粗糙皮肤下的肌肉因为紧张而开始充血。

他死死搂住小青："浪太大了……鱼群没有办法向同一方向使劲儿。"

"鲲，你听到了吗？浪太大了！那就用翅膀，用翅膀挡住海浪！"

"它是鱼！鱼哪来的翅膀！"句芒喊道。

"大鱼都有的……"小青的声音低下去，"好多年之前，我也问过鲲同样的问题。他曾经和我们一样有双脚双手，他看着我长大，每年把春天带回来。"

他们浑身湿透，小青在句芒的怀里说道，不知她是说给鲲还是说给自己。

"后来呢？他变成了鱼？"句芒问道。

"嗯，我也要变成鱼，我们最后都要变成鱼。"

"我也会变成……鱼？"

"你也会的，但在那之前，你还有事没做完。从今天开始，你要接我的班，每一年都把春天带回来。"

不知道是不是因为风浪太大，小青的声音变得缥缈模糊，她没有理会句芒的疑虑，继续说道："八千年前，鲲带着我第一次从南溟来到北溟，第一次教我怎么把春天带回来。八千年了……鲲，马上要到人间去了，你……开心吗？"

鲲显然听懂了，猛地一加速向前，挣脱绳索，冲出了水面。

一对血红色的短小侧鳍向两旁舒展开，变成了一对没有羽毛的翅膀。翼展以不可思议的速度向远方无限延伸，它在晨光中飞向巨浪。

句芒扎在鲲背上，这是他第一次悬浮在空中俯瞰世界。

大鱼的躯干是一座飞翔的岛屿，穿过它的身体望向海面，风暴里的海是广阔黢黑无边无际的，庞大数量的鱼群在大海里，变得渺小，它们还在奋力拉扯着地轴。

东方天际的白色越来越多……这意味着鱼群快要成功了，它们一寸寸把地轴扳过去，太阳就会一点点露出来。

然后整个世界的春天就会真正地到来。

春天……

句芒的意识渐渐恍惚，想起了春天稻谷茶山的碧绿色，想到围屋的瓦片被暖阳晒得暖融融的，自己坐在上面觉得屁股烫，想起奶奶养的猫每到春天就要下一窝毛茸茸的崽，想起春雨里，小青打着伞把还是孩童的自己抱起来，雾气和雨水沾上了她的睫毛、她甜葡萄一样的眼睛。

他不止想起了这些——

　　北冥有鱼，其名为鲲。鲲之大，不知其几千里也。化而为鸟，其名为鹏。鹏之背，不知其几千里也，怒而飞，其翼若垂天之云……

浪峰就在他们眼前了，水汽扑面而来，他抓紧了小青的手:"我好像明白爱是什么了。"

小青笑着点点头:"那你就成人了。"

然后鲲撞上了巨浪。

七

句芒醒来的时候,海面恢复了平静,身上系着的绳索另一头是空的,小青和鲲都不见了。太阳从东方地平线探出头,金色的光线洒在他的皮肤上,海面上,还有微风里。

他知道地轴扳过来了。

鱼群筋疲力竭,随波逐流。没有一丝风浪声,耳朵旁边安静极了。他在一条鱼的背上盘腿坐稳,一个人静静地看完了日出。

日出?那也许是羲和?他每天赶着马车把太阳从东边接到西边?句芒猜想道。他知道从今往后,他看世界的方式与之前再也不同了。

春天的阳光一点点蒸干了他的衣服,这时上衣口袋忽然抽动了一下。

一个娇弱细小的生命被他掏出了口袋。一尾红色的鱼，比金鱼要小，侧躺在并拢的手指上，用尾鳍拍打着他的掌心，又凉又滑。

他连忙掬起一抔海水，鱼便在他手掌里翻过身来。

这个时候，他看见，小鱼长了一双甜葡萄一样的眼睛。

他知道这条小鱼八千年后也会长得和一座小山一样大，那个时候她便完成了自己的使命，会投身到人间，变成一个最平凡的人类。他也知道八千年后，自己也会变成一条鱼，年复一年地做运送洋流、牵拉地轴的苦活儿。但他还知道灵魂想要变成人，都得有那么一遭儿，用一万六千年在海上经历一万六千回，弄清楚了爱是什么，才能长出一颗人的心。

爱是什么？

句芒觉得海棠花很美，现在，他想每一年都把春天带回来。

"小青，我们还要在一起八千年啊……"

句芒掏出埙吹起来，渐渐地，大鱼们一条条苏醒，他们就开始往南回游了。

春天来临的方式

应龙

凌晨 中国科普作家协会理事,中国作家协会会员和北京作家协会会员,科普与科幻小说作家。创作科幻小说多年,题材涉及航天、海洋、生物、人工智能等,至今累计创作二百余万字,代表作有《月球背面》《潜入贵阳》等。其中,短篇小说《信使》《猫》《潜入贵阳》获得中国科幻银河奖。短篇小说《太阳火》和长篇小说《睡豚醒来》获得中国科幻星云奖。中篇小说《凌波斗海》获"大白鲸"原创幻想儿童文学奖。

门拉开,骤然出现的黑暗和灰尘让人颇不适应。在一连串几乎窒息的咳嗽后,助理扶住摇摇欲坠的眼镜,举高手电。年轻男孩儿挠挠染黄的卷发:"爷爷值钱的收藏都在这里了。"

"但愿找得到真正值钱的,"助理找不到电灯开关,无奈地跨前一步,又是剧烈的被灰尘呛到了的咳嗽,"否则,我们就没有钱买下这房子了。"助理眼中流过一丝忧伤,"只好任它被拆掉修商业中心了。"

男孩儿的长腿跨过高低不平的家具,小心不碰到随意堆叠的瓶瓶罐罐,绕开大大小小不同材质的包裹——他叹气:"还是得把东西都搬出去才好……"转身之间,一摞高高的物体终于松散,不待男孩儿反应,就扑落在石板地上,碎成陈年的灰尘。助理一声叹息还没出口,那男孩儿却惊叫:"啊,这不就是爷爷画册中的官窑瓷器?"手中捧了一件形状古怪的瓷器,衣袖擦擦,顿时莹润清明,青色的釉面上繁复花纹仿佛新织。

助理看过那画册不知道多少遍,几件瓷器的尺寸特征早烂熟于心,此刻眼睛一亮,急忙凑近,手电筒差点碰到瓷器上。

"小心!"男孩儿提醒,"这可是稀世珍宝。我还以为爷爷开玩笑……"

那瓷器在助理手中转动着,壁上纠缠成一团的花纹渐渐清晰,青色的云,青色的波涛,一朵朵一层层错落排布,其中穿行一条飞龙,姿态矫健,栩栩如生。器口花纹一侧,横排楷书"大明宣德年制"六字款。

"就是它了。"助理的声音都颤抖起来,"就是这件青花应龙纹冰鉴,不仅仅它本身很珍贵,而且它还藏着一个秘密。"

男孩儿嘴角露出笑意,"切,你还得寸进尺了,爷爷画里的东西有,并不证明他老人家说的每句话都对。这瓷器官窑编号都有,还能有什么秘密!"晃晃手中的手电,"今儿有这收获,也不枉来祖祠,走吧。"

"等等!"助理忽然喝道,将瓷器高举到眼前,对着手电光细看。

"怎么?"男孩儿条件反射般问。

"这是夔龙,不是应龙!"

"怎么会?这象鼻卷尾、二足三爪,还有这翅膀和犄角,不是应龙还能是什么龙?"

"你仔细看,这龙有鳞片吗?应龙可是有鳞片的。还有,它嘴里干嘛叼一朵花?含花的肯定是夔龙啊!"

男孩儿的脸色也变了,应龙有价,夔龙无市,他要一只夔龙来做什么?

"可这编号不会是假的啊,"男孩儿不解,"明明该是应龙,怎么会变成夔龙了呢?"

两个人面面相觑,这只应龙到哪里去了呢?

应龙被封入一只明朝宣德年间的瓷器,已经六百年。它慵懒地躺在天空与海洋间,云朵和海水交际处,粗壮的身躯蜿蜒数里,在缓慢而悠长的鼾声里微微起伏。六百年的时光中,肥厚的绿色苔藓爬满了应龙全身,覆盖了它金灿的鳞片,并且积蓄了大量雨水。湿漉漉的应龙越来越像一座遍生沼泽的茂密山丘,只有犄角还冲天直立,卷曲盘在角上的龙鞭,随时有奔脱之势,还多多少少保留了一点龙的威严。传言龙眠要三千年,而许许多多生命只有几天生存的时间,于是鱼虾在龙鳞的缝隙间繁衍,吸引大群的捕食者——云朵样降临的群鸟,肆意在应龙身上奔跑,追逐着蹦跳逃生的鱼虾。应龙四周无比喧嚣,无比生机。

应龙对身外事物置若罔闻,它一直闭目不语,深陷在馥郁的沉醉中,呼吸中的酒气,隔了六百年还不曾消散。顺着龙呼吸气息的方向,在龙鼻嘴附近生长出一丛丛的酒花:白色的是米酒,金色的是黄酒,绿色的是果酒，紫色的是蜜酒。这花儿十年一开，十年结果，花开后结出的果子，是这应龙世界里的大餐。那时候连云朵和海水都会醉红，鸟儿和鱼虾们狂欢之后，瘫倒在苔藓的丛林里，不分敌友，亲密无间。

酒花开了谢，酒果结了生，过了三百年，龙睁开了左眼。那瞬间所有的喧哗都停止了，鸟儿们再怎样扇动翅膀也无法飞行；苔藓和鱼虾，被龙甲中的炙热煎烤得同时尖叫。海水汹涌地淹没云朵，试图在应龙摆尾飞跃上天之刻，和它一起奔腾。

但龙粗壮的身体一动未动，它忽然急促的呼吸又忽然缓和下去，依然是悠长的节奏。鸟儿们重新飞起，翅膀连着翅膀，组成一片片飞翔的云朵；龙鳞冰凉，雨水清冽，苔藓和鱼虾滋润着。龙原来并没有醒。

龙其实也没有睡，它只是喝了那道士秘制的百酿千蒸陈香酒，醉倒了而已。龙的心脏，被酒精麻痹，跳得很慢很慢，不足以带动全身的血脉筋骨。所以龙就躺在那里，任时间水一般地在它身上流淌。

直到一个熟悉而又陌生的声音，如惊雷般在天空外海洋深处炸响，龙的心脏才骤然剧烈收缩，一个六百年前产生的念头，才终于被传入龙脑，缓缓地在神经中枢里游走，试图激起那些灰色神经细胞的兴奋度。

那念头是：我，应该就此醉死，终于可以不必理会人了吧？

人？应龙左眼眼皮一挑，半打扇贝从它眼皮上滑下去。人是一个很尖锐的概念，让龙浸泡久了酒精的大脑不舒服。

人！微小的不适通过一条条细如毛发的神经纤维传递，颤动越来越剧烈，最后如霹雳般击中龙魂。

人——龙魂陡地清醒，茫然四顾。天地鱼鸟，草木花虫，万物霜天竞自由，独不见人踪。

人的声音还在龙耳边回响："是应龙，是应龙，不该是夔龙！"

应龙，第一个这么叫它的人是黄帝。对，就是额骨隆起的黄帝，将它从祭司的刀下救起。祭司认为，一条家养护院的蛇不该生育长了翅膀和犄角的怪物。但黄帝带走了它，抚育它，给它名字——应龙，人给了你生命，你就要对人百呼百应，这是你此生注定的命运。应龙在黄帝身边长大，部落一年的粮食不够它一顿饭，黄帝六间大的房子只能容它放下自己的头。黄帝说——应龙，蚩尤那个部落的人和我们作战，你去助阵吧。应龙就去涿鹿那地方，展开背部宽大的翅膀，于是天地间风雨飘摇。看着蚩尤的人马溃不成军，黄帝很高兴。但是转瞬间大雨的方向就转变了，蚩尤找来了风伯、雨师，他们控水的本领胜过应龙百倍。黄帝的笑容僵硬了，大雨淹没了他新得的土地。

想起这样的失败，应龙不由得叹息，酒花在它叹息声中碎裂，酒气四溢。

人为什么还要找它？是因为它那金黄色灿烂的鳞甲吗？还是那能刮起旋风的巨翅？大禹在南方的山林中找到它——应龙啊，你必须出来，平息这浩瀚的洪水。于是应龙就飞出了山林，举起巨大的尾巴拍打地面，地面上便应声出现一条河道。洪水被引入河道，规规矩矩流向大海。大禹笑了——应龙啊，你以前没有帮好黄帝，现在终于做好一件事情了。

回忆到这里，应龙有些兴奋，深吸一口酒气，晃晃硕大的脑袋。头顶的苔藓一块块震落，鱼虾纷纷掉入龙口。应龙咀嚼着，和大禹在一起的时候，可是没吃上什么东西。那些日子，就是掘开一条又一条河道，疏导着洪水奔腾入海。大禹和他的儿子驾船跟在后面，碰到狭窄的山谷或者宽阔的盆地，他们会坐到它翅膀上，呼啸着飞越咆哮的洪水。为尽快退洪，它一夜之间掘了七七四十九条河，头晕眼花，有一条河掘错了方向，河水倒灌，淹没了刚刚耕耘的农田以及一个村落。人们在洪水中哭喊，尸体漂浮在水面上。年轻的应龙慌张起来，伏在入海口，等大禹治罪。

应龙停下了牙齿的运动，鱼虾碎肉和着唾液从唇角流出去，血红雪白一堆腥臭。龙好似看到自己，就在东海的入海口，大禹挥动双手，雷电就从天宇深处击下，将它的脖颈切断。巨大的龙头骨碌碌滚到海的深处，龙血从颈部喷涌出来，染红了八百里雪白雪白的海滩。

大禹成就了神威，而它潜入海底。凡人的力量怎么能杀死一条龙，是它心甘情愿配合大禹演一出戏。它却不知道，它召唤来的雷电竟然真要了自己的命。幸而龙魂不灭，在海中历经四千年，凝聚实体，应龙终于从海水的泡沫中再次诞生。

千年后的世界，帝王竟然将它的影像绘在自己的衣袍上，他们求长生不老，求江山永固，应龙只是一条龙，它应付不了帝王们源源不断无穷无止的欲望。

于是它甘愿酩酊大醉，被一位以猎龙为生的道士封印——应龙，你无大罪，饶你不死。那道士振振有词。

只是为何，我的生死，都要由人来操纵？

龙愤然仰头长啸，声震四野，世界顿时凌乱，所有的繁荣顿成混沌，只有龙孑孓而立。

整个房间都在晃动，男孩儿还没反应过来，助理一把将他拉出房间，爬上陡峭的石楼梯。男孩儿手中的瓷器隐隐发烫，几次都要脱手，他死死抱住。地下库房轰然倒塌，变成一个大坑。他们被震动的大地掀翻，险些陷进坑里。助理将男孩儿拉起，两个人惊魂初定，检查手中的瓷器。忽然瓷器从中间炸开，一缕龙形青烟腾然升空，顷刻间化成一条金龙，挥动双翼，身姿矫健，在老宅屋顶盘旋一刻，跃入天宇，无影无踪。

龙现的场景恰好被附近电视台记者拍到，张氏祖祠从此被当地人视为神物，得以在那一带老城拆迁中幸存。

得玉

顾适 科幻作家，高级城市规划师，银河奖、华语科幻星云奖金奖获得者。2011年起在《科幻世界》、《超好看》、《新科幻》、Clarkesworld、XPRIZE等国内外杂志和平台上发表科幻小说二十余篇，出版个人合集《莫比乌斯时空》。多篇作品被译为英、德、西、日、意、罗马尼亚语等多种语言，代表作《赌脑》《嵌合体》《莫比乌斯时空》《倒影》等。

相传东海上有一无名小岛，岛上有一眼泉，名为玉泉。玉泉每三年才出一次水，每次只有斗余，待干涸，便凝为白玉一块，玉泉由此得名。女子若饮了这玉泉水，便能青春不老，男子若得了白玉，可坐拥金山银山。因为有此一说，想要找到玉泉的人成千上万，却都无功而返。

民国年间，有一个前清的太监，名叫得玉。据说是当年慈禧太后听了玉泉的故事，命他去找寻，又赐了这么个吉利名字给他。谁知玉泉还没有找到，太后已经殁了。得玉干脆在自己的名字前面加了个魏姓，取"未"的谐音，"未得玉"是也。

魏得玉没有跟随溥仪皇帝北上满洲国，卷了宫里的几样东西逃出来，在京城西边的百万坟住下，讨了个哑女做老婆，从街上牵了个小乞丐当儿子，如此也算安顿下来。

再说魏得玉卷出来的几样东西：两幅前明的山水画、一块珐琅西洋表，另有一条龇牙咧嘴的古怪铜鱼。这铜鱼上既无名家落款，长得又奇丑无比，若非两只鱼眼上镶了宝石，实在是不值什么钱的。为了置产业讨媳妇，魏得玉卖了画；后来两口子坐吃山空几年，他不得不又卖了西洋表和鱼眼睛，再用余钱圈了几亩地种菜养活自己。等到日本人打京城的时候，这一家子又穷得叮当响，手头却只剩下这条没眼睛的丑鱼了。

这一日，魏得玉将铜鱼系在腰上，又从家门口的菜园子里拔了些新鲜的萝卜和白菜，打算进城卖掉，换两斤大米回家。谁知才到城门口，便听见远处火炮齐鸣，说是南郊又打起来了。魏得玉心下仓皇，但想着百万坟离城不远，而且日本兵惯常不会打到西边去，便还是守在城门口。等晌午过后，才匆匆由西直门进了城，用卖菜的钱拎了一口袋玉米面。再转过街，奔东边想去当铺，可没走几步又听见远处隆隆的炮响，便想还是先回家去。

魏得玉转了方向，才走到一半，就被路人告知城门已经提早关了。他一时惆怅非常：身上大子儿没一个，只有一袋玉米面，想投宿都不知该敲哪家的门。他在街口徘徊再三，眼见着天色擦黑了，周围的人越来越少，咬了咬牙，终于决定走当年逃出宫的那个狗洞，摸回紫禁城里，寻个空屋子睡一晚。

说起来，自南郊打仗的第一日起，党国就开始把故宫里还存着的那点宝贝流水价往外搬，很是忙活了些时日。魏得玉来的这一晚，已经搬得差不离了。自溥仪皇帝走后，紫禁城里便传出闹鬼的传言，再没人住。尤其天黑以后，整个护城河以里空空荡荡，连个人影都瞧不见。这个曾经的小太监倒不怕这些，他趁着日落前的最后一点亮光，利利索索翻进西六宫，寻了个尚有床榻的屋子美美睡下。

睡到半夜，魏得玉忽然听得一个熟悉的声音说："哀家让你寻的玉泉，你找到了没有？"

魏得玉听见这个声音，浑身一个激灵，一骨碌爬起来。却见四下烛火通明，西洋大座钟哒哒响着，几个侍卫一字排开站在侧旁，身后的床榻铺着绫罗，悬着纱帐，面前一个瘦长脸的老太太，戴着尖利的长护甲，不是慈禧太后是谁！

魏得玉扑通跪倒，脑中一片空白，只凭着一条皇宫里浸了十年的舌头，回道："启禀老佛爷，这些年奴才从未倦怠，一直在找呢。"

"无用的东西。"慈禧冷哼一声，"来人，把这废物给我拖下去打死。"

两名侍卫一左一右将他架起来，魏得玉一时间吓得魂都飞了，高声呼道："找到了，奴才找到了！"

等侍卫一松开手，他连滚带爬向前几步，从腰上解下那条铜鱼，说："启禀老佛爷，这就是那无名岛……"

他话未说完，已被大太监李莲英狠狠打了一个耳光："你还想骗主子么！"

魏得玉不敢去擦嘴角的血，跪下哭道："老佛爷明鉴，此物虽丑陋，确是那无名岛无疑。您看这鱼的大小，刚刚好是一斗的量，正正应了那'三年出一斗'的传言。您再看这鱼眼睛，原先是被宝石蒙着的，其实正是那泉眼！奴才也是才得此物，不知这三年里哪一天才能涌出泉来，化成白玉，故奴才不敢说找到了。奴才绝不敢欺瞒主子，老佛爷明鉴！"

说着又拜下去，把两手举得高高的，只盼着这丑鱼能骗过这群恶鬼。慈禧似乎是点了头，李莲英便接过那铜鱼，上上下下看了看，呈到太后跟前。谁知慈禧的长指甲才碰到那鱼的眼睛，便尖叫一声，魏得玉抬眼去看，见那铜鱼竟张开大嘴，咬在慈禧的手上，鲜血淋漓！

他暗道糟糕，只怕自己一条小命，今日是交代在这里了。李莲英也吓呆了，等太后叫骂起来，才上去要掰开鱼嘴，谁知竟然纹丝不动。紧接着便听他也惨叫一声，竟也被那鱼嘴咬住！暗红的血汩汩流进鱼腹中去，两人叫得愈发凄惨，直惊起了紫禁城里的老鸹，嘎嘎叫着全飞起来。他们都像要被铜鱼吸进去似的，身子愈发干瘪，等那鱼喝饱，血从鱼眼里涌出来时，两个鬼都只剩下裹着衣服的干皮了。

四下悄然无声，只有血不断从鱼眼睛里涌出来，如同泉水一般，汩汩而出。魏得玉忽然生了胆子，上前拿过还在冒血的铜鱼，对着剩下的几个鬼站定。侍卫鬼见了此景，早吓得动弹不得，魏得玉冲上去用铜鱼咬住一个，余人登时就呈鸟兽散。

那铜鱼喝光了三个鬼的血，红彤彤地冒着热气，丑得活灵活现，仿佛是在做快乐的鬼脸。魏得玉捧着那铜鱼，连念了三句"阿弥陀佛"，血忽然一下子喷得高了，沾在他嘴上。魏得玉只觉得一股辛辣之气顺着嗓子眼滚下去，紧接着便天旋地转，不省人事了。

第二天日上三竿他才醒来。人还在榻上，铜鱼还系在腰上，仿佛什么都没有发生过，一切都是一场奇怪的梦罢了。只是那梦太真了，让他不敢不信。他撬开鱼嘴，一块血红色的玉掉了出来。

那日魏得玉留着铜鱼，去当铺当掉了红玉，用得来的钱倒卖粮食和军火，很快便发了大财。他到古稀之年时，依然肤色白净，黑发童颜。

成了大商人之后，魏得玉又多方寻访，终于找到一位知道玉泉故事的高人。原来这玉泉本名鱼泉，是东海巫师用来捉鬼的铜鱼，若一夜食得三鬼，便可将其血凝为红玉。

世人的谣传，对了，也错了。

魏得玉临死前，把铜鱼交给儿子，忽然想起当年慈禧对他说的话："你，就叫得玉吧。"

衡平公式

念语 微像文化签约作家，九五后新锐科幻作家，毕业于上海交通大学。出道作品为《野火》，于《科幻世界》《科幻世界·少年版》发表多篇作品。第七届全球华语科幻星云奖年度新秀银奖获得者。已出版个人短篇小说集《莉莉安无处不在》。

每个贝纳卡都喜欢整理记忆。

遗传记忆是贝纳卡天生的本领，如果他们不希望自己和孩子们忘掉什么，那就有办法把它永久保存下去。

贝纳卡生来就会拥有许多记忆颗粒。

亲辈决定要留下哪一些时间颗粒，并在生育时完成唯一的一次传递。那些记忆颗粒从出生开始就会刻在贝纳卡们的记忆深处，并且永远不能忘记。年幼的贝纳卡读不了它们，但记忆颗粒的确一直在那里，等到他们长到足够承载记忆的年龄，等到他们慢慢变老，死去。

贝纳卡可以选择打开或者不打开它们，但记忆颗粒永远会留在那里。

贝纳卡很少能看完所有的记忆颗粒。

大块的记忆颗粒往往充满了情绪、体验和混乱的叙述，而更小的颗粒则通常是文字。记忆颗粒阅读起来格外需要时间和精力，很多贝纳卡一生都不会打开所有记忆颗粒，而只是把前人标记为重要信息的它们继续传承下去。很多贝纳卡甚至会拥有一辈子都读不完的记忆颗粒。

但也有些记忆颗粒值得反复翻阅。

这是我自己的记忆。在我尚能清晰地记得每一个细节时，我把它打包成了记忆颗粒。

"贝纳卡学不好汉语。尤其是——文字部分。你们的文字和汉语根本不是同一体系的。"

"没有人这样说过。他们都说贝纳卡的文字是象形文字，和汉语同源。"

"那是胡扯。我们从没有出现过你们那样高度精简、以节省空间为第一要务的文字。拉丁语系的语言倒是更适合你们的脑袋,但体系上完全是两码事了。"

"只有你这么说。"

"他们,哈,他们只是谄媚罢了。"声音这样说,"他们把自己视作奴隶,把你们视作他们的主人,阿谀奉承人类主人能给人类奴隶带去好处,但照我说,这没有必要,对吧?人类和贝纳卡是完全不同的生物。动动你的脑子。理性点。再说,反过来也是一样,我学不好你们的语言,我承认。"

"但你也和他们一样一直没有反抗。"

"我选择活下来,我选择不做奴隶。这两者并不矛盾。"

沉默。

我跳出这段记忆。它太新,又太过沉重。但它总是能让人冷静下来,准备好阅读一份来自过去的、更遥远的记忆。

我能看到的每一颗记忆颗粒都没有名字。其中有一颗格外庞大，它很重要，也占据了异乎寻常的位置。

当贝纳卡成长到足够阅读记忆时，他们选择记忆颗粒的方法格外简单，随缘分，或者——为什么不挑一颗最大的呢？

它也是我年轻时阅读过的第一块记忆颗粒，它很重要，有许多古老的片段，连记忆本身也经过精心编排，不同的片段连接在一起，跨越了漫长到令人惊讶的时光。

我把它标记为衡平公式。

这是一段长而零碎，却又有迹可循的记录。

记忆的开始并不愉快。

"今天热流到来的可能性是2%。"一个声音这样说，"保险起见还是搬走点东西……"

视野一片模糊。记忆的主人并不记得太多细节。

"……得了吧，折腾。"

"来了就什么都没了。"

"有警报，总是来得及的，大不了没了住处。况且什么时候真的来过了？大惊小怪。"

声音很快小了下去。

一手记忆很快结束，注释者留下一句话。

——死亡热流来了。

第二段记忆开始了。

声音极度混乱，充满着来自各个方向分辨不出的惊呼。它还承载了触觉，但削去了力度，否则记忆将会变得无法阅读。

这是亲临热流的场景。

聪明的记忆整理者懂得给这些糟糕的记忆做上足够的铺垫。

水温在上升，依稀能听到水中的气泡破碎的声音。贝纳卡对于水温的敏感是理所当然的，那决定了生死，但像这样程度的热流，即使知道它来了，也无从躲避。

触觉被削弱了，但阅读这段记忆仍旧极度难受，极度压抑。触及升温的海流会让贝纳卡感到战栗，对热流的恐惧刻在贝纳卡千万年的本能里，更敏感的个体在热流来临时有更大的机会逃生，从而将那份基因一代代传递下去。

气泡从四面八方涌来，城市的框架在极度的高热中软化，坍塌得支离破碎。

那是极其罕见的记忆，左侧的城市仍旧完好，右侧的蜂窝状管道却渐次消融，城市的骨架散落开。支架原本用于维系城市的形状，现在却逐一弯折，上千间挂在支架上的茧状居室脱落下来，翻滚的水流裹挟着气泡，冲散了小居室，又逐渐剥去每一间小居室的外壳。

视线不断晃动，主视角在移动，但热流速度极快，无处藏身。灼热感涌上来，被削弱过的窒息感和极度疼痛持续了一阵，忽然消失。

记忆的主人失去了意识。

他没有死去，否则留不下来第一手的记忆颗粒，他也必定能迅速修补好自己的身体，只要没有死去。

但那一段经历足够给他的余生带去无尽的噩梦。

没有经历过旧时代的贝纳卡很难理解死亡热流，也很难理解记忆颗粒里传达出的焦虑、不安和恐惧。死亡热流总是不经意地闯进贝纳卡的生活领域，所到之处，无人生还。

贝纳卡的全部世界，洋底至冰顶，一万四千公尺，水温渐次降低。海底的熔岩流加热底层海水，形成稳定的高温水层。热流比冷流轻，必然要上升，而上升通道则充满了不确定性，除了固定的洋流通道之外，小股热流经常在大洋中随机形成上升管道，那些上升的热流被贝纳卡称为死亡热流。

死亡热流无法预测，也没有规律可循，和洋流一样变幻莫测，只有一点是确定的，所有生物都没有在热流里存活下来的机会。

贝纳卡逐渐生长出自己的聚居地，然后在四万年之后，出现了城市的雏形。城市散落在温水层宜居带，城市位置每年校正一次，确保它处在经验记载中最安全的位置。

实际上并没有什么绝对安全的地方。

贝纳卡建造居室外壳的材料从硝基细菌的尸体堆积变成了硬质的海底化合物，逐渐加厚，但没有哪一种材料能够抵御那些高压过热水流。

从来没有。

以后也不会有。

第三段记忆。

"我很抱歉,他们都死了。"

"可是我还活着。"

"是的,运气很好,小孩。那股热流削掉了半个城市。你也只差一点就死了,别嫌自己伤得不够重。"

安静蔓延开来。水流的触觉也消失了。那是感知系统失灵的极限安静。

一阵轻微的鸣响后,声音又回来了。

"他们回不来了,我很抱歉,伊米亚。我很抱歉。"

记忆戛然而止。

这是一块伊莉安的记忆。

每一块伊莉安的记忆颗粒都是无价之宝,贝纳卡无论付出多大代价都要将它们传递下去。

只因为它们来自已经消失的古老种族伊莉安。

伊米亚是个极其典型的伊莉安名字。伊莉安和贝纳卡是截然不同的种族,泾渭分明,在名字前加上对应的辅音字母也是长久以来的习俗。在伊米亚的时代,伊莉安和贝纳卡住在各自的城市,大小格局也截然不同，只有基础的贸易来往。

但在历史中，贝纳卡和伊莉安无法分离。共生是生存的基础。

贝纳卡的祖先在历史上率先出现。贝纳卡的祖先消耗硝的一种化合物，它们的代谢速度很慢，海洋有足够时间去恢复化合物浓度，但随着时间推移，个体增多，化合物缓慢耗尽，几乎导致了一次彻底的生命灭绝，但幸好在那之前，伊莉安的前身出现了，他们的代谢方向相反，构成了海洋中的物质平衡。

在漫长的岁月里，生命遵从着自己的法则在温暖的海域中生息繁衍。

由于硝基化合物浓度稀薄，活动中过高的速度和能量消耗不利于生物存活，而水温的异常变化又导致环境无常，最后进化给出了近乎惨烈的解决方案，舍弃了生物所有在速度上的优势，加速其生命周期。

直到共生关系出现。

贝纳卡和伊莉安的代谢产物完全互补，但二者的有意识共生却开始得极晚。没有人知道为什么，直到贝纳卡离开了伊莉安，直到伊莉安彻底消亡，贝纳卡科学家仍旧在研究这一现象的缘由。

共生使得生物的能量利用效率成百倍地增加，二者代谢率同步上升，到达足以支持高度智能的程度。伊莉安的体型逐渐增长到贝纳卡的近百倍，并获得上浮下潜的运动机能，那些能载着共生的贝纳卡寻找合适居住地的伊莉安在进化中留了下来。

但死亡热流始终无解。

它就像幽灵一样，时不时出现，毁灭一座村庄，或者城市。预测总是不尽准确，大规模的热流有时有迹可循，有时又会突然袭击某座不在热流活跃区的城市，小股热流则更加神出鬼没，那些脱离底层水域的小团过热水流让城市笼罩在无尽的无力与恐惧中。

贝纳卡和伊莉安的基础科学中最重要的一门就是衡平学，专门解决死亡热流的预防和对抗问题，少有建树，可每一步突破都极其重要。

一个有趣的事实是，当科技发展解决了伊莉安和贝纳卡间过度的互相依赖关系之后，共同解决死亡热流的预测问题几乎是维系伊莉安和贝纳卡团结一致的唯一理由。

"我想学衡平学。"年轻的伊莉安大声喊道。

"贝纳卡聚居地不欢迎伊莉安。"小个子贝纳卡尖声驱赶着伊米亚。

"伊莉安的衡平学很糟糕!"那声音小声说。

"哦,你倒是坦诚,我喜欢你这样的伊莉安。好吧,你叫什么名字?"

"伊米亚。"

"很好,我记住了,但你还是不能留在这里。"

"为什么?"

"你太大了。而贝纳卡的城市——"那个声音忽然尖叫起来,"你打碎了我的盘子!哦不现在是……桌子!——别!别转身!……"

并不止于此。

每个贝纳卡都清楚,在过去,伊莉安和贝纳卡的关系并不友好。

建立贝纳卡和伊莉安能够共同生存的城市并不困难,所有伊莉安的城市稍加改造就能够容下贝纳卡,但历史遗留问题的解决要难得多,尤其是如果那段历史长达三十万年。

贝纳卡的历史里伊莉安是很重要的部分。伊莉安和贝纳卡毕竟共同生活过几亿年，而伊莉安已经消失了。如果贝纳卡不记录下来，伊莉安就永久消失了。

所有的贝纳卡都很清楚过去发生了什么。

在伊莉安尚存在的时代，在伊米亚的时代，尤其如此。

两种共生体中起主导地位的是伊莉安，后来这点只在体型上体现出来了，但历史上确实是伊莉安首先发展出语言，并引领了本星球文明的进步。

文明萌芽的最初，伊莉安会与三至五名贝纳卡共生，贝纳卡是伊莉安的财产，并且是相当宝贵、关乎生存与死亡的财产。奴隶社会——一个并不属于贝纳卡原生语言却格外合适的词——持续了约三十万年。

直到伊莉安开始普及教育。那时候伊莉安科学家们终于发明了一种可靠的化合物转换系统，伊莉安和贝纳卡结束了长达千万年的捆绑共生。为了让贝纳卡不至于失去所有用处，伊莉安决定让他们眼中愚钝而不可教化的贝纳卡也接受同等教育。

伊莉安从没意识到贝纳卡是如此优秀的科学家。贝纳卡自己也并不清楚。

贝纳卡并不能自由移动，一旦落入冷水域而附属

衡平公式　211

的伊莉安死亡，贝纳卡就启动保护自己的本能，进入近似冬眠的状态，他们的思维也会随之降速，乃至完全停止，在极端情况下连记忆都会抹去。储存记忆颗粒的能力也是由此而诞生的，它能为贝纳卡留下最重要的记忆。这份本能过于敏感了一些，而长久以来作为财产的贝纳卡又不可能得到足够的热量，即使条件尚可也不存在接受教育的机会，因而从没有人意识到贝纳卡实际上拥有极佳的逻辑与计算能力。

就像后来的某位贝纳卡生物学家说的，让贝纳卡去思考就是让他们和本能对抗，但一旦他们学会了思考的技巧并有教育去支撑，中上之才的贝纳卡都远比最棒的伊莉安来得优秀。

贝纳卡取得温饱并接触数理类教育后迅速完成了很多伊莉安难以企及的突破，仅仅用了四十年，贝纳卡几乎将伊莉安挤出主流学术研究圈，同时，随着贝纳卡的地位提升，伊莉安与贝纳卡开始互相敌视，各自抱团，划分城市片区。当贝纳卡开始独立组建政府与研究院时，长期处于强势的伊莉安认为他们遭到了冒犯。当然更深层不愿意说出的原因是，他们感到了——恐惧。

伊莉安议会希望剥夺贝纳卡的受教育权，让贝纳卡重新成为伊莉安的财产，但任何有理智的个体都会明白，逆势而行从来都不可能。

伊米亚所面临的是一个交替的时代，一部分伊莉安对贝纳卡的认识在转变，另一部分则沿袭着亲辈的记忆固步不前。伊莉安和贝纳卡的记忆遗传成了变革的阻碍，毕竟那些旧的记忆很多情况下是刻在伊莉安们脑海里的。

而在变革的矛盾中，冲突也在酝酿。

在氏族约束的情形下，伊莉安和贝纳卡更是没有合作可能，连一点都没有。

伊米亚不受氏族约束。伊米亚的全部亲辈死于热流，无一幸存。

那段宝贵的记忆留在记忆颗粒里一直传递下来。那也是伊莉安历史上屈指可数的热流灾难。热流规模不算特别大，速度却极快，水温极高，越过了所有预测，精准地击中伊莉安的第三大城市。先哨警报没有来得及响起就毁于热流，而热流警报哨所将记录到的微小波动记录为正常水温波动。仅十分钟的撤离时间也一并被浪费，进而导致了前所未有的伤亡。

灾难后的城市再也不复往日的辉煌，即使它的位置其实足够安全。灾难给城市留下的创伤可以修复，恐惧却不能。

伊米亚离开了这座伤心的城市，并且像无数同辈人一样选择了衡平学。在后来的几十年中，这座城市涌现出了一大批杰出的伊莉安衡平学家，几乎将历史向前推了整整一轮，没有哪一本衡平学史书籍能绕开这段历史。

他们中的许多人或是目睹过灾难，或是失去了亲人，各有各的伤痛。但那些不幸的记忆确实成为了他们的动力，并驱使他们在之后的岁月中不断前行。

伊米亚一共被拒绝了五十七次。五十七位优秀的衡平学家。

只因为他是伊莉安。

这位年轻的伊莉安似乎有些贝纳卡特质的固执，即使伊米亚非常清楚贝纳卡和伊莉安紧张的关系。

直到伊米亚遇到了生命中最重要的一位贝纳卡，

贝尔。

贝尔研究衡平学。贝尔的年纪比伊米亚大得多，但贝纳卡的寿命很长，伊米亚会早于贝尔死去，这几乎是板上钉钉的事情。贝尔接受了这位年轻而特殊的伊莉安学生。

贝尔像每个贝纳卡一样，有些刻板，又有些刻薄，但他愿意接受伊米亚本身，就决定了他和所有人都不同。

贝纳卡研究所里多出了给伊米亚的房间和通道。修改格局并不困难，难的是仪器和设备。

"没有关系。"伊米亚这样告诉他的同事们，"我只需要数据。实验要做总是能做的，更多时候，科学是靠想的。"

与此同时，贝纳卡铂金制的微型探测船首次在洋底的超高温水层底部收集到一种性质奇特的化学物质。

贝纳卡并不知道它的能量来源于哪里，但它的使用早于理论开始了。

贝纳卡知道那种物质对生命具有杀伤作用，因而后来很长一段时间内贝纳卡都对它敬而远之。

它被作为武器重点发展,而贝尔和伊米亚就共同研究它的性质——仅仅当作一种危险的、能发光的化学物质。

在几年之后,又一次城市争夺位置的争端中,一座贝纳卡城市的领袖决定将它扔进伊莉安聚居区。那是一次草率而疯狂的行动,并没有太多伊莉安死去,可那种疯狂的物质却导致了许多身体失控的案例。伊莉安的再生本领很强,而接触到那种物质可能会导致伊莉安的身体失去控制,一次小伤就会诱发无限的再生,最终因营养耗尽而痛苦死去。

它成了贝纳卡和伊莉安关系激化的导火索。

贝纳卡城市中再无伊莉安的容身之地。

伊米亚被勒令逐出贝纳卡研究所。

"我也走。"贝尔丢下这样一句话。

贝尔和伊米亚已经是研究上无法分离的搭档,大可以放心地离开。他们的实验已经做得够多了,而记忆颗粒足够存储下所有的记录。

之后的四年里,两位独立科学家完成了衡平学全新公理的验证。以人类的词表达,它是质能方程。但我更希望用贝纳卡的语言去介绍，因而我以意译将其翻译为衡平公式。

在人类历史上，质能方程的出现对核能的掌握而言几乎没有任何影响，关于核裂变的实验推动了技术进展，质能方程只是终于将理论和现实对应起来。但贝纳卡和伊莉安的历史上则不然。

衡平公式第一次定量地描述了物质与能量的关系。它的命名极尽大胆，甚至有些狂妄，但后来的历史证明，冠以它衡平的名字，也许并不夸张。

以贝尔的说法，也正是离开研究所之后，这个公式才有产生的可能。它太疯狂了，由极其精妙的推导而非实验产生，贝尔始终不相信质量能够转换为能量并且是如此大量的能量，伊米亚则能够很轻易地接受这一切。伊米亚只是协助完成了推导，但如果没有伊米亚，贝尔会在开始时就放弃。

他不相信。

伊米亚和贝尔是走在时代最前端的人，科学家本来应当无畏地追逐真理，但当结论达成的时候，他们开始犹豫。

那时候正是战争一触即发的时节,伊莉安和贝纳卡都握有同样的武器,而这样武器又是他们所无法控制的,而伊米亚和贝尔所得出的结论指出,这样东西比他们想象中还要疯狂。

伊米亚和贝尔花了一个月时间权衡,最终认为最好的办法还是彻底公开,向所有贝纳卡和伊莉安。

同时公开的还有另一份公告。衡平公式指出了另一条路径,一条永远结束死亡热流威胁的路径。

贝纳卡和伊莉安历史上的衡平学一直在研究如何冷却物体。

但是,就像衡平学基本公理——或者热力学第二定律——指出的那样,只要有足够的冷水流,死亡热流当然是可以抵御的。但是,和死亡热流相比,伊莉安和贝纳卡有能力驱动的水量太过有限。贝纳卡很早就在运用流水取得能量,但是拥有足够动能的水流往往水温不定,而这些有限的能量拿去驱动洋流只能算是杯水车薪。

但是衡平公式的出现意味着,只要你拥有物质,就拥有无尽的能量。尽管这仅仅是一部分，但它至少意味着无限的可能性。

一对跨越种族的合作者走在了所有研究者前面。就像贝尔后来说的，他们的视野没有像同时代的其他科学家一样停留在武器，带上太多功利色彩，而是指向了更广阔的领域。他们关注所有的可能性。

伊米亚和贝尔拿到了最高的和平奖章。

那五十七次拒绝，每一次都刻在了记忆颗粒里。

后来的学者们说，贝尔和伊米亚最大的功劳也许在于让两个种族停止漫长的争端。换作其他任何人，情况都将不尽相同。

贝纳卡和伊莉安的黄金时代来了。当生存的危机被解决，科学的大繁荣反而停下了，贝尔和伊米亚成了英雄，衡平学缓慢修正着自己，毕竟，贝纳卡和伊莉安与死亡热流搏斗了那么多年，科学家甚至有点不知道接下来能干什么了。

黄金时代渐渐走到贝纳卡和伊莉安拥挤起来的日子，终于有人想起头顶的那片没有边际的冰盖。

伊莉安和贝纳卡对水温都极度敏感，这份本能也使得二者对洋底和冰盖具有天生的恐惧。

另一方面，为什么要去探索新世界呢？生存的危机都逐一解决了。没有动力，没有需求。

所有人都错了。

灾难从未走远。

倒计时继续，而贝纳卡和伊莉安在冰层之下浑然不觉。

实际上，后来有贝纳卡历史学家推测，以当时的技术条件，贝纳卡和伊莉安已经有条件打开冰盖，但在随后的四万年中没有人愿意真正着手做这件事。

要打开冰盖，或者直接加热水流，或者引热流解冻，二者都需要以核燃料为动力，但核废料对海洋文明来说棘手异常，为了保障城市安全，每个城市运用核物质的量都有着严格的限制。冰盖越往上温度越低，也冻得更加坚硬，其中最远的一次实验打开了一条一千四百千米的通道后停下。那次实验用去了伊莉安和贝纳卡大半的核燃料储备，缩减的核燃料指标使得当年因意外毁于热流的村庄数字增加了五倍。

就在同时，贝纳卡科学家提出了错误的无限冰层说，也许由于它符合公众的预期与政治家的需求，学说竟然就这样被学界广泛接受，并一直沿用下去。

贝纳卡和伊莉安花了四万年解决了核废料处理的问题。所有条件完备，终于有好事者想起了开拓世界的事情。

即使宇宙是无限的，试着去探索一点也未尝不可。

那时候我刚刚从亲辈身上分裂出来。

当我出生的时候，学者和政治家们在争论要不要打开通道。当我长到足以阅读记忆颗粒的时候，他们还在继续争吵。喋喋不休的论战拉开了跨越几十年的战线，到我加入衡平控制中心的管理小组时都没停下来。终于，一次蓄谋已久的探索活动就此开始。

那一天，远在数百公里之外的贝纳卡们都察觉到了不安的水流，暖流被咆哮的机械搅动起来，直冲冰顶。永久封冻的冰顶和热流对撞，缓慢消融。

水流让人不安，贝纳卡都蜗居在各自的茧室中，模拟硝基细菌的冷光灯缓慢颤动着，就像传说中死亡热流来临时的样子。尽管它们真的不会来了。

某种意义上来说，贝纳卡和伊莉安正在做的事情，恰恰是模拟一股可控的死亡热流。

第一次试验在五千米处停了下来，温度缓慢逼近理论上的最低值。动力绰绰有余。

第二次试验的预期是一万米。但就在七千米的位置，冰层忽然裂开，加速水流急速上涌，将器械一并推向真空。

这是数亿年里越过冰顶的第一股水流。

机械相机在接触到真空后的一点七秒后爆裂，但就在这短短的时间内，那些影像已经顺着长长的连接导线飞入千万间茧室，那一天，伊莉安和贝纳卡向着星空、向着宇宙、向着冰顶之外的世界投出了他们迟到的一瞥。

现在我们知道，伊莉安和贝纳卡生活的世界和宇宙比起来只是微不足道的一小颗尘埃。即使贝纳卡自己来看，这颗行星上能诞生出生命，也是宇宙里最了不起的奇迹。

伊莉安和贝纳卡很快搞清楚了自己所处的位置。

恒星系一共有四颗行星，两颗固态两颗气态，其中第二颗行星就是伊莉安和贝纳卡的故乡。她有美丽的海洋，质量足够吸引水层、岩石核心，但没有裸露地表，整颗星球被平均水深一万七千米的海洋包裹——包括七千米厚的冰盖。

而在这之前，伊莉安和贝纳卡对一切一无所知。

对于生活在囚笼之中的生命，要求它们去理解囚笼之外，着实是苛刻了一些。

伊莉安和贝纳卡所在的行星从内到外是第二颗。她并不在宜居带之内，她离恒星太远了，在一个周期约为五千八百天的椭圆轨道上围绕恒星运行，只能从恒星汲取可怜的一点能量；轨道也不很稳定，成扁形的长椭圆，与另一颗行星舞蹈着交替前行。

任何一点都足以使得这颗行星永久与生命无缘，但二者加在一起却形成了奇异的生态。

行星表层永久封冻，极端情况下，连甲烷都会凝成液态落下来，她拥有数千米厚的冰层，冰川构筑起天然的辐射屏障，阻挡着来自深空的高能粒子；另一方面，来自另一行星的潮汐力撕扯海面下的岩石核心，摩擦中产生了巨大的能量，引力火炉加热着行星的核心，让她自诞生以来的七十亿年里都保持非凡的活跃。火山在海下爆发，将高压海水加热到可怖的温度，上升，交换，稳定循环，在深达千米的冰层之下留出了大片温暖水层。

死亡热流也由此产生。

伊莉安和贝纳卡痛恨了数亿年的死亡热流，恰恰来自行星的生命之源。

伊莉安和贝纳卡的理论科学和材料学早就走在了观测之前，因而，许多看起来荒谬的预言就这样被证明了。可惜这场探索迟到了太久，做出预言的杰出学者们早已离世，其中许多人更是一生籍籍无名，甚至连自己的记忆颗粒都没有留下过。

随着伊莉安和贝纳卡打通冰顶，衡平学突破后的第一次科技大繁荣由此开始。

观测对伊莉安和贝纳卡而言是最简单的一件事。如果说二者最骄傲的领域，那一定是材料学。贝纳卡和伊莉安不断建设大得夸张的望远镜，历史上常年和热流斗争的材料学家似乎终于找到了自己的用武之地，贝纳卡和伊莉安向深空的探索飞速前进。

而这样的探索带回来的却是一条冷冰冰的消息。

灾难从未走远。

行星望出去有无数亮星。其中有一颗恒星在行星上观测起来极亮，贝纳卡和伊莉安最初注意到的就是它，但初涉星空的贝纳卡们花了很久才知道它是什么。一颗红巨星，已经走入了演化的末尾，将在不久之后爆发，它的自转轴正对本星系，一旦爆发开始，高能的粒子流会直接和行星对撞，把冰盖加热，然后渐渐蒸干海洋……十二光年，离得太近了。

而那个将至的日期呢？预测值不断缩水，从一百七十万年，落到二十二万年，四万年，七千二百年……

没有人敢把这个数字再往下压一压了。可贝纳卡们清楚，就像促使贝纳卡诞生的无数巧合一样，宇宙中什么事都可能发生。

伊米亚和贝尔从荣耀的顶点坠落。

衡平公式给贝纳卡带去了安稳，却夺走了贝纳卡开拓的欲望。的确，伊莉安和贝纳卡挣扎了太久，死亡热流推着两个种族一并前进，是时候停一下了。可没有人会想到，停下的代价是将至的毁灭。

四万年，整整四万年，在这当中的每一年都可能完成的突破，伊莉安和贝纳卡却拖了足足四万年。

我是贝尔的子孙。我的孩子也是。

记忆颗粒的传递不会骗人。

那还是我的孩子曾经引以为傲的，就像我年轻的时候一样，他说，他要去学衡平学。但转瞬之间伊米亚和贝尔不再是英雄。

他哭着告诉我，如果没有衡平公式，伊莉安和贝纳卡还会拼命向外扩张。

如果没有伊米亚和贝尔，两个种族的争端不会止息，也就不会有人停下脚步。

如果伊莉安和贝纳卡继续走下去，他们会打穿冰层，提前数万年打开通向星海的通道。

伊米亚和贝尔带来了黄金时代，却最终将文明推入了死境。

可有谁错了呢？到底有谁错了呢？

历史开了个残酷的玩笑。

绝望的巧合，没有解决方案。

只有那颗闪烁的星子不断提醒着贝纳卡，没有时间了。

没有时间了，真的没有时间了。

核燃料使用的限令一夜之间放开，贝纳卡倾尽一切可能建造星舰。

人民的福祉，环保，这些东西与生存比起来不值一提。适合堆积废料的静稳水域和城市区重合，贝纳卡最大城市整体搬迁，那不知该不该称为故乡的安静水区成了死亡水域。

我的职业就是控制核废料的扩散。衡平学的新分支。

但我们能做的事情终归有限，污染不可控制，可贝纳卡别无选择，伤痛很快就被遗忘，畸形的肢体，早衰的少年，所有这些和文明消亡比起来只能算是微小的不幸。

星舰建设之前的探索中，贝纳卡和伊莉安几乎没有付出过生命的代价。在衡平公式的保护之下，伊莉安和贝纳卡不急于探索未知的区域，也因此，每一次开拓都做好了万全的准备。但现在不是这样。

携载生命的飞船可能发生各种各样的问题，燃料，推力，循环系统，每一样都足够要了性命。

但贝纳卡和伊莉安没有时间也没有资源进行太多的纯实验。

很多不完善的飞船就这样升空了，许多探险者死于过量宇宙辐射、循环系统失灵或者冷却系统失灵。实际上更大的问题在于早期的飞船动力不足，也无法有效补充燃料，飞船会在飞行到目的地前耗尽燃料，或者即使飞到了，也无力改变系统登陆。

飞船的驾驶者都明白这个事实，但他们仍旧出发了，以生命为赌注，飞向星海，一去不返。

还有一件重要的事。飞船送不走伊莉安。

伊莉安的体积是贝纳卡的一百五十倍。伊莉安需要维生的水量是一千三百倍。贝纳卡可以休眠，生命更长，而伊莉安不能。伊莉安给循环系统带去的负担是贝纳卡的三千七百倍。

如果说贝纳卡还有一线希望的话，伊莉安则只能待在温暖安静的大洋中等待死亡。

伊莉安做出了异乎寻常的牺牲。自始至终没有伊莉安站出来反对，也许因为本来的结局都没有两样，也许因为之前数万年的和平岁月让两个种族之间互相信赖互相依靠。

从这样的意义上来说,这又是伊米亚和贝尔的功劳了。

事情总是有两面的。

我跟随船队离开。我们起航的第一百四十一年,飞船的粒子检测器唤醒了我们。

超新星就快要爆发了。

我们停泊在一颗恒星背后,躲过了粒子流,警报给的余量比实际值少了三十天,险些毁掉我们的飞船。高能粒子没有飞舞太久,仅仅一周之后粒子流就衰弱下去,一个月之后便基本平息,唯有射线发出处那颗闪耀的星子留在那里,在接下去的几年里,它都会是夜空中最亮的一颗星。

而我们再次启程,继续一场毫无目标、没有希望的旅程。

我们走过了三十七个星系,行星无一适合改造,没有水。水太宝贵了,连一小块极地冰盖都已经算是很多了,我们竟然曾经有一万七千米深的大洋。休眠,整理,补充燃料,机械的步骤一步一步走着,也许永远没个尽头。我有时候怀疑，我，还有我们所有人就会在这样的生活中走到生命的尽头。

那也许还不如死去了。

观测到超新星爆发的第七十九年，离开母星的第二百二十年，我们集中收到了许多来自母星的影像。

在星际风夺走行星大气之前，许多伊莉安和贝纳卡选择一起跃入中央热流。像一场祭祀仪式，走进我们的生命之源，我们的死亡之源。

也有人选择留到最后。

那是个比以往任何时候都要悲伤的时代，却也是个平静的时代。

超新星爆发时抛出的物质以光速飞过了十二个光年，咆哮的星际风从垂直于行星运行平面的方向掠过星系，信号在镜头间跳跃，一个个被星际风烧焦，最后一个镜头藏在行星背后，行星正对着恒星的一方升起高而迷蒙的白雾，起码有数十公里的高度——我们的海洋，我们不知说爱或不爱的故乡，从此不再存在。

对于星海中的飞船而言，有故乡和没有故乡，大概也没有差别。

只能继续向前。

第五百二十年，我们到达了另一个恒星系。恒星系中有巨大的气态行星，足够补充未来数程的燃料。

气态行星有巨大的冰环，昭示着希望的冰环，我们提前很久醒来，策划着如何把水搬到内侧可能存在的温暖行星之上。

后来我们发现，我们错了。

根本没有必要。

第三颗行星本来就被厚重的海洋覆盖着。

后续的观测却显示行星上很可能存在文明。

可是当精心准备的探测器和信息发送至地面时，没有回音。我们发现，没有一个——按照他们的语言说——人。

没有，什么都没有，地面上一片寂静。

陆生生物多样性低得惊人，似乎是经历了一场大灭绝。一切又指向了那颗爆发的超新星。

后来我们知道他们并非毫无准备。

他们叫它参宿四。

他们知道它要爆发。

但他们没做好足够的准备。

他们离那颗星足有六百光年，可陆生生命比水生生命脆弱得多。来自参宿四的高能粒子猛烈撞击他们的大气——甚至都没有剥去那层脆弱的大气。大气被削去了三分之一，但这一点不足以致命，后续的连锁反应才是关键，高能粒子的激发使得氮气和氧气结合，高浓度的氮氧化物对他们有强毒性，短时间内，智能生物大规模死去。

大洋pH值在短时间内下降了0.1，不算多，却足以颠覆整条生态链。连锁反应把这颗星球推向深渊。

而他们无能为力。

他们的永恒灯塔不曾停下闪耀，可再没有人听候灯塔指引了。核燃料电池还要上千年才会耗尽能源，在那之前，指引飞行器降落的信标不会熄灭，永不停息的电波击破苍穹，好像在为失落的文明唱着挽歌。

城市还保留着灾难前的样子，记录几乎无一轶失，建筑安然立在那里，坍塌的仅仅是他们称为"古迹"的楼房。

也许正因为他们对自己太过自信，他们没有做足准备，将自己引向了灭亡。或者，就像贝纳卡和伊莉安一样——他们并没有足够的时间。

现在这里有一片完美到让人窒息的海洋，没有死亡热流，主洋流在极地下沉，从赤道升起，每四千年完成一个完整循环，而细小零碎的暖流和寒流沿着海岸线分布，海水交换着热量与动能，永无止息。

贝纳卡生活在大洋里，没有宇宙辐射，水温正好，成分需要调整，但贝纳卡的技术足以支撑这些调整。

大洋的成分将被替换成贝纳卡的版本，所有的本土生物将毫无意外地全数死去。海洋中的生物尽管受到了波及，却仍旧能够生存。我们要杀死的是一整个星球上所有的生命，那是不可饶恕的罪过，却是不得不去做的事情。那只是你死或者我死的问题。

我们让飞行器落入大洋，我们借用了原住民的发射装置，稍加改造，向星空发出呐喊。我们的声音能传出大约三十光年，最多不过五十光年，这一片区域里应该会有个位数的飞船，最好的情况下，信息会像涟漪一样一环环散开，这样，如果流浪在宇宙中的飞行船愿意的话，他们就能过来，找到一颗最棒的行星。

当然，我们还是算错了一点。

人类文明没有彻底灭亡。

在大陆上零星散落着约二百个小生态圈，多数处于地下。

大灭绝的连锁反应还没有停下，在可预期的未来也不会停下，空气尚未恢复到足够支撑呼吸的程度，而人类对此无能为力。只有这些靠燃料支撑的生态圈还能勉力支持生存，其中大多数已经因各种原因毁坏，但仍旧有约一万七千人口，以及无数人类胚胎。

文明的火种仍旧在灭绝边缘摇曳。

当我们出现时，他们像见到了救世主。但很显然，他们没有听到他们想要听到的东西。

语言不通，但态度却能够传达。

——我们不是来拯救他们的。贝纳卡要救的是自己。贝纳卡早就自顾不暇了。

我们不得不杀掉所有反抗者。

我们同意余下的三千人住在海上的隔离社区，由贝纳卡器械供给食物和氧气，没有回旋余地。

那之后的第二个月，我第一次见到关海，一位地球的原住民。

作为毁掉整个生态圈的代价,我们愿意为他们留下文明的文字记载。这也是贝纳卡能做出的最大的程度的妥协了。我负责汉语部分。

那人只能说两句很简单的贝纳卡语。完全不懂得贝纳卡文字。

他告诉我他叫关海,姓氏是关,类似贝纳卡姓名中的前缀,但不代表种族而代表家庭,去掉姓氏,单名叫海。

他需要常年生存在空气中,因而每次他要说话时,会把头伸进水中。人类书写文字的方式也和贝纳卡迥异。海洋中没有附着物,仅仅能依靠部分发光物来留下痕迹,也因此,贝纳卡的文字极其精炼,并且不常用。所有的记录都通过记忆颗粒进行,而非人类所用的书和纸笔。

我教他贝纳卡语言,而作为回报,他会教我人类的语言。

他不是个优秀的语言学习者,但他很清醒。

"人类不可能活下来。"他用磕磕绊绊的贝纳卡语说,"我只希望文明和文字能留下去——用你们的记忆颗粒。"

"你不该那么悲观。"我说,"贝纳卡和伊莉安几亿年都过来了。"

"贝纳卡和伊莉安可不能直接推导到人类和贝纳卡。"他探出水,吸了口气,顿了顿,再次潜下来,"再说,有共生关系在都闹得一塌糊涂呢。"

他给我讲人类历史上的事情。人类没有记忆颗粒,所有的记录都靠文字记录流传下来,记录的轶失比记忆颗粒厉害得多。但这样也有好处,仅有那些最为优秀的版本能留下来。

他似乎尽力把所有能够说的都讲完,并且用人类意义上"有趣"的方式。我再三告诉他,贝纳卡的喜好和人类文明不一样,但他不曾改变他自己的方式。

"我是给未来不会存在的人类文明讲故事,而不是给贝纳卡。"他说。

我对历史不感兴趣。我喜欢文字。

贝纳卡拥有自己的文字,但仅仅有一套复杂而不完善的文字。所有的交流通过声音进行,贝纳卡有记忆颗粒,所以不担心任何重要的事件会被忘掉。

而人类则拥有一套极其完备的文字体系。

它很有趣。

"你和我都学不好对方的文字。差别太大了。"这是关海的评价。

不过事实证明，贝纳卡有记忆颗粒，怎么样都不会太过糟糕。关海的辨识能力却一如既往地糟糕。

之后的七年里我和关海接触的机会很多。他被单独留在大海中，回到社区的机会很少，并且时刻被监控。我能理解，不过我猜，他并不想反抗。

人类社区也发生过一些小规模的骚乱，但贝纳卡甚至不需要知道他们想干什么。在能力上，贝纳卡拥有压倒性的优势。

"人类没有能力击败贝纳卡，就是那么简单的事情。"他说，"说白了，武器装备上有一道不可逾越的鸿沟。想反抗也没有能力。"

另一个意外收获是，关海成了我的助手。

我的本职是衡平学，处理大洋成分和核废料。

贝纳卡带来了一套大洋平衡系统，贝纳卡用它来改造大洋的成分。关海的行动能力让人惊讶，甚至让

衡平公式　237

人羡慕。

贝纳卡没有自主行动能力，要依靠复杂的机械辅助，我后来发现，差使他倒是要强得多了，人类的手指灵活度比机械高得多。

关海还给了我一个很好的建议——把所有的废料堆到地面上去。

"人类以前都是那么干的。"他这样讲。

像这样，人类和贝纳卡算是相安无事了七年。

直到我们收到一条来自天空之外的消息。

贝纳卡的一艘大船来了。七千名贝纳卡。

贝纳卡需要加速大洋改造的进程，全功率运行。

再给大约三千的人类人口供给生活所需的空气和水虽然不难，却很麻烦，而且会造成极大的浪费。

或者，还有一个办法，杀掉所有人。

没有人应该知道这件事。所有的人类应该一无所知……

但关海应该活下去，他有资格活下去……

也许我不该这么做，但我告诉他了。

他用一种哀伤的、惊讶的眼神盯着我，那双眼睛尽管一直低低垂着，却不曾透出那样的无奈。他似乎也花了不少时间才从震惊中恢复过来。

"总有个结束，不是么。我早说过。"他叹了口气。

"我……你可以活下来。我会问问你的上司，作为我的助手……"

"不必了，我想告诉你的都告诉你了，该做的都做完了。"

"我是说……"

"我不想看到人类文明的结局，太糟糕了。剩我一个人，我的天……"他第一次流露出如此的沮丧和自暴自弃。

关海把头从水中撤出去，自言自语地在茧室里踱来踱去。我听不清他的声音。

"好吧，在这里，杀掉我。"他直视着我，目光不带一丝闪烁。

"杀，死，我。"他重复了一遍。

"我做不到。"

"杀死我。我不想看到结束的场景。"他重复了一遍,指向茧室和大洋的连通口。

我还没弄清他想干什么,他忽然把随身带的机械插进连接处,警报蜂鸣响起,水开始涌进狭小的茧室,很快将空气挤到一边。他似乎并不想呼吸,只是凑在和大洋连通的缺口旁边。

我终于有些明白了,用机械手把茧室划开,这时候他能从茧室中游出来了。贝纳卡的大洋对人类无害,但没有氧气了,没有一点氧气。

"对不起,关海。"我说。

他说,"谢谢。"

谢谢。

在蜂鸣的警报中,那声音有些含混不清。

他就这样缓缓向海面上升,升向阳光可及的水域,气泡托着他,在海中打着旋儿浮起,渐行渐远。不等升到海面他就会死去,但他到底在最后回到了属于他自己的领域,没有幽邃的大海和无边的深蓝,有阳光、空气、水。

我没有把这一段回忆打包成记忆颗粒。也许以后会。但是,在他说出这句话之后很长很长的岁月里,声音和景物就那样一直完整地、不差一丝细节地留在我的记忆中。

我是说，那样混杂着悲伤失望和痛苦的场景，即使想要忘掉，也是不可能做到的。

在关海死去后的第五天，我在他生活的茧室找到一份让人极度震惊的记录。

数据用汉字书写，混杂着古体和新体的文字，我以为那是一份事件记录，但当我查阅了文献之后，一下子呆住了。

其中一小半是大洋平衡系统，而另外的一大半，全部是数字和数字谐音。

其他的资料想必已经毁掉了，但匆忙之间他忘了一张纸。

仅仅是这一张记录就能够看出，所有的关于大洋平衡系统的数据，几乎完成。

他是个巧舌如簧的骗子。

他的贝纳卡语言学得比我想象里好得多，他看得懂那些文字，他反反复复地问我问题，只是为了确认，以及误导我，我们所有贝纳卡。

他已经得到了最重要的参数。

他其实全部都说过。

反抗者不会妥协。——那是个文字游戏，他也是反抗者之一。他精心把自己伪装成随遇而安的样子，实质上却恰恰是反抗者的领袖。

我们没有发现所有的人类基地。两个冰川之下的基地藏好了自己，并且时刻准备着反击。他们拥有无数人类胚胎和种子库，而这些东西足够他们建立起新文明。

关海和他的同伴盯着大洋平衡系统，改造系统能把大洋改成适应贝纳卡的样子，自然也能改得适应人类。

我们早该想到。会进入基地的人不仅是人类精英，而且往往都有强烈的求生欲望，许多人已经死去，但信念会传递下去，他们勉力维持的基地就是佐证。有些人假扮成激进的反抗者，有些人假扮成伺机而动的仆从，而关海扮演的角色，他早已认命，假扮作一只清醒而乖巧的羔羊。

网早已织好。假设关海活着，并且得到了所有的数据，他，还有其他人会同时行动。人类在大洋中行动不便，但在一场以年为计数来准备的突击行动中，贝纳卡不见得有多少胜算。

在假设的情形下，他们会夺取大洋平衡系统的控制权，贝纳卡并不知道冰川基地的存在，他们储存武器和装备已经长达七年，两支后援将同时进攻，吹响反击的号角。

人类的学习能力比贝纳卡强得多，却输在了记忆力。他没有能力一下子记住所有的数据，如果人类有记忆颗粒，那么他们已经赢了。大洋平衡装置极其复杂，数据也极多，但负责套取数据的只能有一个人。关海的记忆力够好了，但还不够好。

他们等得太久了，文明的最后一搏最终毁于巧合。

大洋平衡系统是其中最关键的一环。人类的衡平学比贝纳卡差得多，他们没有能力制造它，需要保护它不受损害，同时杀死所有贝纳卡。

他们似乎希望冰川基地继续保存实力。也许正因为如此关海请求我杀掉他。那是他的最后一场戏。

当然，我不会犯第二次错误。

我把所有的资料都毁掉了，只留下记忆颗粒的备份。

下一次扫描中,我"意外"发现了冰川下的一个人类基地。在复查中,贝纳卡又找到了第二个,并彻底捣毁。

这件事始终没有人知道。我想,我死之前也最好不要有人知道。毕竟,这些资料于我个人而言实在是很危险,资料泄露都是我的罪过,另一方面,我也很难说清关海在我心目中是怎样的一个人物。

冷漠和刻薄也许是他的伪装,可他的不卑不亢、他的冷静和平和是装不出来的。

我后来想,我和他的关系,我自己一厢情愿地以为,就像伊米亚和贝尔——

我不知道那是不是他的计划,我不知道。

我是贝西里亚。贝纳卡文化记叙者,学习——汉语。

贝纳卡更喜欢那些拉丁语系的语言。这是贝纳卡的天性。理智说,我喜欢汉语,也许仅仅因为我想成为伊莉安。

曾经有一个时代,科学家们试图证明贝纳卡和伊莉安是同等的，但伊莉安们确实是更好的语言学家，尽管贝纳卡中也不乏最优秀的语言学家，但伊莉安们通常做得更好，也更轻松。

我喜欢汉语，也因为它们更像是我们的语言——或者确切地说，是伊莉安的语言——复杂而多变，却很美。

还有一些更古老而纯粹的文字，我没有机会涉足了。贝纳卡只能留下这些为数不多的文化。假以时日这些语言也会死去，先是汉语，然后是英语，就像曾经用着它们的人们。

只有我们的语言会留下来。贝纳卡和伊莉安的语言会留下来。

我热爱这一门语言，所以，我写下了这样一个故事。

同时也为了一个人类。我亲手杀死的人类。

那只是一个后来者的拙劣模仿，如果曾经用着这门语言的人们能够看懂这个故事，那么，这就是一个贝纳卡语言学家最大的成功。

没有人能帮我验证。

但这也没关系。

一切总会走向尽头。

早晚而已。

大洋改造的进程，现在是29%。海洋中的软体动物已经全数死去，鱼类视区域而定也在迅速死亡。

第一批贝纳卡本土的生物通过居住地测试，先期投放的微生物已经开始扩张。

贝纳卡杀死了一颗行星上生活了亿年的生命。但贝纳卡的文明延续了下来，和另一些延续了亿年的生命一起。

文明的生存不适用衡平公式。没有真理，没有绝对正确的解法，只有计算，权衡，和必须的放弃。

我把如上文字打包成了一份记忆颗粒，贝纳卡文字版本附于文后。

贝纳卡记叙者
贝西里亚

屠龙

沈璎璎 医学博士，2000年代大陆新武侠的主要代表作家，发表多篇中短篇武侠，以女性视角和细腻文笔而著称。同时是奇幻架空世界"云荒"的设计者之一，主要作品《青崖白鹿记》《云散高唐》《江山不夜》《云生结海楼》。

"想看屠龙？上头早有规定的呀。这是不传秘技，禁止带游客去观摩的。我也做不了主啊。"

退休的船司笑呵呵地搓着手。他背后，炉子里星星的微火一明一灭，吞吐着些些暖意。这才刚刚入冬，云荒大陆南岸的这座沿海城市，并不是特别的冷。不过老船司的年纪已经很大了，早早就在屋子里生起了炉子，在椅子垫上毛皮。没有人来访的时候，就坐在炉边读读古书，烘烘手。炉子上炖着晚餐的汤，浓浓的酱汁咕噜咕噜地翻滚着，吞吐着独特的食物芳香。

这温暖的香味，弄得狸猫儿焦灼不安，使劲儿地挠着苏眠的胳膊。苏眠也觉得有点饿了。不过，眼下的当务之急，还是说服船司。看上去，这个老人的确和蔼可亲，但他是不是真的像传闻中那么好说话呢？

"再说，屠龙户也不容易，这可是家传饭碗哟，怎么会愿意给人知道。"

一开口就被拒绝，这是苏眠意料之中的事。屠龙是世间最顶级的手术，精巧、神秘且血腥，而她看起来只是个普通的年轻女人，跟绝世秘技沾不上边儿。

"可是，"苏眠摆出一脸失望的样子，眨了眨眼睛，叹息道，"我千里迢迢地从帝都慕名而来，就是为了一睹屠龙绝技。谁知水漫坪这个地方又很不容易找得到。我这一路上颠倒了三四天，都不曾投对门路。终于有人告诉我，只有来向您恳求，才能觅得机会，亲眼目睹屠龙这门绝技。"

"我知道。"船司点点头，似有所动，又放低了声音道，"不过啊，实话跟你讲，禁令主要是为了安全。以前没下禁令的时候，有屠龙户在人前炫技，结果呢——第二天，混入城里的鲛人就给他来了个满门屠杀。"

"老先生,我并不是鲛人啊。"苏眠争辩着,"我也不喜欢鲛人。"

"我知道你不是。"老船司有些好笑地说,"看你的样子,是从帝都跑出来游玩的官家大小姐吧,以为什么东西都新奇有趣。我告诉你,屠龙可不是给小姑娘看着开心的事情啊。"

苏眠微笑:"您可猜错了,我不是什么官家大小姐。之所以对这种技艺特别有兴趣,是因为我是个医士。"

"女医士?少见,少见哪。"老船司显然是不太相信,"你真的会给人看病吗?"

在苏眠之前,云荒的女医士大概一只手都数得过来,而且都在帝都活动。通常人们不相信女人懂医术,女人即使顶着医士的名号,大概也是名不副实。苏眠要做点什么,总得先证明自己不比一般男医士差。

不过眼下对付这个老船司,倒也不麻烦。她抱了抱怀里的狸猫儿,并抽出一张金纸——

"敝姓苏,叫苏眠。曾经在迦蓝宫中供职,是侍奉公主的女医官,这里还有帝都太医局的证明。"

屠龙 249

"竟然还是太医局的医士啊。"老船司不由自主地站了起来。那张来自帝都的信函，把他一脸的舒适都给刮掉了。太医局未必那么有势力，但在水漫坪小地方，这块牌子还是有作用的。"早先就有太医局的人过问屠龙的事情……"

"您就帮个忙吧。"苏眠乘胜追击，将一只精致的小荷包塞到老船司手里。

老船司掂了掂荷包，低头想了一会儿，说，"既然是太医局的人想看，我就带你去吧，不过，你可不能说出去。另外，屠龙户那边……"

"我也会给他们些辛苦钱的。"苏眠笑道。

"不不，那倒是不能，他们不收钱。"老船司说，"你就悄悄看着，别让他们注意到你，别暴露身份。"

黄昏时分，海上的天空是鲑鱼肚子的橙红色。

屠龙户们都住在水漫坪海岸的悬崖顶上，他们的工坊也在那里。此地寸草不生，光秃秃的玄武岩巍然高耸，像一只伸出的手臂，正指着南方碧落海的方向。顶端的城堡经过长年累月风化，和山石融为狰狞的一体。四周都是绝壁深崖，只有一条小道通往工坊。而苏眠就正走在这条道路上。

老船司告诉她，水漫坪的屠龙户，是一家子十口人，其中能操刀的有祖孙四个。在云荒大陆南部海岸各个主要港口，都有屠龙户存在。在有的港口，还不止一家屠龙户。水漫坪这家人，人数不算多，规模也不大，却是整个云荒最出名的。因为这家的祖父曾经亲上帝都，为景术帝表演过屠龙技。不过如今祖父年纪大了，很少亲自操刀，都是两个儿子在工作。长子有一个儿子，也已经出师。今天老大出门了，能够看到的是他家老二，叫支离益。

城门下面，老船司拉开嗓门喊了几声阿益，吊桥就慢慢放了下来。吊桥是原木扎成的，苏眠走在上面，觉得脚底湿乎乎松松软软的。这木头像是吸饱了海水，散发着令人作呕的腥气。进去以后就是一条上升的甬道，并不深，四壁都是湿漉漉的，粉刷的灰土早就被潮气侵蚀殆尽，裸出横七竖八的岩石。老船司不时地回过头来，提醒苏眠看路。

这里实在是很破旧，苏眠心想。

按常理想，屠龙户们应该收入颇丰。如果没有一代代屠龙户们的工作，那么云荒大陆上一道黄金命脉就断掉了。如老船司所说，这都是家族的不传之秘，只有他们懂得怎么做。屠龙虽然不存在任何风险，却是一项非常复杂的技术，屠龙户家里的男孩子，都要花费童年的三分之二时间来学习这门技艺，才能够算得刚刚入门。而具体步骤中又有很多细节，需要毕生的历练体会，方可臻于化境。所以，连帝都最出色的医士，都会艳羡屠龙户的精湛手艺。

可事实上，屠龙户们无一不是过着贫困而单调的生活。毕生生活在这些海滨城堡里面，年复一年做着同样的工作，收入仅供糊口。这破城堡也并不属于他们，而是国家提供的。

走到尽头就是大厅了。所谓的大厅，倒是大得出奇。房间里的腥味更加浓烈。一个小窗开在离地丈高的地方，露出几星杳霭的晚霞。房间的四壁都淹没在了黑暗中。大厅正中有一个轮廓僵硬的人影。走近一点以后，那人影就向他们慢慢移过来，略微颤了颤，算是向两位客人行了个礼。

老船司拉着这个叫作支离益的屠龙手，说了几句话。那人一声不吭。苏眠担忧他会拒绝，他却回过头来看了苏眠一眼。他的眼神和脸一样，平静得没有任何内容，如同这些岩石的一部分。

苏眠的想象中，屠龙户这样的人，大抵是形貌粗陋的。这个支离益却说不上难看，轮廓甚至还有些清秀。只是那种平静得近乎麻木的表情，令人心生厌恶，而剃得干干净净的光头，更加重了某种邪恶的印象。

他轻微地颤了颤脖子，就算是同意了。

苏眠竟然舒了一口气。

支离益点起了灯。那灯光也是污浊如死水的。在灯火的跃动中，苏眠看见了地上一摊摊红的绿的陈年旧迹，形貌甚是可疑。顺着那些旧迹望过去，她注意到了大厅的墙角有一整圈的水沟，令人作呕的腥气就是从那里发出来的。水沟里浸着一排大铁笼子，粗重的铁链在水光下泛着金属的污光。支离益一手端着灯，一手就往笼子掏。过了一会儿，拖出了一把长长的碧蓝色毛发，跟着就有一道雪白鳞光，闪现在灯下。

苏眠知道，这就是今晚的观赏物——鲛人。

成年鲛人的身量比人类略微高大一些。眼前这个鲛人看起来年纪还小，身体纤细得如同一片银白色的水草。她紧闭了眼睛，脸庞看上去很美，鱼尾是温润细致的玉色，展开来像一只爱娇的蝴蝶，拖过砂砾地，留下淡红的一道水痕。

支离益拖着她的长发，一径往内室走去。

鲛人低声地叫唤着。用的是海洋的语言，也不知在叫唤什么。一双只属于他们族类的美丽眼睛，瞪出碧幽幽的绿色。这眼睛，剜出来就是胜过任何水晶宝石的无价之宝——碧凝珠。

老船司和苏眠立刻跟了过去。那就是切割鲛人的地方——工坊。

工坊倒是意外的干净整洁。四壁一圈儿明灯，把屋子照得如同雪洞一般。当中一座石台子，磨得水光锃亮的，拖进来的鲛人，就被拍到了台子上，仰面朝上，蓝色的长发依旧拖到地上。室内先已经有了一个十七八岁的少年，在一边清点刀具。此时正把一排擦干净的刀摆在一辆车上，推到了石台子边。

这少年也有一张花岗石的脸，酷似支离益。并且，也剃了一个干干净净的光头，大约这是屠龙户的规矩吧。

老船司说，这孩子是长子的儿子，这家屠龙户的第三代，今晚给叔叔打下手。叔侄两人都是一声不吭，配合得十分默契。一忽儿就把鲛人捆绑结实了。叔叔转身去洗手，少年则找来一条长布，把鲛人的长发捡起来擦干包裹好，动作流畅得像一个熟练的梳头工。

支离益拿着一支笔，盯着鲛人的腰部打量一番，迅速地目测出皮肤切口，然后画下了几道线条。

笔尖触及皮肤时，鲛人剧烈地战栗起来，像是已经预感到了利器切割皮肤的疼痛。等支离益接连把三瓶烈酒浇到她身上之后，她就不动了。

老船司低声说，这烈酒有双重作用：一来是为了洁净消毒，二来也是要让鲛人在冲天酒气里晕厥过去，一会儿下刀子时就不乱动了。而那个少年包裹鲛人的头发，除了干净以外，也是因为这个鲛人的头发很好看，能多卖好几个钱，需要好好保护。

说话间，支离益已经伏在了鲛人的身边，执刀如笔，轻描淡画，从胸骨下经肚脐，直至下腹部与鱼尾交接之处，割出了笔直的一道。银白色的皮肤沿刀口翻起，一粒粒珊瑚色的血珠子迸了出来，沿着刀锋雀跃，仿佛在炫耀自己的纯洁。

改造鲛人的手术由来已久。三千多年前，毗陵王朝的星尊帝灭海国，将俘虏以为奴。那时候，为了让这些"水生动物"更好地适应陆上生活，为空桑人效劳，星尊帝令号称智囊的大臣苏飞廉研制一种方法，要让鲛人的鱼尾变成两条如人类的腿。苏飞廉试验了一百多个鲛人，才摸索出一套完整的手术，造出了形容姣好、可以用修长的双腿舞蹈的鲛人，用于贵族们赏玩。有了这项劈尾技术之后，所有被捕获上陆的鲛人，都要把尾巴劈作两条腿，如此才卖得出价钱。

千百年来，云荒大陆上的王朝换了一个又一个，但鲛人奴隶贸易一直都是蒸蒸日上，劈尾手术也逐渐发展为一个独立的行业，世代传承。"屠龙"这种说法，起源于何时已不可考，但应该不如何久远。大约某个文士觉得劈尾一词不够典雅，于是援引中州古籍，叫作"屠龙"。

龙是鲛族的守护神和图腾，鲛人亦自诩他们在海中逍遥游曳的姿态为游龙。而屠龙一说，对于被俘虏的鲛人来说，不仅是身体的改造，也是种族自尊的剥夺。

——《云荒博物志》

苏眠瞪大了眼睛，等着看支离益如何完成这"屠龙"的绝技。

支离益动作极快。一只亮闪闪的光头定在那里，几乎纹丝不动。只有手中一把银色的小刀舞成一团光。鲛人腹部皮上的切口还未来得及涌出大量的血，皮肤下的脂肪、筋膜和肌肉就已经跟着分开了。转眼间鲛人的下腹部已经破开一条长长的竖口子，露出腹中肚肠。支离益拿起一根洁白的骨头——或者是鲛人骨，撑在豁口两边，并且让少年把持住，好让他认真探究肚子里的东西。

少年憋红了脸。鲛人腹部的肌肉很紧，他得花很大的力气才能撑开。

肚肠是柔嫩的粉红色，在灯光下泛着莹润的珠光。被切开的肚皮还在不停流血。除了要拉开切口，少年的另一个重要工作就是用一块棉布压住创面，吸血。棉布一会儿就浸透了，于是换一块。虽然是小事，可是如果大量的血流到肚子里，支离益就无法看清他要做的东西了。少年知道这一点，很认真，甚至可说是很小心。身边放了很多棉布，那些棉布是反复使用的，已经用过相当长时间，变成一种难以言说的

屠龙　257

黑色了。

支离益飞快地拉出鲛人的肠子,挑到一边。空出的腹腔露出了后壁,是一根细长的脊椎骨,旁边两只淡褐色的肾脏。

> 从腹腔里看,鲛人的内脏器官和人还是很相似的,有胃,有盘曲的肠道,有一对肾脏,也有独立的生殖系统。但胸腔就完全不同了。鲛人的心脏位于正中,心脏分出的所有血管,都是左右对称的。与此同时他们那种独特的能够适应水下生活的肺叶,也是对称分布的。有学说认为,这种结构是为了在水中保持平衡。
>
> ——《苏氏比较解剖学》

"假如能看看鲛人的胸腔就好了。"苏眠说,"不过,大概不可能看到吧。剖开了胸腔,鲛人多半就活不成了。"

"其实要看很容易啊。"老船司说。

"呃?"

"鲛人的胸腔啊,我就经常能看见。"

"为什么？"

"因为，这里的鲛人是经常死的。死了就能剖开来看看了。"

"……为什么会经常死？"

"因为屠龙术，想想也是对鲛人的损伤很大。"老船司说，"这么多年也没找到一个好的止血药方，很多鲛人都会死于失血过多。一方面呢，要求屠龙户的动作越快越好，这样少流点血。另一方面，鲛人也最好是年幼点的。那些年纪大了的鲛人，生殖系统已经发育完整，手术中除了去掉尾巴之外，还要改造内部器官。手术要拖一个多时辰。除了少数血气旺盛的鲛人，大部分都当场死在那张台子上了。"

"然后呢？"

"然后，屠龙户就会把鲛人的胸腔也打开来，彻底肢解。你知道，鲛人皮，鲛人鳃，鲛人的心脏，都是很值钱的，一件都不能落下。这时你就看看它的心脏是不是在正中间。以前领来的游客，碰见鲛人死了的，倒多半很高兴，这样就能看个究竟。"

"……那倒也是，死了就能看了。"苏眠说，"不过我是想问，鲛人死了，屠龙户不用负责什么？"

"不用，"老船司笑了，"鲛人死了就算了。"

"算了？可是，鲛人是很名贵的啊。在帝都，一个健康美貌的鲛人，可以卖到上万金铢。相当于一户小康人家几百年的收入啊。死一个鲛人，损失太大了。这些鲛人贩子肯善罢甘休么？"

"那倒不至于。谁都知道，这本来也是难以避免的事情。死了鲛人，主人也都能通情达理，不会太计较的。"老船司说，"说到底……这本来就是不用本钱的买卖啊。"

"不用本钱？"

"是的。这里的主人，不是正经鲛人贩子，而是下碧落海捕捉鲛人的渔家。因为没有做过手术的鲛人，在陆地上活不长，只能泡在一桶一桶的海水里。所以，渔家捉上来鲛人，就直接送到海边的屠龙户这里来，做完手术再领回去。伤口养好了，能用新腿走路了，渔家就牵到县府去出售。那里有专门的鲛人贩子，开了店收购。视年龄雌雄，一个鲛人的收购价大概是四五十个银毫子吧。对于这些穷苦的渔家来说，这可是一笔不小的收入，相当于一年打渔所得。如果是沧月螺或者端鱼，他们要打上十几二十船，才能挣回这么多呢。所以，只要有一个鲛人活下来，他们就心满意足了。活不下来，他们也不会太计较。"

"心满意足？"

"是啊，这些船家，都是些老实的穷人。鲛人对于他们来说，是海神给的意外恩赐。我在这一带做船司，管理渔船。但凡有渔家捕到鲛人卖回了钱，都会祭神祭祖，还要请同村大吃一顿，叫谢海酒。从中午吃到晚上，村人还要唱歌跳舞点篝火。这种谢海酒，我一年也能喝个十几回呢。这两天村子里也该有的，回头我带你去吃。"

"多谢。我想，那一定是很有趣的民俗啦。"

"是啊，也是本地的一大特色。"老船司颇为自豪。

"您说鲛人的收购价，是四五十银毫子？"苏眠又问。

"是的，也不贵是吧？据说这里的鲛人贩子收了去，运到首府去，卖给鲛人教养所，价钱要翻上几十倍？"

"嗯。教养所把他们买去之后，教他们讲人族的语言，适应人的生活。完成了驯化的鲛人，回到市场上价钱又翻上几十倍。少数资质很差的直接卖为苦力，多数卖给各种各样的伎馆，继续调教。之后层层装裹，层层倒卖，弄到帝都贵族家里的鲛人，就变成天价了。"

"唉，"老船司叹了口气，"冒着生命危险下海的人，得到的只是零头。钱都叫那些中间商赚去了。"

"岂止是鲛人买卖。其实无论什么生意，都是这样的。"苏眠说。

"那些商人最可恨。"老船司说。

苏眠笑了笑。

"真是的，"老船司说，"偶尔也有鲛人贩子直接向船家买了带尾的鲛人，送过来让屠龙户做手术。这时屠龙户就要分外小心，商人不好缠。他们觉得自己已经花了钱，就对屠龙户提出各种要求，不小心鲛人死了，他们也会大发脾气。这时候我就得出面摆平。"

"他们会拒绝向屠龙户支付佣金？"苏眠猜测，"那么，这些难缠的商人，屠龙户也可以一开始就拒绝接他们的活儿嘛。"

"那可不成。"老船司说,"按照规定,屠龙户不能拒绝任何活儿。而且,从来也没有人向他们付佣金。他们的口粮是官家给的,干多干少,都是那么点工钱。"

"为什么会有这种规定?"苏眠愕然。屠龙户身怀秘不外传的绝技,照理说也该有很多丰厚的收益以及挑挑拣拣的特权,为什么——她想问的是,他们会接受这种不合理的规定呢。

"自来就是如此啊。"老船司说。

两人兀自闲扯。不知不觉间,支离益已经进入手术的关键步骤了。他的侄儿绷着一张流汗的脸,凑近了去。因为这是学习重要技术的机会,不知不觉显出一点难得的兴奋来,一双不甚有神的眼睛闪啊闪的。

苏眠深知,屠龙户不愿外人看到手术关键的细节,所以依旧站在五步开外。

因为吸入了大量的酒,那个年幼的鲛人仍旧昏迷着。白皙的脸因为严重失血而显得更加白皙。细巧的下颏,楞楞地仰着——这下颏苍白光亮,像是指向天空的一把利器。

真是个漂亮的孩子。苏眠感叹着。

在帝都伽蓝，美貌的鲛人被权贵和巨贾们竞相购买收藏，作为玩赏和享乐的对象。贵人家的鲛人，往往和主人之间有着淫乱关系。那些最为荒唐艳冶的传闻，无不有鲛人掺杂其中，比如景术帝的宠佞雍容，又比如太医斯悒家的那个女人雪鱼。

不是亲眼所见，谁能想到那些传说里的倾国名花，都是从这般血腥又肮脏的修罗场中爬出来的。

眼前这个孩子，若能活下来卖到帝都，活着走出鲛人教养所，大约也能卖个惊人的好价钱。

苏眠忽然感叹：鲛人就像女医士一样罕见，只是前者身价不菲，后者却为人所不屑。

若她不是女人，大概不会被人质疑有没有能力当医士，成为医士之后，又被人认为只能开药，不能动刀。即使她考入了太医院，持有最高机构的身份认可，也不能消除身边怀疑不屑的目光。她这才动了念头，想追求医学的顶级秘术。

她并不是好奇才找到这里看屠龙，她只是相信，学到这门顶级的手术，她才能证明自己是真正卓越的医士，毫不弱于男人。

有着花岗岩面孔的屠龙户,正在全神贯注地操作。鲛人腹腔已经完全撑开,腹腔下面的盆腔也空了,亮出侧壁。支离益用刀柄分开盆腔后的一条条肌肉,一边分,一边用力压住伤口给鲛人止血。最后,盆腔的一侧露出了白森森的骨头。

根据以前看到的图谱,苏眠知道,这是鲛人的腹鳍鳍骨。

> 鲛人的腹鳍鳍骨,相当于人的腿骨。无论是腹鳍鳍骨还是腿骨,都是通过下肢的肢带骨和脊柱骨相连接。只不过,鲛人在水中游泳,腹鳍骨不需要承担身体的重量,因而连同肢带骨都长得十分细弱,和脊柱若即若离。这个手术,就是要把这细弱的肢带骨重新连接到脊柱上,做出和人类同样的下肢结构。并且辅以促进骨骼生长的药物,加上强行训练,使得鲛人的腹鳍生长成为可以行走、可以舞蹈的人类的腿。
>
> ——《苏氏比较解剖学》

支离益的技术很熟练。他捏住肢带骨的游离端,用刀削了几下，如同削一只木薯。转眼，那根骨头就切割成了关节面的样子。然后，支离益再用磨刀石把切面磨光。骨头含血丰富，打磨过程中，切面上不停涌出鲜血。小佸儿递过一罐骨胶，支离益一边磨，一边飞速地用手指挖了一大把，抹在渗血的骨面上。

不一会儿，血就止住了。

"我明白了。"苏眠说，"说鲛人上岸，尾巴变成腿，叫劈尾。一般人只想象是把那条鱼尾巴从中间劈开，一分为二。我就一直疑惑，脊柱骨的结构如竹节，不可能变成两根腿骨的。原来真正的手术，却是把与人类下肢相似的腹鳍改造为下肢。看来劈尾一说，是外行人想当然的误传啦。"

"也不尽然是误传。"老船司低声说。

年幼鲛人的骨骼实在太细。支离益朝少年做了个手势，少年跑开了。过了一会儿，拖过来一个大箱子，并且打开。

苏眠看见，箱子里全是白花花的骨头。

支离益弓着背，在箱子里翻了一阵子，摸出来一根长骨，用染血的纱布擦拭一番，然后放到鲛人的身上。比划了几下，似乎不满意，放到一边，又摸了一根出来比。

这些骨头，大概就是以前死在这张台子上的鲛人的遗骨吧。苏眠想。

一连比了三根，支离益才找到了合适的长骨，和鲛人本身的肢带骨并排放好，并且用骨钉钉在了一起。

这样做，无疑是为了加固肢带骨，以防鲛人刚刚站起来的时候，因为不堪负重而骨折。

"可是，这个鲛人还小，她自己的骨头将来还会生长的。"苏眠有些疑惑，"这样给她钉死了，岂不是……"

"等她长大了以后，再做一次手术，把骨撑取下来就是了。"老船司解释道。

"还要再做一次手术么？"

"是啊。即使改造的时候没有加入骨撑，大部分鲛人也都还要再做一次大手术的。"

的确是如此，苏眠想起来，在帝都看到的很多鲛人，身体都经过一些改造。从最微不足道的文身，到最惊悚的"千手观音"。这都是商人们为了满足不同买主的特殊癖好，而请某些黑市医士动手术做成的。

支离益的动作的确很快。才一会儿工夫，另一侧的肢带骨也改造、加固好了。他用力一拉，把肢带骨连在脊柱上，连着的腹鳍也狠狠地缩了进来。苏眠盯着看，那只细弱的腹鳍在无意识中猛烈地颤抖着。

少年捧来一罐子药水。支离益用纱布蘸着，涂抹在肢带骨和腹鳍骨上。这应该就是特别研制的，促进鲛人骨骼生长的药物了。

药水有着很强的刺激性。刚刚涂上去，鲛人的腹鳍就由颤抖变成了抽搐，并且越抽越猛烈，腹部一起一伏，鱼尾也跟着甩来甩去，拍得"啪啪"作响，连地上的血水都被拍打起来，形成淡红的雾。

支离益显然很习惯这种反应了，并不顾及鲛人的躁动，用飞快的手法把腹中的所有出血口都缝扎好，冲洗干净。然后内脏回复原位，关好肚子，缝上皮。

"这只是其中一种药，"老船司说，"手术完了以后，还要给他们灌下其他的药水。这些药很神的，能让两条腿在半年之内长到正常人的长度。不过，也都是很毒的药。手术没死，事后吃这些药吃死的鲛人，也不在少数。"

"据我所知，没有哪一种药是对任何人都有效的。这些药物，对所有鲛人都有效吗？"苏眠发出医士的质疑，"有没有鲛人吃了这个药，没有中毒，却也长不成人腿的？应该有吧。"

"当然有了，白白动了手术，剩下的腹鳍却没能成功长成人腿。那样的鲛人也就算废品了。就像一个没有腿的人，完全丧失劳动力，做普通奴仆都不成。轮到鲛人贩子手里，多半就这样被抛弃了吧，或者直接杀死取碧凝珠。这种鲛人也不在少数。"

"哦，我想……"苏眠若有所思道，"在帝都，每看见一个昂贵的鲛人，他的背后都有无数同族的死尸吧。"

"不错。"

现在，这小鲛人看起来完好无损，只是肚子上多了一道蜈蚣般的缝线口。缝线口抹上特殊药膏，保证她将来不会留下让主顾觉得不雅的疤痕。

腹鳍还在抽搐。支离益一手捏住这新生成的"腿"，一手接过少年递来的剃刀，飞快地刮去了上面的鳞片，露出淡蓝色的皮肤。

刮好了一边，又去刮另一边。

蓝皮肤刚刚露出来时，泛着月光一样的银彩，转瞬间就变得污浊沉暗了。就像刚刚出土的古董接触到空气一样。不过这倒不是空气的作用。仔细看去，原来鳞片的根部受了伤，都在暗暗地渗血。

血不多，颜色很暗。这些伤痕织成网状，如同白色戈壁上龟裂的沟壑。微细的血流在这些沟壑中缓缓流动，渐渐汇聚到下垂的鳍尖，形成一个褐色的血滴子，坠着。粘度极大，所以久久地坠着，拉长。最后终于承受不了这重，轻轻一颤，坠在岩石地板上，摔得粉碎。

终于刮干净了。屠龙户支离益直起了腰，退开两步。岩石般的脸仍然毫无表情。

这时上来的是侄儿。这少年吃力地抱起一大缸子烈酒，往鲛人的下身一泼。浓烈刺鼻的酒气，再次弥漫在工坊里面。

"这就完了吧？"苏眠问。

"嗯……"老船司说，"一般的客人，只看到这里。"

"呃？"

"一般的客人，看到这里，多半已经觉得很恶心了。我就带他们离开。"老船司解释着，"不过我看你没什么反应啊。因为是个医士的缘故吧?"

苏眠不置可否:"后面还要做什么?"

"其实后面才是最关键的一步啦。"老船司说。

"是什么呢?"

老船司却故意转了话题,卖了个关子:"说起来蛮可惜,你注意到没?这个小鲛人还没变身。"

"是啊。"苏眠点点头,"所以不用费时间给它做调整器官的手术。这样,它很可能就不会死在台上了。我可看不到心脏了。"

"嗯,"老船司说,"对游客来讲,是有点遗憾啰。不过对屠龙户来说,鲛人最好还是不要死。只是到这时,鲛人能不能挺过这个手术,还在未知。最后一步,才是对它最大的考验哪。"

说话间,少年已经把放置手术刀具的小车推到了一边,扛过来一把长刀。那长刀比他本人还要高一点。他把刀背靠在肩上,小心地扶稳了。用烈酒蘸上纱布,拭了又拭。刀锋在他的精心擦拭下显出一丝丝的蓝光,映得少年的眼睛,也发出幽幽的光芒来。

某一刻,苏眠和他对视了一下,发现少年平静的眼底，溢出一丝丝令人惊奇的喜悦感。

支离益蹲在墙边休息，双臂交叠胸前，两只空洞的眼睛木木地瞪着，似乎在养精蓄锐。

"这也是对屠龙户最大的考验。"老船司似乎忍不住兴奋地说，"前面再怎么麻烦的步骤，都是小菜一碟。要极快，要极稳，要极准。一瞬间就可以完成的这一步，其实凝结了屠龙中的最顶尖的技术。可以说，屠龙户一生的修炼，其实就在这一刀……"

突然，雪光，刺目一闪。

就像一颗极亮的流星，骤然划过长夜的天空。真的，苏眠明明连眼珠子都不曾离开过那张石台，却什么都没看见，没有捕捉到。

还是明亮的工坊，还是泛着淡红血光的空气。屠龙户支离益，仍旧靠在墙边，脸如苍岩，两手低垂，没有任何情绪改变。

老船司还在身边，絮絮叨叨说着什么。

然而，视野里面，终究还是有什么东西，刺激着已经钝化的视觉。它在闪烁着，突兀着。于夜的宁静表象之后，顶出一道喑哑的疯狂。

那是一条鱼尾，长在小鲛人身上，有着优美纤细弧线的银白色鱼尾。

这条鱼尾已经离开了鲛人的身体，它还没有死去。凭着一点点动物的本能，在沙砾上拼命翻腾，一次又一次地从地面上弹起，就像一个重伤垂死的人，用尽最后的力气挣扎求救。

断面上流出的血，洒了一地，像盛开的珊瑚。

最后弹跳不起来了，却还不甘心，在地面上扭动，一直滚到墙角才停下来。

一路划出血痕，好像一纸浓墨重彩的文书。

苏眠好不容易才把视线从那只砍下的鱼尾上挪开。再看那台子边上，鲛人的身体只剩了一半。

断端面上，愈伤用的药膏已经涂抹好。因为刀够快，甚至没来得及流太多的血。那个少年手持纱布给她包扎。怕出血，一边包，一边用足了全身力气死命压紧，把鲛人的下身包得宛如一只粽子。

那把一人高的长刀，居然也没有沾上一滴血。真是快到了极致。

苏眠忽然明白过来，所谓"劈尾"一说，是绝对真实的。而且，不是妥协地一分为二，而是把代表着海洋生命的鱼尾，给完完全全地劈下来！

躺在砧板上的这个尚且年幼的鲛人……刚才，她——觉得痛吗？

苏眠和老船司都没有听见鲛人的叫喊。鲛人早已深度麻醉了，她的上半段身体也不曾挣扎，应该是不痛的。

苏眠的视线慢慢挪了上去。

看见了张开的嘴。小鲛人依旧紧闭了双眼，修长的睫毛覆盖了她的沉睡。可是珊瑚色的嘴唇，不知何时张开了，撑成一个完美的圆。

又如同一个深沉无底的洞窟。

那一刻，苏眠仿佛听见了一阵宏大的嘶喊，从遥远的深海抑或苍穹喷涌而出。

似乎过了很久，苏眠突然没头没脑地问了一句："她死了？"

"没有，"老船司轻快地说，"砍得很准，很好。她没死，不会死的。"

"哦……"

"不错，不错，今天真不错。你看出什么门道了吗？"

"太玄了，怎么看得出？"苏眠干笑了一下。

"呵呵，外行人自然是看不出的，"老船司眯着眼睛说，"我也是看了许多回，才知个中奥妙。"

"愿闻其详。"

"说来也简单。第一是位置要准，劈得位置高了，把身体部分也伤了，甚至穿透腹腔，则鲛人必死无疑；劈得低了，或者砍得歪了，剩下一截子尾巴杵着，没有哪个买主看得过眼，若说补砍也没有哪个鲛人受得了第二刀。手要稳重有力，这么粗的鱼尾，里面又有一根刚劲的脊柱骨，务必要一刀劈断。不仅要一刀砍断，还要越快越好。这么大的创口，要立刻堵住。慢了的话，鲛人会生生的失血而亡。"

"真是不易。练成这身手，就是去做剑客也绰绰有余了。"苏眠评价道。

"呵呵，他们是屠龙户，做不了剑客的。"

苏眠跟老船司开着玩笑，不自觉地掩饰着心中的失落。所谓的屠龙绝技，其实并没有什么精妙绝伦的新技术，无非是屠龙户了解鲛人的结构，外加力大手狠。其实不能算手术，医士的手术希望百分百将人救活，而屠龙却是建立在极高的死亡率之上——无非因为鲛人不算人，性命不值一提罢了。

苏眠掉过头，去看那两个屠龙户。支离益蹲在墙边休息。那一刀果然用去了很多力气，他仿佛在喘气。不过连喘气，这个沉默的屠龙户也不曾发出一点点声音。而那个少年则忙不迭地拾起支离益放下的刀，洗洗擦擦。刀要尽快擦拭干净，血玷污的时间一长，就没那么锋利了。

这时候，支离益忽然站了起来，走到墙边，拾起鱼尾，用纱布包好，装在一个袋子里，交给了老船司。这似乎是一个仪式，表明屠龙户完成了一次工作，向村人交代成果。

而那个少年抱起包裹好的鲛人，送到了另一个房间去。也许是鲛人比较重，也许是站立时间太长，双腿不支，苏眠发现他走路有一点步履蹒跚。

小鲛人的头巾散开来了。海藻一样的蓝色长发拖到地上，沾上了她自己的血。

那里面大约是一个药房，在那里，她应该会被喂下很多药物。或者，她能够顺利长成一双人类的腿；或者，她会死于药物中毒；又或者，她什么也长不出来，成为失败的废物。

长成人腿的她，还会经历无穷无尽的贩卖、训练和改造，最后成为一个又一个帝都贵族用于发泄的玩物。鲛人命长，她至少还有两百年可活，直到年老色衰无可玩赏，被杀死。只留下一对名贵的眼珠，成为贵妇的宝石。

苏眠觉得疲倦了，向老船司示意，想要离去。老船司朝支离益使了个眼色，支离益领着他们，回到一开始的那间大厅。天早已全黑，这一回，他点亮了一盏较大的灯。亮光之下，这间屋子显得十分破败，却也不那么阴森了，只是普普通通一间穷人家的客厅而已。

苏眠急欲离开，却被老船司拉住了，要她在一张凳子上坐下。

"他家老大的老婆煮了粥消夜，请客人一起吃的。"老船司说，"这是他家历来的习惯，不要拒绝。"

屠龙户还有妻子吗？苏眠有些诧异。看看门边地上，果然坐了一个邋遢的妇人，正朝她谦卑地笑。

过了一会儿，那个少年抱着一大罐子粥和一摞碗出来了。那妇人用手撑着地，艰难地挪了过来。少年把一只长柄的木勺递到她手上。她用勺在罐底捞啊捞的，努力地从清水一样的"粥"里面捞出一点稠的来，盛满了一碗，然后小心翼翼地捧给苏眠。她一直坐在地上，那碗粥捧得比她的头顶还要高。苏眠慌忙接过来，注意到她那双手因为长期撑地行走，粗糙得像脚底一样。

妇人探着身子，又努力捞了一碗稠粥，捧给老船司。然后才是支离益一家的粥。老船司接过粥来，却端给了那个少年，把少年手中的碗换给了自己。少年咧了咧嘴，露出今晚的第一个笑容。

苏眠低头看看，那粥不知是用多少年的糙米熬成的，清汤寡水还泛着铁锈红色。大家都不说话，闷头喝粥。一夜劳顿似乎对支离益并无半点影响。少年岩石一样的脸上，却已经渗漏出点点倦意。他捧着粥碗咂得山响，很满足的样子。少年一点些微的情绪感染了苏眠，这个夜晚屠戮鲛人的沉暗血色，也渐渐在这合家食粥的温暖气氛中渐渐淡去。苏眠捧起粥碗，决定学老船司，津津有味地喝下去。

忽然,她从碗边上看见一双绿眼睛。

海洋的颜色。

苏眠猛抬头。那双眼睛也在看她,依然是谦卑的微笑。那双眼睛是属于主妇的。苏眠再一看,发现那妇人的脏头巾里,掉出一绺长发——尽管这头发枯涩不堪,可也能看出本来是蓝色的!

"她是——鲛人么?"苏眠猛地放下粥碗,惊呼起来。

"是啊,"老船司头也不抬地说,"她是鲛人。就是那种劈了鱼尾吃了药,却没长出长腿来的鲛人。"

"为什么?"

"屠龙户太贫贱,根本讨不到老婆的。"老船司解释,"所以他们都是捡这些被扔掉的鲛人——其中有不算太残废,略微能够自理的,拿来做老婆。"

"他们这些人,总有女儿的吧。"

"他们不养女儿,养不起。女儿又不继承手艺,所以生下来就杀掉。等到要传宗接代了,就挑一个在自己手中弄残了的鲛人。所以屠龙户们的老婆是鲛人,他们的妈妈是鲛人,祖母也是鲛人……"

"等等……"苏眠阻住了他。

然而她张着嘴,却是什么也说不出。

她记得清清楚楚,鲛人的遗传是强势的。人类和鲛人的混血后代,都会天生一条触目的鱼尾。也就是说,这些屠龙户血缘上都算是鲛人。

"是啊,"老船司看出了她的疑惑,接着说,"其实,他们这些人生下来,也是要劈一次尾巴的,一般就由父亲亲自操刀。但是婴儿劈尾之后,更容易死。所以这些屠龙户人家,都是人丁不旺呢。去年支离益就有一个儿子,生下来三个月做劈尾术。可能因为没保护好吧,当时就在这里断了气。"

苏眠没说话,那个鲛人主妇还在朝她微笑。她忽然觉得,无论如何也喝不下手上的这碗粥了。

老船司半开玩笑道:"正是因为他们和鲛人差不多吧,也都受过劈尾术,所以才会个个都是屠龙能手?自己对自己的亲族最了解,动起手来会分外麻利些吧?"

鲛人是奴隶,是贱民。屠龙户,也只是另一种贱民,另一种奴隶。他们毕生练就的绝技,用于屠杀同族,并且不能获得任何报酬,不能有任何地位。都是枷锁中的人，彼此之间，世世代代，冷漠无情地、麻木不仁地、自觉自愿地屠杀下去。这才是云荒的规矩。

苏眠放下粥碗，盯着表情木然的屠龙户一家人，盯着支离益，盯着少年，盯着鲛人主妇。她低声然而认真地说："我给你们钱，你们离开这里，不要再做这种无聊营生了。"

支离益从碗边抬起头，看了苏眠一眼，麻木的脸上并无任何表情。那个妇人却有些惊恐，忙忙地低了头不再看她。

苏眠提高了声音，重复了一遍自己的话。

他们连头也不抬，只是呼噜呼噜喝着水一样的粥。

"回答我呀，"苏眠催促着，"——难道你们想永远这样？"

"苏医士，你这是干什么？"老船司苦笑着说，"你让他回答你，他怎么回答？"

苏眠错愕。

"他们是哑巴啊。每一个屠龙户，生下来就被灌了哑药。"

"……"怪不得从来没听见他们说话。

"他们是不可能离开这里的。"老船司盯着苏眠,"跑了屠龙户,上头可不会放过我们全村的,苏医士你可别乱来。"

苏眠呆了呆。是了,她不该提这样白痴的要求,这太不像她自己了。她挤出一个笑容:"我知道,跟他们开玩笑的嘛。"

从城堡下来,已经是后半夜了。夜风很冷,听不见鸣虫的叫声。老船司邀请苏眠一起回他的小屋,烤烤火等待天亮。

今晚的鲛人尾也抱了回来,郑重地挂在屋檐下。

狸猫儿已经睡着了。苏眠心想,今晚没有带他去看屠龙,真是明智的决定啊。

炉子上熬着的老汤,又冒出了芳香的白烟。老船司的兴致也跟着汤的热度涨了起来,给自己盛了满满一碗,一边赞叹着"这可比屠龙户的粥强多了",一边殷勤邀请苏眠,同来一碗。

"是鲛人肉汤吧?"苏眠问。

"不错,鲛人肉比任何一种鱼肉都鲜美呢。"

老船司被汤的热气熏得红光满面,"每次劈下来的鱼尾,都拿来办酒席呢。村里的老人,才能分一点拿回家熬汤喝,非常滋补的。"

"酒席……"苏眠恍然,"就是您之前说的谢海酒吗?"

"对啊,本地的风俗。"老船司说,"明天一起来吧,能尝到最美味的鲛人菜呢。"

"不行啊,"苏眠笑道,"我赶时间,明天一早就得走了。"

"那太遗憾了……"老船司一面吹着热汤,一面衷心地叹息着。

苏眠不再应声,也不再做什么。她一心一意等候天亮。窗外,却还是死寂的冷夜。一片漆黑中,只见远处海滩,有光芒隐约起伏。

"大约是渔人们为庆祝捕获鲛人而点燃篝火吧。"苏眠无意识地自语着。那火光开始只是一点两点,后来就连成线,像一个变形的"人"字。再后来愈燃愈盛,一直蔓延到南方碧落海的深远处,融入一片无涯的星海。

年画

陈茜 中国科普作家协会会员、科学文艺专业委员会委员。上海市青年文学艺术联合会会员。短篇作品多见于《科幻大王》《科幻世界》《九州幻想》《最小说》等杂志。作品连年入选《中国年度最佳小说选集》,并多次改编为漫画、广播剧等形式。出版有短篇科幻小说集《记忆之囚》,少儿长篇小说《深海巴士》,少儿短篇小说集《海肠巴士》。曾获第四届全球华语科幻星云奖最佳中篇小说银奖、第五届全球华语科幻星云奖最具潜力新作者奖金奖、首届中国科幻坐标奖年度最佳短篇科幻小说奖优胜、首届少儿科幻星云奖短篇小说金奖。

一

"师妹,来,快帮我一起瞅瞅,这里边有啥宝贝东西。"

眼镜黄抱着一个大纸箱,走进我的工作室。

我看着那个风尘仆仆的旧纸箱,忙不迭戴上口罩,"别往裱画台上放!太脏,先搁地下。"

眼镜黄也不介意我语调里的嫌弃,直接熟门熟路找了把美工刀,弯腰划开纸箱外的封箱带,"昨天赶古玩早市,直接整箱两千块拿下来了。老板说是以前哪个私人博物馆倒闭后流出来的馆藏。"

"你也好歹是经常跑保利拍卖的高端玩家,"我摇头,"怎么还像个票友似的,老想着捡漏。"

眼镜黄算是我的师兄。一副深色玳瑁框眼镜从学生时代不离身,人送外号眼镜黄。

我俩都毕业于某校文博系。他算是个爱好古董文物的富二代小开,常年流连于书画拍卖场和收藏家圈子,靠倒买转手赚些零花钱。我则继承家学,开了个私人古籍书画修复工作室。眼镜黄经常带着他的所谓"战利品"跑来找我——有些残损书画,经修复后,市场价格能翻上数倍。他也算我这小工作室的一个大客户。

腾起一篷陈年老灰后,眼镜黄带来的箱子里露出层层叠叠的线装书、卷轴。

吐槽归吐槽,我也忍不住好奇探身张望。

"不是嫌脏么。"他见我探头探脑的样子,往边上挪了挪，给我腾出个位置——半小时后，我俩灰头土脸盘腿坐在地上。

"好像没啥有趣东西。"眼镜黄叹道。

纸箱里的东西已被清理、分类成了好几堆：一套残缺的线装书族谱，一些最常见的石印典籍，如《千家诗》《笠翁对韵》之类，还有几册唱本小说。卷轴画展开后，是些出自不知名画手的山水小品或岁末清供图，笔法粗陋笨拙，也不值一提。

箱底还有两块窗棂木雕残片，要是品相完美，民俗收藏家可能对此有兴趣。可惜它们似乎经历过火灾，黑黢黢已经看不出原来的图案颜色。

这些东西，在专项研究者的眼里可能也算是些史料，但对我和眼镜黄来说，确实没啥意思。

"亏了吧。"我笑他。

其实也知道，这千把块钱对眼镜黄来说不是事儿。

他扶着膝盖站起来，"算了算了。洗个手，咱们吃饭去吧。"

"你请。"我说，指指工作室地板上的一团纷乱，"自己收拾回去。"

"我请。"眼镜黄挠头认输。

这时厨房的蒸煮定时器响了,我走进去关电源。重新回到工作室前厅,发现眼镜黄又蹲了回去,正打量一个掀开的纸包。

"这东西,画风还挺特别的。"他说,"原本夹在那堆旧书里,刚才掉出来了。"

我过去一看,是张画。不知何故被撕得粉碎,又被仔细包了起来。每张残片都只有指甲盖儿大小,从粗犷线条和俗丽的平涂色块看,应该是张年画。

"有没有兴趣拼起来看看?"眼镜黄问。

"哪有这么闲。"我耸肩。从箱子其他东西的档次看,这张年画估计也是1950年代的普通民用物件。

"我按修复时间付钱不行么。"眼镜黄斜眼笑,他用随身携带的尖头镊子夹起一张纸片,举到我面前,"不觉得这只手很有意思么?"

残片上正好绘有一只孩童的、短胖的小手。

我一愣。画面中白胖小手掌心有什么东西,我弯腰仔细辨识,居然像是一只眼睛?我又动手翻检其他残片,找到了荷花、牡丹等吉祥纹样的局部。这确实应该是一张年画。中国传说里有手里长着眼睛的儿童吉神？我对鬼神民俗题材一直挺有兴趣，也从未听说过存在类似的题材。

"确实有点意思。"我说，"这活儿我接了。"

二

过了几天，正好完成一张十米长手卷的繁复修复项目。为了调剂一下工作节奏，我便着手开始拼眼镜黄拿来的年画碎片。

这项工作对于一个书画修复熟手来说，难度基本为零。仅仅一个晚上，整幅年画的图案便随着残片的归位渐渐粗具雏形。是十分常见的江南民俗画传统母题：一个坐在莲叶上、手持藕节和硕大红色莲花的胖娃娃。

将最后一块面部碎片凑回画面后，我瞪着裱画案上的工作成果，不由得怔了半响。随即用手机拍了张照片，给眼镜黄发了过去："真给你捡着漏了。"

年画上的娃娃，她的面孔一片空白，没有五官。取而代之的，是她的左手向前平展，掌心镶嵌着一只杏仁眼。

我将台面下透光台调到最亮，确认年画娃娃脸部并没有五官轮廓的勾线淹没在涂色颜料下。这不是张未完成的作品。中国传统年画绝大部分由固定程式的图案元素组合而成，并不是展示画师独特创意的艺术品。无脸女孩，我盯着她掌心的眼睛，描绘它的技巧简单到近于粗笨，两道曲线勾出一只细长的杏眼，墨色瞳仁直勾勾盯着我。我忍不住莫名打了个哆嗦，很难想象几十年前的普通百姓会乐于购买这样一张令人背后发毛的年画。

眼镜黄的信息回得飞快："还真是没见过。明天我再找朋友鉴定下这东西的来历。"

过了几分钟他又补一句："这东西看着是不是——有点邪。你自己注意点儿。"

我耸肩——干我们这行的要有鬼神的忌讳，哪儿还能开张。毕竟天天接触的全是前人的遗物。没理他这茬儿，我顺口问："这图介意我放自己博客里么？"

"没问题。"

眼镜黄也知道，我有个十多万粉丝的博客账号，经常发一些正在修复的古物图片——当然也是在经过委托人允许后。这个博客一方面能起到工作室广告的作用，另一方面也是满足公众对文物修复业的好奇心。我一直很花费心思去打理，像无脸女孩年画这样罕见又透着诡异的物件，自然是极好的素材。

编辑修图后，我点击发布更新了博客。夜已深，将拼合完毕的年画绷在裱墙上，无脸女孩掌心眼睛的神色似乎都柔和了一些。

"不客气。"我冲她笑笑——能从碎片回复到完整状态，这小姑娘应该也是高兴的吧。

收拾完修复工具，我离开工作室。

万万没料到的是，这张图片深夜被一些猎奇网红大号转播了。第二天起床打开手机，我发现自己的博客居然有了近百万的阅读量，并引来一位不速之客。

三

"宋——老师？"来者站在门口，犹疑着开口。

"不用叫我老师，小宋就行。"我笑。

大部分初次来访者都会惊异于我的年轻或性别，他们印象中的文物修复师应该是位须发皆白的老头儿。

"小宋啊，我是为那张年画来的。昨天也打电话和你说过了。"老太太回过神来，直奔主题。

她年近八旬，说话声音尖细单薄，面部皱缩如胡桃，顶一头雪白而浓密的齐肩短发。身形佝偻，提着个购物袋，一身鲜艳肥大的运动衫，像是年轻子女淘汰下的旧衣。整体打理得还算整洁，但看上去更像个出现在菜市的主妇，而不是个书画收藏家。

前几天博客爆红之后，我接到不少询问无脸女孩年画的电话私信。大部分我都直接转给了眼镜黄。而这位老太太的请求十分特殊：在电话中，她强烈要求上门亲眼看一看赵桥村年画。

发现年画的箱子里的族谱，正是来自赵桥村。这点除了我和眼镜黄，无人知晓。从老太太对那张年画的称呼看，应该对它的来历有点了解。而面对我的好奇追问，老太太不肯再进一步透露信息，除非让她来工作室亲眼确认。

我和眼镜黄商议了下，都觉得值得接待。他这两天也去咨询了不少艺术史、民俗学方面的专家，皆一无所获。

"进来聊吧,画也不是我的,只是在我这边暂存修复。"我说,略略侧身,将她让进工作室,"您真有兴趣的话,我可以替您联系画主。"

没走几步,老太太便瞟到了裱墙上的无脸女孩年画。那一瞬间,她如遭雷击,站定在原地,背影激动得甚至微微发抖。我倒一时间颇有些担心:老人家年事已高,可别犯了心脏病。

"就是她。"她缓步走近裱墙,轻声呢喃,同时伸出一只青筋暴露的手,似乎想抚摸年画。我刚想出言阻止——老太太忽地回神,触电般地缩回手。

她似乎意识到自己的失态,扭头看我:"小宋,这张画,多少钱我都要了。开个价吧。"

我有些哭笑不得,"阿姨,这画不是我的,我也没开价的资格。原主不一定想转让,人家是收藏家,不差钱。咱们先聊聊。"

老太太的脸垮下来,讷讷着一时有些无措。

我转身去厨房,用马克杯泡了热茶端出来,"阿姨,咱们先不急。画主是我的朋友,也是个通情达理的人。要是这画和您有私人因缘或什么特殊情况,转让给您也是有可能的。"

"这种画啊,我差不多有六十年没见过了。"老太太抱着杯子,沉默良久后,轻声说了句。

果然有故事。

"我以前也是赵桥村的,那是浙南山区里一个小村子。"她又双眼放空了一会儿,"那时还没公家的小学,村里的娃全是教书先生教的。那年头,乡下人不重视教育,上个学也就是图能写个自己名字,记个账。但那先生性子古板,天天去田头捉小孩子回学校念书,念得不好还要打手心。结果费力不讨好,村里人背后嚼舌根,都不喜欢他。他自己讨媳妇后一直没孩子,直到快六十岁了,才生了个女儿。那女孩儿特别伶俐,五六岁就能写春联、描年画,小嘴也特别会说,偶尔被她爹妈抱到晒谷场上,大人都不敢逗,说不过她。可惜命太苦,后来稍大一点,也放在私塾里跟着一块儿上学。结果班里孩子联合起来欺负她,好端端一个活泼聪明的孩子,没几年就跳河死了。"

我听得倒抽一口冷气。校园霸凌最近几年媒体上时有听闻,没想到这罪恶也是"古已有之"。

"欺负一个小女孩子,就没人管管么。"我问。

"那些孩子们精得很,也不知道是谁起的头。"

老太太苦笑,"他们也不打她,也不骂她,就是假装没她这个人存在。整个班上没人和她说话,遇到她就像没看到似的。连她碰过的东西,其他孩子都一脸嫌弃地不再去动。那年头的家长心思糙,教书先生压根儿没发现自己女儿被欺负了,反而觉得孩子变得又乖又听话,挺好的。直到女儿跳河死了,才悔不当初。可是人都死了,还能有什么办法。"

老太太说到这里,又沉默下去。

真可怜。我内心叹息,想起了学生时代,班上被霸凌的那些眼神瑟缩的孩子。未成年人的残忍经常毫无理性可言。

可这早夭的孩子,和无脸女孩年画,又有什么联系呢?我小心翼翼接了句:"这女孩儿是您——幼时的玩伴?"

"哪儿能呢。她的故事,我也是听说的。"她苦笑,"我出生时,她已经死了好多年。村里要毁她的庙时,几个多嘴的闲汉才把这些事私下传开。"

还给小姑娘立个庙,听起来赵桥村人还有点儿良心。可修了庙又要毁掉是怎么回事,听上去背后有更多隐情。我不由得身体前倾。

老太太长叹一声，摇头，"那女孩儿是大年二十九晚上跳的河。教书先生一开始以为只是意外溺水，哭天喊地一阵后找木匠要了口薄皮小棺材，将女儿拖到后山埋了。村里都没人来搭把手帮个忙。第二天，他整理女儿的遗物，结果发现几十张年画，画上的女娃娃可吓人了，没有脸，手掌上倒有只眼睛。"

我不由得侧头去看裱墙。

"对，那张画应该就是那女孩儿留下的。她被同龄人不放在眼里，说的话没人听，做的事没人看，可不相当于没有脸么。她反复画没有脸的年画娃娃，是私底下出口恶气吧。"老太太说，"教书先生估计是怕睹物伤心，将这些画都打包扔进了村口的垃圾场。村里小孩子去翻捡那些花花绿绿的玩意儿，等看清了那些年画上的娃娃没脸，都觉得不吉利，全又扔了。"

"真不是东西。"我愤然道。原本看无脸女孩年画，只觉得诡异，现在知道了背后的故事，简直有些胸闷。

"小宋啊，你是不知道后来发生的事。那女孩儿也不是好欺负的。"老太太突然轻笑起来，"还是有个孩子，捡了张画回家贴在了猪圈上，应该是想再继续侮辱女孩儿。"

老太太嘴唇动了动，"结果，他原本瘫在炕上十几年的爷爷，居然没几天能下地自己走了。"

我听得直眨眼。

"全村都轰动了。不知道谁说，可能是年画的作用，村民全跑去垃圾场，从积雪下面把那几十张画全翻出来，回家贴上了。"老太太说，"有个得天花眼看要咽气的孩子，也熬过来了。"

"这下，无脸娃娃年画能救命的事可算坐实了。后来，村里有五六个人都靠她的画又活了几年。"老太太嘴角一扯，露出一个讥讽的微笑，"村里人还在祠堂边给她专门修了个庙，还塑了像，香火不断。那个像就按画上模样塑的，没有脸。"

"倒是以德报怨了。"我说。心里有些憋屈，替那女孩子感到不值：那些拿石头敲你的村民，有什么好救的？

"报什么呀。"老太太说。

我扬眉。

她盯着我的眼睛，"凡是靠年画续命的人，没过几年，他们就耳朵也聋了，眼睛也看不见了，鼻子闻不到，嘴巴尝不出味道。五官统统像是摆设，没多久也就死了。"

我脖子后吹过了一阵凉风，硬把那句"活该"咽了回去。

真是个不错的民间传奇故事——等等，现在这张带有诅咒的年画可是贴在我的工作室里了。我向裱画板望去，半开玩笑地心内默念：小姑娘你可得看清楚啊！我和那些混账村民可没关系。

"听上去，这种年画还挺不吉利的。"定了定神，我开口问，"可您现在想要这张画——"

无论老太太的故事真实性有几分，她对这张画的渴求心情显然是实打实的。

"发现年画其实带有诅咒后，村里人把她的塑像和画全烧掉了，绝口不提，只留下一些传闻。我今年快八十了，要不是孙子被查出来癌症，我也不会再想起来这件事。"老太太说。

我内心一震，"对不起——"

"医生说我孙子的癌很少见，医院没什么办法。大概只有半年好活。我儿子儿媳都已经急疯了。"老太太说，她语音开始颤抖，"我知道无脸娃娃的年画只能借几年命，但能有多几年也是好的。现在科学发达，没准再过几年他的病就能治了呢。我孙子才六岁啊。从网上看到你这边有这张画——"

话说到这里，她眼圈早已红了。我自然不会嘲笑她一边求索着民间传说里冤鬼诅咒的功效，一边指望着现代医学。

人到了某些绝望的境地，是没资格挑救命稻草的。

似乎除了把那张年画立即揭下来给老太太外，没有别的选择了。

我知道眼镜黄不会真的在意的——只要留个扫描件当资料即可。我和他十几年的交情，这点主还是能做得了的。我用一支长而薄的竹刀，将裱墙上的年画沿四周划一圈，手起画落，利落卷起。

送佛送到西，我还附赠一个画筒，将老太太送出了门。

四

眼镜黄听到我将年画原件当场直接给了，啧啧摇头:"你们女人呐,就是同情心过盛。"

我翻了个白眼,提筷子捅破流沙包子,"这笔买卖也不亏吧,也算替你积德,有啥可抱怨的。"

我俩在一家熟识的粤菜点心馆里碰头。那天前脚送走老太太,后脚我的银行账户多了一笔汇款,数额不大不小,基本等值于那张年画上拍卖市场的价。落款留言只有一句"感谢好心人"。我转手就直接给了眼镜黄,并打电话向他转述了整个故事,感叹原来无脸娃娃年画背后还有这么个凄凉的民间故事。

次日,眼镜黄约我吃饭,说要好好谈谈这事。

"钱是小事,你好歹也算是个搞字画鉴定的,听啥信啥,以后被人卖了都不知道。"眼镜黄说,"我托朋友从那个汇款账号查到了老太太的身份。她叫李福梅。她们这代人出生时还没完整的档案系统,据她自报的信息登记,出生于1943年的浙南赵桥村。"

我突然意识到,那天老太太来访时,居然没说过自己的名字。

眼镜黄划开手机,继续冲我念资料,"1962年,她与一个姓刘的工程师结婚,育有两女一子。她口中患病的是次女的儿子,今年六岁,得的是印戒细胞晚期癌症。在市儿童医院建病历档，我咨询过医生朋友，确实是时日无多的不治之症。"

"听上去她没撒谎。"我皱眉，"问题在哪里？"

"问题在赵桥村。"眼镜黄说，将他的手机递给我，页面是国立地方志电子检索系统，"我查了县志，这个村子在1955年毁于大火。村民二百多人无一幸免。且据县志记载，赵桥村是单姓村，只有三户外姓，里面没有姓李的。来拜访你的那位李福梅老太太，为什么要冒充赵桥村村民，是个有意思的问题。"

我瞪着县志上那条记录，半晌出不了声。一时间莫名又想起，那天开箱时，两块带着烧灼痕迹的雕花窗框。

"你的意思是，李福梅编造了整个关于赵桥村被凌霸自杀女孩的故事，好跑我这儿来，以市场价骗走那张无脸娃娃年画？"我有点迷惑，"可她孙子的病又是真的。她也不是什么有钱人，为什么舍得花几万块钱，铁了心要把那张年画搞到手？"

"我觉得她关于那张年画，肯定还有什么事没说。"眼镜黄说，"她今天早上买了火车票，独自去赵桥村旧址了。你有没有兴趣去浙南小山村来个二日游？"

"你为什么这么上心？"我问。

眼镜黄虽挺爱管闲事，但平日里好奇心也绝没这么强烈，会乐意为了张几万块的年画出次远门。

"那张画的事总感觉太邪。咱们都算沾过手的人，不搞清楚，我心里有点不得劲。"眼镜黄说，隔着衬衫摸摸脖子上挂的玉佛。

我想起来了，他还挺传统，对那些神神道道的东西都信个几分。

五

车窗外划过一块块界线分明的绿色田野。春天刚过了大半，还有些零星的开花油菜在风中摇晃。

我坐在眼镜黄那辆专门用来跑乡下收货的厢式小货车里，有些晕晕欲睡。一路上，眼镜黄管开车，我带了个笔记本电脑，企图追索更多关于无脸娃娃年画的史料痕迹。出人意料的是，关于赵桥村那个教书先生女儿的故事，很可能是真实的。据民俗资料记载，浙南一带，不少乡野小庙都有"无脸仙姑"的牌位，用来替病人祈求好运，还发展出了专门的祭奠仪式。从修庙的时间判断，可能正是起源于赵桥村被烧毁前。

车行入山，国道被石子小路代替，很快变得颠簸，GPS导航信号也时断时续。我们几次不得不停车问路，坐在村口晒太阳的老人听说我们要找赵桥村，都露出不可思议的神情。

"都荒了不知道多少年哩，你们俩小伢子去那鬼地方干什么。里面早没人了，明年修水坝那块地都要被淹了。"

我们只得谎称是美术生，要找个荒村写生。老人们替我们指路，临别又加了一句："看到村里的破庙可别进去。有蛇。"

"有意思。"眼镜黄嘟哝着重新发动汽车，"看上去邻近村子的人也都知道，赵桥村不简单。"

随着暮色四合，我心里升起一丝寒意。一个备受欺凌投河自尽的女孩，一个被大火夷为平地的山村，实在令人很难不联想到某些黑暗的事情。虽说这些事已发生在半个世纪前，那张由我亲手拼接起的年画与神秘来访的老太太，似乎又使一切沉渣泛起。

抵达赵桥村时，正好临近午夜。四周夜色如墨。车前灯扫到村前荒草地上两条新鲜的车辙，是李福梅留下的。她开来的是一辆临时租来的灰色大众。眼镜黄将我们的厢式车别着大众车的车头停下，我忍不住笑他，这么损的招数是和谁学来的。

"你是舒舒服服坐在城里修书补画的，我们下乡收东西什么流氓招数没见过。"眼镜黄从车后座找出一支双节棍在手里掂了掂，"跟紧我，别乱跑。"

"借我八个胆子也不敢乱跑啊。"我举着一支沉甸甸的工业手电，照向前方。赵桥村村口牌楼居然还在，依稀能看出当年的气派。

野草已覆满了每一寸土地，李福梅留下的足迹清晰可辨。我们跟着她的脚印一路前进，电筒光柱扫去，村里的房子大部分都只剩下了黑漆漆的骨架，可见当年火灾之惨烈。不知何时，开始起了浓重的夜雾，待我们抵达村庄中央的晒谷场与祠堂时，几乎面对面都看不清对方的脸。

无脸仙姑的小庙就立在祠堂左侧，似乎是整座废弃村庄里唯一的完好建筑。我和眼镜黄站在黑洞洞的庙门前，都有点踌躇。环境对人的影响力真是不可忽视，坐在闹市区阳光明媚的工作室里，无脸娃娃的故事也只不过是个略带诡异的民间传说。而深更半夜站在一座古村废庙前，我想起自己身上连张山寨护身符也没有。

"李福梅老太太，你在里面么？"眼镜黄用双节棍敲了敲小庙的门廊柱，高声喊道。

门里悄无声息。

我们互相对视了一眼。按理说，李福梅千里迢迢跑来赵桥村，来拜的就是无脸仙姑。我不禁冒出些更为现实主义的担心：这老太太不会体力不支晕倒在这村子里哪个角落了吧？

"进去看看？"眼镜黄说。

我点头。两人一起跨进了小庙的门槛。

六

小庙居然还附着一个宽敞的前院。石板地干净整洁，在月光下能看到一溜被精心打理过的盆栽花草。我脑子里蹦出"别有洞天"四个大字，鼻端闻到隐隐的香烛味儿。隔着影壁，能听到里面有说话声，还有微弱的灯光透出。听声音像是几个中老年男人,还带着浓重乡音。

这哪像一个已经废弃半个世纪的破庙,我颈子后的汗毛嗖地全竖了起来。

事情显然已经逸出了常理的范围。眼镜黄倒依然挺镇定,冲我做个手势,示意他打算绕过影壁去探个究竟。我在好奇心与摇摇欲坠的唯物主义信仰之间纠结了几秒,还是跟上了。

毕竟,来都来了。

庙前小院中庭围坐着六个男人,脸色黝黑粗糙,穿着深色粗布大褂,肥大的裤管挽起,露出青筋暴出的脚踝。

其中一个须发花白的老爹看上去像是领头的,说得口沫横飞:"那些画统统得缴上来!小伢子的事儿你们敢说自己管不了?"

另一个干瘦汉子在边上捧角:"村长说得对,留在那些糊涂蛋手里能起什么作用,谁家没个生老病死的,晚几年见阎王又能顶个卵用。拿出来给村子往上面通点路子,过几年每家每户都能盖个楼。"

"还是先问问娘娘。"一个声音尖细如女人的胖子说，往身边的荷花缸子边沿敲了敲烟杆儿，语调里带着阴阳怪气，"娘娘乐意加持的话，那画儿还不是要多少有多少。"

我和眼镜黄蹲在墙边树影里。显然眼前所看到的场景，正是多年前村里几个能说上话的，在私下商议如何处置女孩儿留下的画。

"真恶心。无脸仙姑要真有灵，该统统给他们一个教训。"我悄声评价，他们并未起半点儿反省的心思，反而一门心思琢磨，怎么拿无脸娃娃的年画牟利。眼镜黄也呸了声，表示了他的鄙夷之情。

事后回想起来，这种字面意义上"活见鬼"的经历，并未给当时的我们带来多少恐慌心理。也许是直觉无脸娃娃生前只是个可怜的小女孩儿，不会存有害人的心思。

村长和他的帮闲们争论不休，声音越来越大。不知不觉中，小院中薄雾涌起，我们眼前的景象亦随之变换。村长死死捏着一叠花纸，仓皇地站在无脸仙姑神像前。外面传来阵阵粗野的骂声："把画还回来！否则烧了你家房子！""烧他娘的，他当村长这么些年黑了多少东西，无脸仙姑是帮我们讨回公道！"

从墙头不断探出摇动的火把。

"兔子急了还咬人呐。"我愉快地点评道,感觉在看一幕好戏,"这村长想得倒美,算是踢翻了炸药桶。"

"最后整个村子都烧了。"眼镜黄轻声说。我们眼前飘过夹着火星的黑灰,外面烈焰四起。尖叫声,人群奔逃,哭喊声杂成一片。

火光映红了半边夜空。想到那些在烈焰中挣扎的村民,虽说知道他们自有取死之道,我仍不由得蜷缩起脚趾。

"你是故意的么?"眼镜黄转身问。

我们背后不知何时,站着一个八九岁的小姑娘。她瘦瘦小小,脑侧扎着两个枯黄细幼的小辫儿。面容清秀,有双细长的、黑沉沉的眼睛,神情严肃得很,不见半点那个年纪该有的天真。

女孩穿一身华丽的锦缎衣袍,满是彩绣——我突然意识到她是谁,她就是无脸仙姑。

"我不是故意的。"她说,"我活着时他们看不到我。我只是想做一点好事,让他们看到我。"

"可他们不值得。"我说。

小姑娘垂下头，不说话。

眼镜黄蹲下身子，"天道好轮回，欺负你的人都已经得到了报应。你不是故意的，就算是老天替你干的，他们活该。一切都过去了，也放我们出去吧。"

浓雾再次涌起。

七

我们在无脸仙姑的神像前找到了李福梅老太太。

她跪在神像前，整个人都陷入了某种呆滞的状态。眼镜黄将她背回车上，缓了半天，老太太才回过神来。

"老人家，你胆子可真够大的。"眼镜黄摇头。

"她不会故意害我的，但对你们就说不准了。"李福梅抬起哆哆嗦嗦的手擦嘴角，"我是她小时候唯一的朋友。"

我和眼镜黄诧异对视。

"对不起，骗了你们。小荷死前，我会私下偷偷和她说些话。那女孩儿叫小荷。但我也没能发现她抱了想死的心。后来她留下的年画能治病延年，为了抢那些画，整个村子都烧了。只有几家人逃出来，这一辈子，我几乎没回头想过那些事。"李福梅说，"直到我孙子病了。我只能骗你们这画上有诅咒，否则你不会把它轻易送给我。"

我肚子里暗骂一声，这老太太可真够小人之心的。

"但我还是得来问一声小荷，现在用那张画是不是安全。"老人眼角流下一滴浑浊的泪水，"她怨气这么大，把整个村子都烧掉了。我害怕，但跪了一晚上，她也没理我。我又怕她显灵，又怕她不在了——"

"那不是她故意挑拨的。烧村子的事别赖到她头上。"眼镜黄没好气地打断对方的叨叨，"你爱用就用，那年画我们说送给你了，也不会反悔。"

李福梅嘴唇哆嗦了几下，没再说什么。

回程路上，我们一路沉默。

尾声

后来很长一段时间，我都没再关注无脸娃娃年画的事。

对于心思弯弯绕的李福梅，我既有些同情，又带着些厌恶。她弄到手的年画到底有没有效果，我并不是很关心。倒是眼镜黄，事隔半年后，专程来找我，说李福梅的孙子病情突然好转，但是——他顿了顿。

"别卖关子了，说下去。"我捅了他一下。

"癌症痊愈后，那孩子的视力、听觉、嗅觉都莫名严重衰退了。"他眨眼，"现代医学无法解释。"

"不是说那年画上其实没有诅咒么？"我奇道。

"后来我托人打听了下，那孩子平时在学校里很爱欺负人。"眼镜黄笑笑。

我一时默然，随后叹道，"总比死了好，也算捡回条命吧。"

这年的中元节晚上，我正巧路过法华寺。本来从不进庙的我，突然起意，进去花二十元点了一盏荷花灯。

看着它在河面上慢慢漂远，我笨拙地双手合十，希望那个叫小荷的女孩，早日忘掉和那群愚昧残酷村民的恩怨，来生做个幸福的孩子吧。

画妖

楚惜刀 文学硕士，上海作协会员，曾为广告公司创意总监，现为自由撰稿人，从事小说创作和影视编剧。长篇作品包括奇幻《魅生》系列、九州《天光云影》系列、武侠《明日歌》系列、言情《酥糖公子》等、影视小说《狄仁杰之神都龙王》等。

素手纤毫，轻描淡写，勾出松软云鬟似烟萝。

贴花钿，绘娥眉，修琼鼻，点绛唇。龙绡轻衣欲飞去，但见冰肌玉骨，佳人如坐云端，飘渺出尘。郁金仙裙十二破，裙边两朵并蒂莲，若隐若现。

他挥洒自如，行云流水泼墨而出。这遗世独立的画中人，慢慢有了颜色，骨肉均匀，仿佛要掀开素纸，化鹤飞去。

只余她一双秋水寒潭眼，望向空处，欲语还休，竟绘不出。那眼神背后，是怎样心事？如花自飘零，美到极处，总携了一丝哀伤迷茫。

触不到才艳绝。他心里狠狠一颤，笔失落于无尽遐思。如何才摹得了这星眸灿目？画过的女子，都是绝色，唯她无从下笔。自知超脱于外，方可绘这天姿国色。然，他放不下男人的眼。

初见时，讶于她的美，遗魂丢魄错把墨汁当茶，几近失态。哪知看得长了，如放久的酒，越发醇香，稍一对望便醉了。

最后一笔，画龙点睛，迟迟动不了。记不清是第几回，总到这一步前功尽弃。一阵颓丧，他揉烂了将成的惊世之作，瞥她一眼。似嗔似怨似诉似羞似怅似旷。似而又非。他恨手捏不住笔，纵着心意信马由缰，管不了心，又怎看穿她的心？

看不透便绘不成。"蜀中国手"的名头，不要也罢。

"先生歇歇吧！"桓员外抹了把汗。谁料得这丹青妙手，画了十日，仍不成呢？

一旁的侍女绿屏见状，端上新摘的雨前。丹泓啜了一口，舌尖微微的苦意，提醒他困境犹存。百美图上最后一位佳人，画毕便大功告成，岂料好事总是多磨。又或许，是他舍不得离此妖娆，宁愿被人看轻，亦想多留一刻吧。

那画中的美人，素萱，默然不语。

相对到晚已逾十日，言语亦不过十数。她敛了平素活泼泼的个性，独于他面前沉默。自然，她不过一幅风景，无须太多说话。唯家中人各个暗自揣测，莫非这妮子也像先前诸多闺秀，为他一改常性？

丹泓出道以来，朝野上下均捧为天人，有"丹青如景""减笔出神"诸多赞语，连皇帝也青眼有加，千金求画。兼得他清俊出尘，作百美图时，被画过的绝色佳丽，无不为之颠倒。传言洛阳豪门某女求其一画不得，无颜面再留洛阳，羞愤出走。更有想入非非的王孙公子，以求画为名诸多痴缠，被丹泓扫地出门传为笑柄。

倾倒众生，不外如是。

一时气氛僵持。丹泓皱眉深思症结所在，脸上微有一抹红。桓员外看出尴尬，寒暄了几句离去。绿屏伺候完了，呆呆立在两人间。素萱看她一眼，唇微一动,却又罢了。

"在下稍感腹饥,可否弄些小点?"丹泓终忍不住。

绿屏点头,秋波流转,檀口轻抿,神采飞扬地去了。

素萱顿感两人离了只余一寸,仿佛听见心跳。再看去,分明他踱到窗口,遥看天色。

他不敢奢望她开口,仙音缭绕岂是易得?虽然,云上全是她身影。

"先生可否让素萱一睹过往真迹?"她开口,自己也是一惊。

丹泓猛然回头,动作大得惊人,她的心略略一跳,禁不住笑了,云散雾开,藏匿已久的娇憨之态令他失神。她又急忙侧过脸,垂下头,暗自在袖中扼腕。

他几乎是连跑带跳,喜悦地冲回厢房,归来时,抱了厚厚数十卷画轴,恨不得倾其所有。

展开,墨影生动,她眼前一亮,忍不住伸手摸去。

眼前这一幅,玉手翻转巧针线,画中人皓腕所对,正是一条孔雀妆花云锦裙。灿如云霞,深浅分明，素萱恍若亲见，不禁入画。想象身披彩裙，仰首微步，移入厅房，必赢得父母夸叹，观者惊羡。噫，怎生得这般妄念？

按下心事，她笑吟吟赞道："好画。却不知画中何人？"

"临安府越冰柔。"他答得轻描淡写，神思全在她笑容上，一时迷醉。

听说这位织绣山庄当家小姐是临安府第一美女，一手好针绣。面对如此才貌双全的女子，他是否还是一个画者？素萱侧头遐想，那一边，丹泓不觉望得痴了。

她敏感一笑，矜持道："此画工处极工，难得不失风流，又有放逸之笔。最妙者，当属佳人回眸一笑，虽是半面，娇媚尽出，当属上品。"

丹泓也不谦虚，点点头，安之若素。此幅画眼正在回首一瞥间，他却不知她看中的，只那云霞而已。

他内心喜不自胜，忍不住趁起身绽出笑来，特意取了壶，往茶碗里倒去。

她随手又掀开一幅，半晌不言语，许久，轻叹一口气，方问道：

"此幅如仙子凌波，素袜绝尘，不知是哪家闺秀？"

"慧绣宫宫女。"他连名字都忘了。原本要画什么江贵妃，可沾了世俗的庸脂俗粉，入不了他的眼。那宫女自有一番灵秀，他不顾圣上反对，硬是舍下后宫佳丽，独绘一个婢女。

"原来是宫里人，难怪。"她又多看了两眼，细探画中技法。

他就此凝视她，不觉神形皆忘，仿佛远古洪荒时已如此凝望。坐忘成石，仍会痴痴望下去，朝她所在方向。

她止水心境有如风过，终究拨开一丝涟漪，心头如贝壳上的细小縠纹密密叠叠荡开。眼虽观画，心已不在。这炽热眼神，是迎是拒，是喜是忧，怕在这心慌意乱时无从推想。

他陷在美景中不能自拔。笔，有若千钧，此时提起，写下的只是个情字。说到底能令他失去自控，也唯此字。

她忽地推画起身，径自走到门口，门外天光泻地，照得她周身如羽化登仙，耀眼无匹。一脚跨出门槛，她方回过头道："先生累了，改日再画。"

一来二去，桓家上下，都猜出了丹泓对她的心意。桓员外不置可否，桓夫人张口丹先生，闭口丹先生，言语亲切有如家人。

一日清晨早起，素萱懒懒地取了正在绣的鸳鸯帕，发愣。绿屏瞧她的眼神，多了暧昧。素萱看出究竟，转头笑骂："你又打什么鬼主意？"

绿屏嘻嘻一笑："小姐以前读崔珏的诗，绿屏尚记得几句。"

素萱知她说那首鸳鸯诗，不由也忆起了当中的句子："琴上只闻交颈语，窗前空展共飞诗。何如相见长相对，肯羡人间多所思。"诗是好诗，可长相对又是何人？她低头看那锦帕，易惹相思，难解风流，莫非心已动，人不知？

绿屏自顾自若有所思，掩嘴笑道："别人都为丹公子相思，独独小姐，是丹公子为你相思！"言语中很替她得意。

素萱无动于衷，像在听街巷间的闲谈，眉眼间清清淡淡的。绿屏一直与小姐亲若姐妹，此时生出不以

画妖　317

为然，以为她隐瞒心意。

"他真是好，我且把你嫁了去。"素萱淡淡地道。

绿屏方一窃喜，揣摩出小姐语带奚落，胸中添堵，又不能犟嘴，丢下一句话："只怕奴婢没这福气！"兀自恨恨发呆。

素萱终发觉两人间有了罅隙，而这罅隙源自一个不请自来的男人。他的身影浮现出来，却始终模糊。她坐不住，走至书案前，提笔写了首诗。绿屏也不去看。末了，她看看绿屏，哑了嗓子道："出去走走吧。"

另一处，丹泓心念忽动，往素萱的香闺走去。早间露重，犹有花瓣沾露的清香随风飘来，荡入他鼻端。

门开。无人。他犹豫，也只一瞬，毅然进屋。

案上一纸，墨香犹存，却是一首《江南好》。他轻轻吟道："读春影，淡柳丽花间。先谢东君绵缱意，暂存漠漠五分寒。相伴故梅残。"他的目光停留在那句"先谢东君绵缱意"，一袭微笑侵上眼角。

回屋后心神大定，自觉已能将她入画。

可那日，素萱推说不适，没让丹泓过来。他担心，不安地在庭中乱走，直到无意瞥见她一人，穿出桓府后门。

他跟踪她。或者是被牵引。由一只命运的手，一根情欲的丝。无形中他成了扑蜜的蜂，追花的蝶。想舍，也舍不去了。

一路走至无想寺。

她去烧香拜佛？他怕人多眼杂，远远立在庙外等候。

不多时，她悄然出寺。越行越偏。眼见得来到一处野花烂漫之地，盛放的鲜花一如她娇艳年华，刺目诱人。他越看，越觉不可逼视，仍睁大了双眼凝望。

她站立花丛，影影绰绰，忽见一道霞光冲天，笼罩四周，宝相庄严。他心一紧，躲得愈发隐秘。

她脸上霞气氤氲，时明时暗，从袖中取出一道纸符，喃喃自语。似经非经，似咒非咒。他听得头痛欲裂，猛吸一气，拼命忍住。蓦地，见她咬破中指，一抹嫣红，他如被点死穴，怔怔望她戳破纸符。

符一沾血，顿时起火，金蛇乱舞。那火，烧到他心里去，看到火光下她的脸，妖异如鬼。

他的汗，涔涔流下，衣衫尽湿。

次日，丹泓走出房门，脚下虚浮，目光空落，仿佛身陷噩梦。临到要作画，他甚至不愿去碰那笔墨。

"先生教我学画吧。"素萱妙目如水，突然说道。他呆呆一愣，醒过神慌忙点头。他明白，这方寸大乱时，不执笔是绝佳的逃避。

她真是性灵，一学便会，如有神助。几日下来，素萱无论绘物描人，无不肖似，像是生来就执笔作画。连桓员外夫妇亦觉惊奇，女儿有此异禀，先前却未得知。

丹泓自叹不如，又想起那不该看到的一幕。生生心痛。

素萱既已学画，桓员外夫妇更觉她与丹泓可配合无间，将那百美图完成。在丹泓停画半月后，他重新以一个画者的眼光审视素萱。一样难以下笔。

她素面朝天，并无铅红粉翠修饰，或站或倚，本就成一幅画。

"你是妖！"丹泓喃喃地道。

绿屏"噗嗤"一声笑出，这国手想是画傻了，天仙般的小姐怎会是妖。

画不成啊。最难描绘是精神，可九十九位女子都已形神俱备，怎就奈何不了这一张容颜？莫非在心里放久了，反而难于落笔？那一幕又回到眼前。花间燃符的女子，她究竟是何身份？

"我来画先生如何？"素萱展颜一笑，又回首对绿屏道，"屏儿，可记得我收在屋里的鹤脂香？去取了来。"

绿屏侧头，不记得放在何处，心疑她是想与丹泓独处，借机遣开自己，颇为不悦地离去。

丹泓心一动，意乱情迷，推敲她此举深意，却自痴了。

她磨墨。墨色青黑，有异香。若在往日，丹泓定会奇怪询问，此时心已缭乱，直勾勾盯紧了她看。

她闭目良久，神游天外。

丹泓屏气凝神，未曾想那美目闭起亦是绝美。或可画芭蕉叶下，美人倚栏小憩，一地落花。他蓦地心颤，宁愿化飞花一朵，沾衣不去。

她忽然睁眼，晶莹透亮，执笔如有神助，落点疾似马奔狼逐，又似天女散花。时而浓墨重彩，写意传神，时而淡毫轻墨，寥寥数笔。几下里境界全出。

"成了。"她弃笔，傲然昂头，像大胜归来的

画妖　321

将军。

丹泓含笑走至案前,凝目一看,怔怔地,呆了。

一座田间小屋前,丹泓持笔而出,神采飞扬,似是刚一气呵成画完一幅绝作,又似胸有成竹,正待落笔作画。全作酣畅淋漓,却留有余地。黄庭坚绘李广,拉弓引而未发;顾恺之画裴楷,容仪添毫则胜。所谓迁想妙得,大抵如是。

尤其他那双眼,气韵生动,直似真人。

丹泓浑身大震,定定抬头望向她。她冷冷的目光射来,完全穿透了他。

那一眼,生离死别。

丹泓明白,他要死了。

他仿佛看到,佛手如山,死死攥紧他的脖子,指缝中丝丝渗出血来。殷红触目,恐惧压得他动弹不得。挣扎中,回想茹毛饮血的往昔。厮杀、争斗、求存,他曾活得那般不易。

可惜了一点一滴累积的修行。

"我来收你的命!"她朱唇轻启。

丹泓眼前,霎时飘过一张张凄美绝艳的脸。也罢！死在她手上，甘心。亲手攫夺了无数个大好年华，他没什么好怨。该得的报应，该有的下场。

可叹曾以为她动情。

可悲她早知他是妖。

他最后一次望向窗外，碧蓝的天，素净清澈，曾是他梦寐以求的去处。为什么呵，在流血的黄昏下，天色淤黑如泥，像他曾住过的污浊洞穴。无数扭动的爬虫慢慢堆积在他眼前，穿过七窍，钻进五脏，搬运体内精华。呕出所有夺来的元精，胸腹空虚到被撕裂，他一无所有。

终于被打回原形。

他一向以为那是前世。不能回忆，不忍回忆。隐约中他早习惯人的身份，举手投足，他翩然如仙。仙——便是这真诱惑引他出格。集百位处子精魄，藏于画中，汲为己用，就能羽化成仙。摇身一变，他迷惑众生，众生也甘心被他玩弄。

世人爱的，唯一副臭皮囊而已。他将皮囊修炼得极美，又源源不断，让世间女子以为能留下不灭容颜。年华只得一瞬能让人恋，而他的笔铸就生生世世，焉不使人趋之若鹜？

画妖 323

可这生生世世，仍是谎言。他黯然想。轮回不醒，对他这个永堕畜生道的异类，出路只有不择手段。

偏这生死关头，遇到命中魔星。他爱上她，偏画不成她；她不爱他，却能将他的精气神，毕肖地落于笔端。这是怎样的讽刺啊。

"为何你要逼我！"他悲愤一呼。原可聚体内元气，做最后一击，但一看到她，所有的不解与怨恨，尽化苦笑。一寸寸地冰，冻到麻木。他便不死，知她有弃他的念头，已无法活。

素萱被这一问，问到茫然。为何？那缘由演至此刻局面，业已不再紧要，她停不下来。被执念推动，认定了对错的她，停不下来。她怔怔地问内心，是否被那生出的不忍搅得不安。又很快压下这妄念，拼命地告诉自己，他是妖，绝不能心软。

有多少眉梢眼角自以为是爱，有多少一颦一笑想当然是情，可一旦眼睁睁看清烟消云散，丹泓方才悟了。一切令他挣扎的爱恋，不过如他笔下虚幻的皮肉，何处来，何处去，终究成空。

魂魄一丝一缕飘渺成烟，轻柔无质，如他虚虚落落的心。无论如何用心，都不能在她心上留下分量。谁会记得随手拍死的虫蝇？卑俗到不值一顾。既如此，他去也罢！

他黯然决然投向画中。

那幅画犹似吞吐烟云的蚌，一吸一吐之间，已收了丹泓，静静地，还原成死水不惊。

争了几百年，又如何？功亏一篑。终是舍不下凡心，也活该是这宿命。丹泓枯朽的皮囊，似断壁颓垣轰然瘫倒。多少女子爱慕的皮毛，忽余下浓血枯骨，不堪一看。

素萱呆呆立着，一瞬间地老天荒。

她的心被什么东西，一勺一勺地剜去。转眼生，转眼死，一纸画卷，收拢残生。她究竟是除妖，还是伤生？

眼前一切，犹如梦境，她伸手，可人已不在。

持香而回的绿屏睹此惨状，骇然厥倒。之后悠然转醒，先是惊怕，魂安魄定后，又噼啪落泪。素萱懒问缘由，却知她自己，也有泪欲倾。

说不清。

唯有避开那画，怕见那相思欲狂的眼，变作刻骨铭心的恨。

当晚，桓家举家搬迁，远避他方。老父疑家中仍残了妖气，又恐丹泓的同党寻仇，加之一代国手死得不明不白，自要择地避祸。素萱想，搬了也好，胜过整日对那亭台楼阁，无处不有他的痕迹。

但，躲得了眼，躲不开心。

于三千里外的荒僻小城中，素萱倚窗而望。日坠西山，满天红霞，却似血光，充满不吉利的意味。恍惚中，又见他的眼，目不转睛，揣摩她的心意。她一慌，回首，书架上厚厚一叠画作，刺痛双目。那是他心爱的百美图。

闲时，她在那幅绘有丹泓的稿上，淡墨晕染一树梅花。花繁枝劲，疏影斑斑。起初，偶落三两点花瓣于泥上，怕他寂寥，又渐添了一汪溪流，花随流水去，颇有点自伤往事的意味。

她不禁忆起那首《江南好》，仿佛成谶。如果梅是她精神，两两相伴，或他于画中，仍不寂寞。

可到底，意难平……

背尸体的女人

迟卉 科幻小说作者。1993年提笔。2003年发表第一篇作品,写作至今。喜欢美食、电子游戏、绘画和自然观察。长篇科幻作品有《终点镇》《伪人2075》等。

背尸体的女人从北方来。

她走得很慢,几乎每走一步都要摔上一跤,托着尸体爬起来,再继续走。破烂的长裤上沾满了灰尘。

女人的头发已经泰半花白,脸上皱纹沟壑纵横,表情愁苦不堪。

由于频繁地跌倒,她身上都是大大小小的青肿和划伤,但她好像对此毫无感觉,喃喃自语着什么,没人听得懂,一双眼睛空洞地望着前方,像是在寻找道路的尽头。

她背着的那具尸体，倒是非常的光鲜亮丽，衣料挺括，颜色新鲜，用金线描了边，在阳光下闪闪发亮。

明明是死了，却显得如此富态。

背尸体的女人走呀，走呀，尸体在她背上摇摇晃晃，像是随时要掉下来，但她始终都背得很牢。

在路边，她遇到了一个闲人，那闲人大为惊骇，扯着她叫道，"天老爷呀，你莫不是背了一具尸体？"

"是的呀。"女人答道，"你看这尸体，是如此地重，我的脊梁都要被它压断了。"

那闲人就说，"你何不把它抛下呢？"

女人就连连摇头，说，"抛不得哩，抛不得哩。"

闲人迷惑不已，说，"却是为的什么呢？莫不是因为他是你的亲人，所以你不能抛下他么？"

"正是哩，"女人说，"正是哩。"

闲人叹口气，跟女人一同流了几滴泪，然后走开了。

女人背着尸体，继续向前走着。

一个路人看到了背着尸体的女人，便跑过来，大叫道，"你快快将那腌臜之物抛下！大好生活在前方等着你哪！"

"但是，这尸体是我的亲人哪。"女人说，"他曾经与我共同生活，待我如此温暖，如今虽然死了，但也不忍心将他抛下呢。"

路人愣了一下，点点头，"唉，正是这个道理，正是这个道理。"

他安慰了女人一会儿，便离开了。

女人背着尸体，继续向前走着。

没过多久，她遇到了一个刻薄的人，将她仔仔细细从头到脚打量了一番，在路边对她指指点点。

"你看那个女人。"刻薄的人说，"竟然背着一具尸体。想必是有什么人许了她天大的好处，或是一大笔的财钱，否则她肯定不会这么做的。"

女人就憨憨地笑，说，"正是哩，正是哩。"

刻薄的人愈发得意起来，感叹着自己料事如神，愉快地走开了。

女人低下头，继续背着尸体走着。

又走了一会，她遇到了一个与人为善的人。那人看到她背着尸体，便大惊失色地跑来，说，"哎呀，你莫不是背了一具尸体？看你如此狼狈，快快放下这尸体，随我去那边的屋子里，有热水和热饭，我很乐意帮助你。"

女人就摇头，说，"谢谢你呀，但我不能放下这尸体，有人许了一大笔钱，要我背着它回乡。若是放下，便没得钱拿了。"

与人为善的人听了，啐了她一口，转身回去了。

女人继续往前走着。

她背上的尸体摇摇晃晃的，重得很，坠得沉。走一步，摔一跤，爬起来，再走一步，再摔一跤。在道路的岔口，一个乐观的人看不过眼，上来扶了她一把，后开口说，"你何不把这尸体抛下呢？"

女人就摇着头，说，"放不得哩。"

那乐观的人就大为不解，说，"这尸体莫不是你的好友？但就算是连心至交，也不会愿意看你这个样子呢。"

女人便不说话了，只是摇着头。

那乐观的人无奈地叹着气,说,"我不知道这尸体是你的什么人,或者你遇到了什么事,但看你的样子,竟是比这尸体还要凄惨了呀。不过我觉得,你可以让自己快乐起来,想想看,这尸体已经死了,而你还活着。而且你背着这富丽堂皇的尸体,确实是非常的引人注目呢,不然的话,以你这平凡的模样,却是不会有谁多看你一眼的,这也是件好事。这尸体背得倒也是值得的。"

背尸体的女人就点头说,"正是哩,正是哩。"

乐观的人很满意地走了。

女人背着尸体,继续往前走着。

一个悲观的人看到了女人,跑过来,说,"啊呀,我将来莫不是会落到你这等地步吗?"

女人托了托背上的尸体,抬头看着他,说,"其实我背着这尸体也是件好事呀,走在路上,有了这尸体,人们便把我当回事情了。"

那悲观的人说,"呸,他们只是当你好玩罢了。我可不是。见到你这可怜的样子,我便忧心忡忡,若是不能让你卸下这重负,我便忧心将来我也会遇到此等困局呀。"

女人说，"那你为我背着便好了呀。"

悲观的人吓了一跳，尖叫着跑掉了。

女人看了一会儿他的背影，低下头，背着尸体，继续走路。

路旁一个精明的人看到了女人，便指指点点，说，"看那蠢货，好不晓事。干嘛不扒了那光鲜的衣裳，穿上自己的身。绫罗绸缎的，也暖和了也轻松了也富态了，人家也把你当个人了。"

那女人听到这话，抬起头笑了，笑容很老，满脸的皱纹挤在一起又散开，眼睛很冷，冷得像是黑色的冰。

精明的人打了个寒战，走开了。小声对同行的人说，"那多半是她的爱人哩，看那不舍的样子呀。"

女人看了看他，低头继续走下去。

走着，走着，一个疯子看到了女人，他就嘻嘻哈哈地跑过来，问女人，"喂，你背着的是尸体吗？"

"是哩。"女人说道。

"你为什么要背着他呀？"

"因为他曾是我的爱人哪，虽然是死了，终究是不舍的。"女人说。

那疯子却不肯放过她，蹦蹦跳跳地跟在她身边，跟那尸体说话，"喂，尸体，你爱这个女人吗？"

尸体，自然是不说话的。

女人沉默地走着，疯子跟着她，又问，"喂，你背着的是尸体吗？"

"是哩。"

"你为什么要背着他呀？"

"因为他让我引人注目呢。"女人说道，"有了他，人们就会在意我了。"

"喂，尸体。"疯子问，"你在意这个女人吗？"

尸体，自然是不说话的。

疯子笑了又哭，哭了又笑，一半走路，一半跳舞。女人背着尸体，一步一跤，一跤一步，两人的节拍倒也相合。过了一会儿，疯子又问起来。

"——喂，你背着的是尸体吗？"

"是哩。"

"你为什么要背着他呀?"

"因为有人许了我一大笔钱财,要我背他上路。"

"喂,尸体,你很值钱吗?"

尸体,自然是不说话的。

疯子唱起歌来,没什么调门,却引得路边的鸟也开始鸣唱了。唱完了几支歌,疯子就又问了起来。

"——喂,你背着的是尸体吗?"

"是哩。"

"你为什么要背着他呀?"

"因为他是我的亲人呀,曾经待我甚好,如今不忍把他抛下呢。"

"喂,尸体,你很疼爱这女人吗?"

尸体,自然是不说话的。

那疯子一边走,一边哼歌,突然一拍手,说,"是了,是了,这哪里是一具尸体呢。你看,他既是你的亲人,又是你的爱人,既能令你与众不同,又能令你获得钱财,这分明是你的神啊!"

女人就点头，说，"是哩，是哩。"

那疯子仍不肯放过她，围着她转来转去，突然说，"嘿，你的神发芽了。"

"啊？"

她背着的尸体年月已经很久了，有尘土落在脸上，有种子落在皮肤的皱褶和空洞的眼窝里，一些发出了芽来，另一些已经长成了小树。但她一直是背着的，所以看不见，也不知道。

"你的神发芽了。"疯子拍着手，大声唱着歌，"你的神发芽了，你的神长草了，你的神头顶有棵灌木，你的神开花结果了。"

一边说着，疯子便伸手去摘那小小的浆果，想要尝上一口。

女人连忙回头看了一眼，不小心直起了背来，尸体便滑下去，掉在了地上。

女人看着。

"你为什么要背着他呀？"疯子问。

"我不知道。"女人说，"自我记事起，事情便是这样了。我不知道如何在背上没有东西的情况下走路。如今要怎么办呢？"

"你或许可以把我背上。"疯子说，"但是我不想当一具尸体。"

"是哩。"

他们看着彼此，坐下来，唱了些歌，在路边挖了个坑，把尸体埋进去。黄的花红的果实鲜嫩的绿叶，就那样蓬勃生长，在风里摇曳着。

太阳缓缓地落下去，云霭如同狭长的火线，在天边被次第点燃。

疯子点起篝火，女人和他分享了身上的干粮。然后他们就在篝火边蜷缩成两个小小的逗号，睡着了。

大地无垠，道路伸展向四面八方，尘埃漫卷而去，又漫卷而来。

山和名字的秘密

王诺诺 科幻作者,曾获2018年中国科幻银河奖最佳新人奖、2018年冷湖奖一等奖、2019年冷湖奖三等奖、2019年晨星奖代码专项奖。已出版代表作《地球无应答》,作品连续三年入选人民文学出版社《中国最佳科幻作品》。

上

尤当九住在山腰的吊脚楼里,回家路上要穿过一畦畦的梯田。梯田盘在山上,都是月牙形状,像姑娘踩花山戴的大银角。

寨子里的人一年只种一季稻,但在冬天也把稻田放满水,一来是为了养地,二来是防止来年缺水。亮晶晶的梯田里能看到云彩,太阳把整座山照得跟镜子一样。尤当九赤脚踩进田里,泥巴飞溅,这面镜子就碎了。

他个子小又背了个大书包，跑得直喘粗气，老师说今晚天上要落下火箭，他得在天黑前赶回家告诉阿公。

尤当九的族人世代吃穿靠山，老天降下什么，山就接着什么，比如丰富的雨水，茂密的竹林，鲜红的菌子。所以当邻近的发射中心刚建成时，烧得火红的一级火箭残骸掉进山里，年轻人会从坑里把火箭碎片刨出来，再抬回寨子，那时人们认为从天而降的都是福慧的宝物。

可渐渐地，天上落下的铁块变多了。每年糯稻熟成时，镇上会通知大家，哪些天卫星发射基地有任务，村民尽量减少外出。

而到了那些晚上，人即使躲在家里，也听得见轰隆隆一阵声响，就像姜央打雷公。开始的时候，一道光像马灯那样微弱，光芒都被闷在黑云里，紧接着越来越亮，拖出好几根刺眼的尾巴。

那些尾巴一边燃烧一边坠下，大的落在田里砸出个深坑，庄稼就倒下一大片。放养在田里的稻花鱼正是最肥，火箭碎片坠下时水田被狠狠搅浑，泥巴翻涌，第二天天亮只见一池鱼儿都翻白肚皮。

小一点的火箭残骸落在吊脚楼上，砸飞好多屋瓦，再把瓦下的木板钻出个窟窿。吊脚楼的楼底关猪羊，二楼住人，楼顶则堆放全家一年的口粮。要是烧得赤红的铁块在谷仓里燃起了火，这户人家一整年就是白忙。

到了尤当九上小学时，村里的成年人已经怕极了"卫星发射"这四个字。唯有孩子们还保持着好奇，在那些姜央打雷公的夜晚里，他们从紧闭的门窗探出头，想看看传说中给祖国带来了富强、给生活带来了希望的火箭到底长成什么样。

今天学校老师说，晚上要发射的是广播电视直播卫星——"中星9号"。在即将到来的2008年北京奥运会上，它将承担直播信号的转发任务，把奥运健儿夺金的画面送到祖国各个角落，送到人们的电视屏幕上。

尤当九家里刚买了一台21寸大彩电，吊脚楼上也竖起卫星天线。他告诉阿公今晚发射火箭是为了完成一个光荣的使命，阿公却长长吐出一口烟，他的烟丝像新烤的，但用的却是一杆老烟枪，银制的烟嘴上原有一圈云雷纹，早被磨得又滑又亮。

"劳碌命。"阿公自言自语。

尤当九回家没多久，推门进来了几个中年人，和往常一样，他们是来请阿公做卜的。火箭残骸落到谁家地里是不长眼睛的事，但尤当九的阿公是远近闻名的巴代雄，他能做族人的眼睛，看见还没发生的事情。

阿公的嘴和脸都长满了褶皱，旧头帕被烟草熏得蜡黄，看不清原本的颜色。他的全名叫作"九勾羊"，没有姓，这里的人施行祖孙三代连名，把父亲和爷爷的名字缀在孩子的名后，每个孩子都会带着三个人的名字过一生。

"勾"和"羊"是阿公的爸爸和爷爷，"九"才是属于祖父的名字，意思是桥。阿公生下来的时候瘦小又羸弱，就被寄养给了村尾的一座石桥。人们常把多病的婴儿过继给随处可见的物什，比如桥梁、板凳、石头、樟树，这些粗陋的物件会给孩子带来长寿和智慧。

阿公出生后不久，一条新路从山脚修到了村口，所以他名义上的父亲——那座石桥变得人迹罕至，石缝里长出了青苔青草,渐渐回归成了山野的一部分。九勾羊每年还是会带着米和肉来桥边祭上一祭,正因如此,桥的眷顾才让阿公成长为最优秀的巴代雄,可以吟诵十八代王丰功伟绩的长诗,也可以为寻常人家祭灵验的喜香。

这天傍晚,阿公换上青衣对襟衫,青丝巾裹头,来到村口一棵树下。树是棵很老的樟树,大约要十个孩子的小胳膊才能环抱过来。十几个中年人在旁围成一圈,都是一家之主,他们代表每一个在山里繁衍了千年的家族。从几年前开始,火箭坠落之日的傍晚,他们都来找九勾羊卜一次,因为阿公能提前知晓大山的秘密,说出大山能看到的所有灾祸。

太阳落下了,光线暗淡起来,远处的山头就像九勾羊吐的烟圈,逐渐融进灰蓝的天色里。大树阴影下,十几个中年人的脸变得晦涩不明,小个子的尤当九看不清他们的五官,却能看清楚他们的表情,凝重、严肃,没有一个是眉头舒展的快乐样子。

阿公让尤当九从家里取来一个正方形的木簸,这块木料有些年头了,覆盖了一层浑浊的包浆。阿公把求卜者带来的米和钱倒进木簸的凹槽里,再在米里浅浅埋入一条旧布巾，那是从尤当九的旧裲子上扯下的。然后他点燃三炷香，烧三张纸，吞烟三口，嚼米数粒，面对着樟树坐下。

九勾羊口念含混不清的卜词，用力将木簸顺时针旋转数次，晦暗的光线下，白色的米、黄金的钱和黑布巾在簸里碰撞，翻滚，转成了一个乳白色的旋涡。

尤当九看到旋涡里的颜色汇成了一颗星星的形状，星星在夜空中蹿跳，上升，然后产生一个爆炸——火红的铁块散到地面上，有的掉入田里烧干了田水；有的掉进村尾，砸塌了猪圈，老母猪全被压死；更多的铁块掉到了山里，火星四溅……

木簸里的颜色热烈翻腾，就在尤当九要被眼前的景象吸进去的时候，阿公的手停了。色彩就那样分离开来，恢复成了白色的米、黄金的钱和靛黑的布巾，各是各地静静躺在那里。

九勾羊似乎消耗了很多力气，他缓缓张开口，用老烟嗓问尤当九："刚刚看见什么没有？"

尤当九抬起头对着阿公："看见了，西边。"

九勾羊点点头："是西边。"

尤当九试着扶阿公从地上站起来，他感到阿公就像秋天的稻秆,一拽拉就会倒伏在田里。旁边有人捧来了一个铁缸子,里面是加了阴米和花生的油茶。尤当九最喜欢这种茶,将油、食盐、茶在锅里闷炒到冒烟,再加水煮开。茶水冒泡时放入玉米、黄豆、糯米饭,喝的时候,谷物的香气和茶香一起钻到鼻子里。

阿公喝完油茶,似乎恢复了一些力气,向众人解释木簸里的钱币和布巾变化的象征。

米没有撒出,钱币也没有互相碰撞,这代表他们求证的事情确实会发生——灾祸要从天而落到村里。而布巾随着米的运动绕成了四个弯曲的一团,预示着从天而落的东西属火,落入田间之后却有了金,就是西边。因为钱币没有深深埋入米中,所以落下的东西数量不大,也不会造成灾难,只是会让村民蒙受一些经济损失。

九勾羊将木簸里的米和钱倒进随身的蓝印布包里,按惯例,这是村民们给巴代雄的报酬。木簸则归尤当九收好,这法器将来会连同阿公的名字一起传给他。

"阿公,为什么簸里的米能看见未来?"尤当九跟在阿公身后,边追边问道。

"尤，你也开始好奇这些问题了。我问你，米是怎么来的？"

"谷子在山上的田里熟了，用石臼舂开，筛去糠就是米。"

"米是用来做什么的？"

"可以做的太多了，吃的糯米饭、花粥、糯米粑，喝的米酒和油茶，还可以用来腌酸肉……"尤当九认真回答。

"从我们进这片山开始，米就长在山上；从我们进这片山开始，祖先就靠米生活。祖先生下子子孙孙，稻谷也一代代播种发芽。从远古以来，从有四季以来，无论什么东西掉在山里，山都记得。而米是山的化身，是我们和山的纽带。能够弄懂米的秘密，就能知道山想说什么。"

"我不太明白。"

"我们种米吃米，米也成了我们身体的一部分，你要学会看懂米的语言，才能成为一个巴代雄。"九勾羊说道，然后就开始准备晚上驱星使用的活物。他们来到了自家吊脚楼下，这里用小竹篱笆围出了个鸡圈。尤当九一边说话一边在鸡群里扑腾，吓得母鸡离巢，一屋子鸡毛纷飞。

"但我为什么要成为巴代雄？"

"巴代雄要唱歌。"阿公神秘一笑。

"这个我知道，巴代雄祭祖请神都要念唱，歌词是连接祖先与山林的旋律。祖先听了就知道是哪家有灾祸，大山听了就知道哪家要帮忙。"

"年轻的答啤听了就知道你的心思。"阿公对尤当九说。

答啤是漂亮姑娘的意思，阿公让尤当九不要再下地吓鸡，要学着他的样子在鸡群的周围走来走去，让鸡感觉人对它们没有危险，才会放松。

"答啤？"

"巴代雄都有好嗓子，嗓子用来唱祭诗，嗓子也用来唱花山。阿公年轻的时候，一年就盼着夏天的花山节，答啤的眼神比六月天气还热。哈哈哈哈……阿仰是年轻人眼中最鲜艳的花，但只要阿公一开口，那双鹿一样的眼睛就从来没有离开过我。"

"女仔最烦了，学校那些女的留长头发，体育课跑起来头发飘到我脸，我扯一下她们就哭。"尤当九嘟囔道，声音不大，但九勾羊听到了，他拍拍孙子的肩膀,他知道不用自己教了,这将来绝对会是一个好情种。

九勾羊俯下身,在离自己近的地上撒点食,又抓了一把糠在手里,越来越多的鸡凑过来,他轻轻抚摸,动作很慢。等到鸡放松了警惕,他找准时机,快速抄住一只大公鸡的腿,另一只手牢牢扣住它的翅膀。大公鸡就傻眼了,喉咙发出咕噜噜的哀嚎。

然后,公鸡的脚上被绑了红线,尤当九捧着它来到樟树旁。这时天色已经很晚了,十多个村民点着火把和蜡烛陆续前来,将啤酒、三块猪肉放到树下。树上接了一盏电灯,橙黄的灯光把人脸照得发光。树下的方桌摆放着一斗大米,上插三炷香,正前方是一块放在碗中的熟猪肉,碗上有一双筷,而桌子腿上红绳拴着那只大公鸡。

一旁的炭盆已经烧热冒着火光,他们的准备工作就绪。

驱星仪式开始了,九勾羊把蜂蜡团成三颗拇指大小的丸子,分三次扔入燃烧的火盆中。这样做是为了用蜡粘住在场的其他巫人,不让法术中断,驱星仪式才能免受打扰。火舌舔到了蜂蜡团,滋滋一声蹿到阿公的腰那么高。

九勾羊面对众人,开始唱念经文:"十九位金柱公公,十九位银柱爷爷:你们住讷勾村,你们居讷熟寨,不来我用稻粒来喊,不回我用米粒来送。稻为媒介,米来领路。"

紧接着他开始吟唱十八代王的丰功伟绩、寨子里祖先的名字和他们的故事,一个个的名字都有自己的独特的发音,不能念错,也不能颠倒,更不能打断。

九勾羊每吟唱完一段就要卜卦一次。尤当九负责将地上的筶子捡起来交还给阿公。桌下的大公鸡已经被人割开脖颈,血滴滴答答进了一个盆子。鸡血将流尽时,被放入煮沸的开水中烫过再褪毛,然后下锅煮,鸡身上每个部分都要切下一小块敬神。

阿公右手持蚩尤铃,为每一段卦相祈福,蚩尤铃拖下好几段布条,随着阿公的吟唱轻轻摆动,铸在铃把上的蚩尤头像则怒目远视,看着尤当九,看着阿公,也看着无数代在山里生活过的先人。

尤当九觉得蚩尤的眼睛好像是活的,顺着他的眼光方向望去,在炭火燃烧的光的最深处,他看见了一队人,他认出了几个在经文里出现的祖先,比如长着一张黑脸最会种地的榜，曾经杀过一只虎所以浑身披着虎皮的勾，还有羸瘦但能唱出优美情歌的桑。

队伍最前面的是刚死去的大公鸡，脚拖着的红线还是尤当九绑上去的，那段红线牵连着身后的一队祖先。它走路一摇一摆十分神气，仿佛没了它队伍就没了方向。尤当九想起那只公鸡刚刚在自己手里的时候还是温热的，还瑟瑟发抖有些不情愿。但如今它却撅起胸膛，带着祖先们从一座石桥上走下来，又再走到村落深处去。

三炷香烧完了，阿公停止了念诵。

为了沾上灵气，众人将米饭以及煮好的鸡肉分别装进碗里，分发食用，驱星仪式到此就算结束。

"祖先怎么说？"尤当九捧碗凑到阿公面前问。

"他们带着今晚的灾星走了。"

"他们就那么听你的话？"

阿公重重敲了一下尤当九的脑门，尤当九痛得嗷一声叫。

"什么叫听话！从古到今，这座山承接了天上落下来的一切，冰雹、雨水、灾星、雷电……祖先心生怜悯，愿意用大山的力量为我们避开灾祸。"

"那祖先留下的鸡腿我可以吃吗？"尤当九问。

"想吃就吃。现在啊，这只雄鸡正领着祖宗们回到天上呐！"阿公把一根鸡腿夹进尤当九的碗里，笑眯眯地说。

这天晚上，卫星发射时依旧漫天红光，但火箭残骸却没有坠落到村里，村西阿婶的那头老母猪第二天产下了十只崽，每一只都是母的。

两个月后北京奥运会开幕，阿爸阿妈从城里回来，帮着家里收稻谷、做粑粑、腌稻花鱼。一家人围在彩电前看夺金热门的跳水比赛，信号从他们头顶上方万里之外的中星9号传来。

"他们为什么要跳进水里呢？"尤当九问。

"怕是水里有鱼！比赛谁捉的鱼多！"阿公在门槛上磕了磕烟锅。

尤当九缠着阿爸讲城里的故事。阿爸告诉他城里楼房高，在高高的楼房下，女仔都穿着漂亮的花裙子走来走去。

阿公打断他："楼房高，有五月的花杆高吗？花裙子好看，有阿仰穿的织锦百褶裙好看么？"

看阿爸不答话，阿公笑着抽了一口烟。

山和名字的秘密　349

阿公让尤当九跟自己学习赞颂十八代王的长诗。长诗很难记，祖宗和先王的名字更加难记，但得连贯着念完，不能颠倒，不能停顿，尤其不能在讲到勇士们遭受磨难的地方停顿，那样会带来厄运，任何在祭祀场合背错长诗的巴代雄都会被族人唾弃。

尤当九很聪明，阿公念一句他能记下一句，伴着芦笙唱出来，歌声洪亮又悠扬。

"将来一定做个通天的巴代雄！"阿公说。

但是，与背诵米卜卦相、祖宗名字比起来，尤当九更喜欢看电视。他喜欢看电视里穿着泳装参加比赛的男男女女，水上芭蕾是他们在浅水里捉鱼，那应该是鲢鱼；跳水是他们扎进深水捉鱼，那肯定是鲤鱼。鲢鱼煎烤成焦香最好吃，鲤鱼用小虾和大米沤成酸汤鱼最鲜美。

谁捞的鱼越多分越高！未来他也能去参加奥运会。

半个月之后，奥运圣火在北京熄灭，梯田里也只剩下了一截截的稻秆，父亲阿当和母亲一起回城里，走的时候带走了尤当九。

尤当九记得临行之前，阿公用烟杆子戳戳他的脑瓜，"好好给我背下来。"他说完转过身子继续抽旱烟，不走出门送尤当九。

"爸。"阿当对着九勾羊的背影喊，他们一家三口已经站到了门前。

"走吧，走吧，大山有他的决定，你们有你们的。"

"阿公，燕子一回来我就来看你。我背好你教的咒语，你可以考我！"尤当九抹开一把鼻涕，边哭边说。

"不是咒语！那是祖先的名字，未来有一天你会明白，祖先一直都活在你的名字里。"

阿公到了最后也没转过头来。

尤当九再也没有见到阿公。

这年冬天阿公死了，就在孙子放假回来前的四天。

就像他知晓大山的所有秘密一样，阿公似乎也知晓了自己命运里的所有秘密。九勾羊独自在屋里，换好了一身青衣对襟衫，青丝巾裹头，坐在一把老旧的木椅上，谁也没打扰，他就这样永远睡着了。

原先都是阿公为各家各户做法事，他人善，只向丧家收三枚鸡蛋。如今他去世了，来送他的人围满了寨子。葬礼进行了一夜一天。

巴代雄不会在祖屋直接入殓，人们把阿公放到一把太师椅上,一路翻山越岭抬到祖坟,在那里入殓下葬。父亲阿当在一旁护住椅子,不让阿公的尸身坠下,一位三十多岁的巴代雄走在太师椅前,他叫作阿宝,向九勾羊拜过师,这次由他唱颂经文送阿公上天。队伍的最前面则是尤当九,他捧着一只大公鸡,鸡爪上还是系着红线。这次不用阿公说他也明白了,一会儿就由这只大公鸡脚上的红线牵着阿公三分之一的灵魂上天。

山路泥泞又冷,长长的送葬队伍穿过村尾的石桥,那是阿公名义上的父亲;也穿过数不尽的梯田,阿公在山上的田地里耕作养鱼,喂大了阿爸和他的弟兄;还穿过山腰上的樟树,阿公在树下用洪亮的嗓门唱出祭文,驱散从天而降的火箭残骸,也设坛作法,为一村人求下雨水和丰年。

最后一抔土盖上了九勾羊的坟,年轻的巴代雄阿宝让每个人都说出一种阿公最喜欢的事物。这样,等一会儿阿公上天时,快乐的记忆会把他包围。

"金黄的烤烟丝。"

"他的老烟枪。"

"宝贝孙儿阿尤。"

"那一圈他养的鸡。"

"他卖母鸡换来的老酒。"

"村尾的石桥。"

"祖先的名字。"

"大山里的一切。"

到了尤当九,他是最后一个,小小的身影站在新墓前,墓碑上写了长长一串他不认得的符号,那都是列祖列宗的名字,祖父孙三代相连的名字,每个音节连成一首诗,就像一条即将升腾上天的苍龙。

所有人的眼睛都落在尤当九身上。

"阿仰。"尤当九说道,"阿公最喜欢的阿仰,跳花山最漂亮的阿仰。"

他用皴红的小手背抹去脸上的鼻涕。

下

寨子过年叫作过"能央",其实并不像汉人那样过固定的年,而是由鼓藏王来计算决定哪天是能央。这么多年来,鼓藏王定的日子从来不会下雨,一定是个冬季里大家能尽兴的好日子。在这个日子里可以祭祀祖先，吹芦笙踩堂，答啤们的银角银花冠翩翩起舞。

过完能央就要开始斗牛和椎牛。但通常到这个时候，尤当九早回学校了，城里的生活跟他想的一样，一切都比寨子里快。

街上人走路快快的，车开得快快的，他快快地抽条长个子，再考进了大学。

"一不留神，就那么大了。"阿妈说。

"我在他这个年纪，就算成年，有了自己的土枪。第一次进山自己打野味，打回来一只獾孝敬祖先。"阿爸说。

但尤当九不会拥有自己的枪，他是一个大学生，主修计算机科学。成日与代码为伴，他要什么枪呢？即使他继承了阿爸的气概，需要拥有一个证明自己已经成年的武器，那他想要的武器也只是一个用着顺手的键盘。

这就是他的新年愿望，拥有一个青轴的机械键盘，打起字来噼啪作响，老师也能知道自己又在用功。

能央快到的时候，阿爸阿妈在城里做事，尤当九是独自回去的，带着自己的笔记本电脑。这一年，无线网络信号覆盖到了家乡，他可以在溪水旁、在祠堂下打开电脑连上网，和山外世界保持精神上的同步。

也是这一年，卫星发射更加频繁了，火箭落得也更频繁了。

去年，一块残骸坠落广场边的水泥地上，水泥是硬邦邦的，铁块弹起来老高，不长眼睛地向人飞去，削掉了一个女学生半个脑袋。

"女仔就是路过，"阿宝说，"可怜呐！葬在了水塘尾，她阿爸不让阿妈来看，要是看了女儿的样子，阿妈也要伤心丢掉魂魄。"

阿宝现在已经是一个老练的巴代雄了，农忙时种芝麻、种水稻。水稻留着自己吃，芝麻榨了油卖钱；闲时则为人做卜、祭神。不像师父九勾羊那样旱烟枪不离手，他是有活力而清爽的。"芝麻开花节节高。"阿宝带尤当九在田里边走边说，脚边芝麻苗一边开花一边往上蹿个子。

"阿宝叔，你现在还驱星吗？"尤当九问。

阿宝点点头："嗯，入了秋几乎每月都驱星。只是我没有你阿公的道行，祖宗跟我不像跟他那么相熟！"他停顿了一会儿，认真看尤当九，"阿尤，你阿公说你有好记性和好嗓子，这些都是神明给的福慧。如果是你，你裹上了青丝头巾，披上青衣对襟衫，或许祖宗就能听到我们的祈求，从天上下来……"

尤当九知道，阿宝又想起去年女学生的惨死，他没有念过什么书，所以把这一切的不幸归咎于自己无法得到祖先的信任，祖先不愿用大山的力量驱走那些坠落的铁块。

"其实，火箭一级残骸的坠落区可以用电脑算出来。或许以后技术进步了，优化了算法，我们能精确算出它们落在哪儿。"尤当九安慰道。

"电脑能驱走灾难吗？"阿宝问，"我们的先人没有发明文字，经验只能靠口耳相传，大山承载天上坠落的一切，先民和大山共处，用首尾相连的音节记录大山的智慧，那些祖祖辈辈的名字里就藏着从远古传下来的秘密！"

尤当九不说话。回家路上他忍不住嘟囔："比我阿公还硬的老古董，大山的秘密能是什么样的秘密呢？"

不知不觉，沿着青石板，他走回到了童年的吊脚楼。自从阿公离世，这里便不再有人勤打理，只有在每年春季阿爸会找人来拣瓦。房间一切维持原样，陈旧了许多，原先放在厅中央的大彩电，现在看起来像个过时的小黑匣，坏了也没人修。

尤当九犹豫了一会儿还是没忍住，打开了阿公藏法器的抽屉，拿出蚩尤铃、青丝巾，还有那个原本要传给自己的木簸。

尤当九从隔壁家米缸里借来一些米，又把青丝巾和一些硬币浅浅埋进盛满米的木簸内。他想起了阿公，每次被众人围绕着做米卜的时候，阿公会难得地放下烟枪，摇头晃脑哼唱着卜辞旋转木簸，身上的铃铛琳琅作响……尤当九想起那样子，也不自觉地哼唱起阿公唱过的歌谣。

"带着女儿金桃迁徙，像鱼儿游上溪河；带着女儿金美行走，像鸟儿飞过山坡。日月十二双，日夜不停跑；晒得田水啊，好比开水冒；晒得石头啊，软得像粘糕；晒得坡上啊，草木齐枯焦……"

忽然他感觉到什么东西慢慢旋转了起来，起初是木簸里的米和钱币，然后是自己的身体，最后整座房间都在旋转。这种感觉跟他儿时经历过的米卜很像，但更加强烈。一切眼见的固体都化成了湿漉漉的色彩，就像沾了清晨的露水一样。

他看见那些色彩逐渐融合，在吊脚楼的光影下变成了模糊的形状——他看见了红色。

一大片完整的火光从黑夜最深处降下，落到村子最中央。大山里的村寨如同打翻了炭盆一般，木脊在燃烧，瓦片被燃气烤焦崩裂。那些灯光不见了，星星不见了，邻人的歌声也听不见了，取而代之的是黑烟和红雾，还有女人和孩子的呼救。

星星落在了村子里！

他一个激灵清醒过来，然后一切都不转了。刚刚眼前的景象就像是真实发生一样，就像有人拿了录像机把秘密录下来给他看。尤当九站起身，扶着门框定了定神，做出了最快的一个决定，他迈开腿飞奔下山，去芝麻田里找阿宝。

尤当九无数次在这片梯田里奔跑，但没有一次感到像今天这样漫长。稻秆还没有开始燃烧，落在田里的禾芒割伤了他的腿脚，可他怎么顾得上那么多？粮食丰收，粮仓满满，此时的火箭残骸从天而降，就是一个不合时宜的火种，短时间内可以点燃干燥的村寨。

曾经，有个老族人问城里回来的大学生尤当九："你能不能跟领导说说，不要在我们这一带放卫星了？"

"那去哪儿放呢？"

"去没有人的地方，去海上，去沙漠里！"

"放卫星的纬度是有限制的，"尤当九解释道，"而我们这一片的山，已经算是人烟稀少了。这是能找到的最合适的卫星发射基地。"

"那也不能这样！为了完成不知道哪个领导的任务，我这一片田都毁了！"老族人手里用柴刀将一支竹子削得又尖又细，准备去给两岁大的母牛穿鼻孔。四亩水稻，夫妇两人原本准备抬一根竹竿压穗头，赶着稻花进行人工授粉。现在好了，被火箭残骸砸坏田，稻子倒了，花穗就泡在水里，花粉化干净了，即使把庄稼扶起来，最后也只能结出空稻壳子。

"不是有赔偿么？"尤当九问老族人。

"赔偿还不够我找人把垃圾抬出去！"他用竹竿尖的那一头指指田埂上的一块残骸，"火箭落下来，就这一块还算平整，我找铁匠磨出一把菜刀来！别的都是破铜烂铁，处理垃圾还要给别人钱。"

那时老人不知道，落在田里的火箭是一种福分。今晚将要落下完整的火箭残骸，因为与大气高速摩擦，它要在村子上方人群最密集的空气里炸开，散成满天星。面对从天而降、无所不在的火光，他们又能躲到哪里去？

尤当九在芝麻田里找到了阿宝："我去通知县里的领导，你来……"他顿了一顿，费力地挤出话的后半句，"你来驱星。"

"阿尤，你真在米里看到了天上落下大铁块？"

"嗯。就在人最多的广场上方，碎成火红的一大片！"

"那么……你还有没有看见别的？"

"别的？"

"你能通过米卜看到未来发生的事，说明大山选择了你。山的决定会有山的道理，他一定通过米给你留下更多智慧，来帮助我们渡过难关。你好好想想，在米里有没有看到更多？"

"没有。"尤当九迟疑了一下。

尤当九回家就拨通了县政府的电话：

"您听我说！这是真的！我们县被火箭一级残骸主落区覆盖，今晚要坠落在我们村寨里的火箭残骸重达数吨，威力不亚于一枚重磅炸弹！一定要疏散村民……请您、请您务必……喂？喂！"

"县长不信你？"阿宝在旁问。

"哪能跟县长说上话？是办公室主任，他说落区群众防护工作由军区司令部和卫星发射中心共同负责，相关部门会向落区发布通知。指挥部已先后完成了上百次回收任务，他要我放心，不要白日妄想，更不要散播恐慌情绪。"

"你哪里是白日妄想？是祖先让你看到了山的秘密。"

"不是所有人都相信山的秘密。阿宝叔……只能这样，我看看能不能通过学校内网搜索到计算火箭残骸落地的算法，而你，你去准备一只大公鸡！"

"阿尤，你真的没有在米里看到更多的——"

尤当九闭上眼，在那火光漫天的幻象里他根本顾不上那么多，他只想逃出来，逃回阿公的吊脚楼，逃到那个童年曾经奔跑的梯田里。

"真的没有。"

"大山的智慧不是用眼睛看，是用心。"阿宝说。

祠堂建在寨子的高处，这里的信号是最好的。尤当九挑了个干净地方坐下，他的正对面就是刻写着族人名字的墓碑。

在这个午后，他通过网络用一切方式查找资料。但是没有一个人、一种理论能够确切告诉他，今晚卫星发射中心点燃的火箭，与卫星分离后到底会不会造成山寨的火灾。更不会有任何人愿意无条件相信一个曾经学过一点巫的计算机系大学生，劳民伤财地撤离走全山寨的男女老少。

随着太阳下沉，祠堂木檐的影子在天井里逐渐拉长，一点点攀上了墙，老猫蜷在影子里，打鼾、舔毛，而远处是山林自古以来维持的深绿色，和夕阳的水红混在一起。都是宁和安静的样子，就像祖先生活过的千万个寻常日子。这画面甚至让尤当九自己都开始怀疑，在米中看到的幻象只是一个恶作剧，今晚还是会像之前那些有惊无险的晚上一样，天黑人们回家煮饭、休息，天亮后大山的一切依旧平静。

他抬起头，揉了揉酸痛的眼睛。等到视觉重新恢复清明，那行在墓碑上的名字引起了他的注意。

"祖先没有文字，用首尾相连的音节记录大山的智慧，那些祖祖辈辈的名字里就藏着从远古传下来的秘密。"阿宝说过。

"祖先的名字不能念错，祖先一直活在你的名字里。"阿公说过。

尤当九将祖先的名字一个个输进了开启的程序里。那些音节，从第一代定居在山里的祖先，到这一代，一个不少：长着一张黑脸最会种地的榜，曾经杀过一只虎所以浑身披着虎皮的勾，还有羸瘦但能唱出优美情歌的桑。

他想起年幼时的那个晚上，顺着蚩尤的目光看到的一切。大公鸡脚上绑着一根红线，红线那头牵着祖先们从一座石桥上走下来，再走到村落深处去。

石桥！

他在米里也曾看到过石桥，人们通过这座桥逃到了对岸，桥的石缝里长满青苔青草，是山野的一部分。

尤当九簌地站起来，吓跑了影子里的打盹的猫。

山和名字的秘密 363

桥在他们的语言里叫作"九"。九是他阿公的名字，也是自己名字的一部分。那……那就是连接他和阿公的一个音符，直到此时此刻的今天，阿公还活在自己的名字里。

他冲出祠堂，尤当九终于了解了大山的秘密。

大山本身就是一个无穷无尽的算法，数据来自于千万年、千万次的降落。无论是阳光、雨露、陨石，还是燃烧着的火箭残骸，一切落在山里的，大山都记得。然后山用自己的智慧，在这些数据之上，推算出了下一次的坠落。

他的祖先发现了大山的秘密，可是却没有发明文字，只好将开启大山秘密的代码编进每一个名字的音节，教导后人一代代延续传唱。每个婴儿的名字连着父亲和祖父的名字，每个名字都出现在长诗里。

族人名字，是一种代码，而山就是算法本身！

山野里的石桥边，阿宝已经布好了祭坛。

尤当九青丝巾青衫，将蜂蜡分三次扔进炭盆里，洪亮的歌声念诵十八代王的丰功伟绩以及他每一位祖先的名字，芦笙的旋律就像从河对岸传来：

"十九位金柱公公，十九位银柱爷爷：你们住讷勾村，你们居讷熟寨，不来我用稻粒来喊，不回我用米粒来送。稻为媒介，米来领路。"

尤当九看见一座山野中人迹罕至的石桥，有个年轻人带着米和肉赶来拜祭。年轻人转过脸来，那张脸和自己长得一模一样。他站起身嘻嘻笑唱情歌，穿着织锦百褶裙的姑娘踏着旋律走来，像百灵鸟一样依绕在他身旁，那大约就是阿仰？

阿公这次身上没有带那杆烟枪，年轻的他在石桥那头踩着歌点，摇摆着，歌唱着，石桥这头就是尤当九。尤当九知道自己无论如何也没有办法向桥那边踏出哪怕一步，只好伸胳膊向对岸招手，手里握着的蛊尤铃响了，可是阿公没有向他多看一眼。

渐渐地，阿公周围的人越来越多，那些是出现在长诗里的祖先，他们闲聊着、歌唱着，其中的两个甚至饮起了阿宝带来的米酒。阿公用尤当九从未见过的快乐舞步向桥下走，走向村寨里去，祖先们以同样的速度跟随他的步伐，队伍路过了尤当九，就像路过一团绒草。

尤当九想叫住阿公，可是嘴里唱着长诗，不能停下来。他想跟着阿公的脚步追上去，可是双脚却被蜂蜡粘在地上,一步也挪不开。于是他只有继续唱,继续摇着铃铛,望着一行人越走越远,直到消失在村里的广场上,消失在一团红色的火光里……

这天晚上,卫星发射任务一切正常,只是在一级火箭分离的过程中,残骸坠下时燃烧不完全,砸中了村尾一座人迹罕至的桥。

阿爸知道了这个消息非常悲伤,再次见到尤当九时,惋惜地说:"那座桥没了,你阿公是那座桥的一部分,我们再也见不到他了。"

可他听完却一点也不难受。因为他知道,阿公一直生活在这片山,跟山一起承接着从天而降的幸运与不幸。

而尤当九,他的名字,就是阿公和山所有的秘密。

代 后 记

性别构建与中国科幻的未来

● ● ●
● ● ●
●

石静远

耶鲁大学东亚语言文学和比较文学教授。中国现代文学、思想和文化史以及科学和技术方面的专家。曾获得古根海姆基金会、安德鲁-W-梅隆基金会以及哈佛大学、斯坦福大学和普林斯顿大学的多个高级研究机构的奖项和基金。新书《汉字王国:让中国走向现代的语言革命》将于2021年在企鹅兰登书屋出版。

● ● ●
● ● ●
●

马辰(译)

伦敦大学亚非学院博士候选人,伦敦科幻研究协会(London Science Fiction Research Community)联合负责人。研究领域包括中国现当代文学、生态批评与科幻小说。

当代中国科幻小说催生了诸多关于性别议题的讨论，其棘手程度不亚于其他任何一个文学类别。整个二十世纪中国现代文学大抵面临相似的困境：是什么让女性或者酷儿作家的创作显得不同？这种区别如何影响了我们对具体作品的理解？为被边缘化的性别群体另设标准是否在为其设限，将她们的作品划归到另一个类别，使之无法与顺性别男性作家的作品比肩？

这些问题交织存在于各种类型的小说之中。这本文集的开创性就在于集体探索这些问题背后的深意。每个故事都设想了一种方案来思考有限性，无论是生命终结，关照他者，技术局限令我们无法拓展有机自我和内心情感，或是在一个资源枯竭的世界之中共存。永恒的承诺，时而以情为载体，时而映照在对周遭世界、时间或所爱之人的眷恋之中（吴霜），成为检验我们生存能力的试金石。而永生、死亡和对灵性的渴望则示意着技艺[1]背后大写的人（迟卉，沈大

---

1. 亚里士多德、柏拉图、海德格尔对techne的界定各有侧重。亚里士多德、苏格拉底和柏拉图都倾向认为techne可定义为技术型知识，具有实际操作性和确定性的指向。海德格尔则将"明智"（Phronesis）与"技艺"（Techne）分别界定为"本真的真理"与"非本真的真理"。——译者注

成）。在这本文集里，作者们探讨了这些颇具普世性的话题，却并没有囿于普世主义的桎梏。无论是探讨子女抚养和虚拟养育，还是人类迁居外太空，他们都拒绝宏大叙事参与其中。相反，每个故事都蕴藏着对身份问题的思虑，而不是意识形态的简单投射。它们所营造出的轻盈之感，将历史的钝拙消解殆尽。

我们很难用顺性别群体或被边缘化的群体来简单定义这些作者。因为当你试图去界定性别是什么，你很可能已经落入性别本质主义的窠臼，将性别简化为一系列具体的特征。这些特征可能与性别本身关系甚微，反倒成为迎合某种预设定义的工具。这本文集还质疑了把作家的性别与他们的文学创作等同起来的行为：科幻作品对女性及其他被边缘化的性别群体的刻画，与他们的自我认知与创作本身无法相提并论甚至截然不同。事实上，所有作家内心深处都渴望当一个单纯的书写者。除了创作的灵感和他们所在意的读者之外，他们可以自由书写，而不受任何其他因素的影响。然而科幻小说又独具一种制约力量，将它与其他文类区别开来。它致力于对现实的反事实呈现，却并不沉溺于单一的现实场景。有些人认为科幻小说的价值在于想象力，而不在于通常被当作是文艺创作门槛的语言驾驭能力。其他人则指出科幻小说并没有为了未来舍弃当下，它饱含对当前社会现实的隐晦批判，因此也并不完全符合幻想文类的标准。

科幻原本就在真实与幻想、当下和未来之间自由穿梭。作为首部由全女性和酷儿性别写作者创作的中国幻想小说选集，《春天来临的方式》不可避免地抛给读者这样的问题：它有什么独特之处，或者它的目的是什么？一种不拘泥于现实、力求营造未知假想的小说体裁会如何探讨性别议题？我们如何让它承担阐释性别的责任，又是否应该这么做？

一个多世纪以前，一部1905年诞生的中国小说提出了一些可供思考的问题。《女娲石》讲述一个中国女杀手骑着电动马在世界各地寻找资源，希冀建立一个更好的社会。[1]一路上，她了解了一些新的技术，比如大脑重新编程、食品改造和人工授精等。这些技术颠覆了女性、繁衍和家庭在传统观念中的定义。她在环球旅行期间还遇到了其他志同道合的激进女性。

---

1. 海天独啸子，《女娲石》（东亚编辑局，1905）

这些女性组成了一个世界性的革命联盟，其使命是在科学技术的引领下，创造一个和平稳定的新时代。她们因此招募她来共襄盛举。这些女性革命者每个人都精通武术，知晓西方电力机械，她们不排除使用暴力和殉道来实现目标。她们追求的是自我和社会的共同解放。

这篇小说有大量篇幅描绘科学幻想和技术进步。然而，却并没有人称它为科幻小说。因为它想象出来的"现代女性"或多或少沦为了迎合现代男性的完美范本。诚然，"科幻小说"在当时本身就是一个新的文类，通过翻译儒勒·凡尔纳和侦探小说作家如阿瑟·柯南道尔的作品传入中国。这些小说的叙事技巧对中国读者来说非常新奇，阅读这些西方的小说作品也是一个全新的体验。对性别角色的探索意味着把一个人完全变换到另一个人的位置，并完好无损地保留原有的身体界限，以及社会和心理层面的制约因素。十九世纪末二十世纪初中国小说的蓬勃发展催生了大量与传统文学不同的文学体裁和流派。与传统文类相比，"小说" 曾被视为对琐碎细节的堆砌，等同于市井杂谈，不如儒家关于道德、修身和治理的典籍庄重严肃。

《女娲石》的作者笔名海天独啸子。根据现有的了解，他曾将日文的未来主义小说译介到中国。他在宣传中将《女娲石》划入爱国主义小说的范畴，故事在救国小说的基础上进行了适当改编，让"闺秀"成为了主人公。当时，中国还不是一个现代意义上的国家。最后的封建王朝行将就木，直到1911年的革命永远推翻了王朝的统治。当时人们正围绕西方帝国主义、如何报仇雪耻和封建主义的终结展开热议：例如禁止鸦片，废除女性缠足的古老陋习，拒绝将被捆绑到萎缩变形的脚当作美丽与身份的象征，以及摒弃僵化的儒家教条。

在这样的背景下，女性被理想化为未来世界新的现代公民。因为曾经备受压迫，她们被认为是新中国将要解放的群体。她们的解放，超越了女性解放本身，代表着整个社会的解放。而对男性作家来说，关注并书写女性问题，从而戴上进步主义的徽章则成为了一种时髦。中国文学诗歌传统中早已充斥着各式各样的刻板观念：男性默认女性角色应当是被侮辱与被损害的，女性声音的存在是为了抒发个人抱怨。因此，我们常常看到对女性形象的塑造与援引最终却勾勒出一幅鲜有女性参与的社会图景。[1]女性沦为了男性的心理容器。

回顾过往的文学史，我们可以理解并接受文类演变本身的不稳定性，然而对于女性作家与科幻小说之间的关系我们依然知之甚少。顺性别女性作家们不再试图模仿男性作家，也不再遵循性别二元论来评议性别差异，而是力图通过科幻与奇幻小说营造一个更大的空间，来囊括所有被边缘化的性别群体。新的基调带来了新的问题，比如新的评价标准对应的目标和语境是什么：是拥有足够多的女性科幻作家，还是在科幻小说中创作出更多生动鲜明的女性角色，抑或是扩展文学往来或科技领域的基础架构，从而可能鼓励抑或阻止更多女性从事科幻创作？近年来，中国科幻因其对太空漫游与殖民、宇宙之谜、人类命运等宏大主题的探索而在全球范围内流行起来，但在对女性和其他被边缘化的性别群体的社会关注和前瞻性思考上仍十分欠缺。刘慈欣的《三体》三部曲引发的空前热

---

1. 薛绍徽、秋瑾等除外。

潮，很大程度上淹没了评论家对其女性角色刻画过于单一化的批评声音。在刘慈欣之后，因为反乌托邦的社会批判作品《北京折叠》而荣获雨果奖的郝景芳，成为了边缘化性别作者崛起浪潮中的一个特例。在这场浪潮中，包括本书所收录的这些曾被边缘化的作者们正不断获得各式各样平台的认可。

女性与当代科幻小说的关系可能原本就不是一个文学问题，而是一个社会学和人类学范畴的问题。通过审视谁拥有对知识、科学与技术的接触权，也可以了解到边缘化并不简单指向主流的对立面，而是由社会上其他种种边界的设定共同决定的。他们所处的位置根据与他者的关系不断被重新定义。和我们所有人一样，作家们也依赖技术维持生存。在《女娲石》出现的那个时期，科幻小说对科学技术的了解非常有限。少数例外的作家将探索科学实验当作一种使命并进行实践。其余的只有一两个权威的期刊定期转载西方科技相关的消息，供外行人闲暇阅读。如果作者生活在国际大都市上海，他们也许还能在专门的阅览室里看到陈列的科学仪器，以补充他们从杂志和报纸上所获阅的有限信息。除此之外，还有几十本关于数学、化学或解剖学的教科书。这些书由西方传教士翻译，翻译质量大多不佳，而且很可能已经过时，滞后于西方技术的实际发展与进步。

当前的形势尤为不同。一方面，中国科幻作家难以将自己放入自二十世纪初以来中国科幻的整体发展脉络之中；另一方面，他们也无法从自己的创作中追溯与古代哲学或早期古典民族志的相通之处，比如关于异国、远方与他者的部分。他们转而将二十世纪三十年代末和四十年代的美国科幻小说奉为榜样和前辈，赞美那个技术乐观主义的年代。本书所收录的这些作者们，则指明了一条新路：今天的科幻和奇幻作家可以重新挖掘幻想与中国传统历史的联系，不是简单的怀旧，而是借由神话和民间传说重塑一条新的探索之路（王诺诺、顾适、E伯爵、陈茜、凌晨、白饭如霜、楚惜刀）。一些作家巧妙地将传统武术流派与幻想结合起来（沈璎璎），而另一些作家则试图通过探索各种可能发生但并未发生的结果来重访历史。

科幻小说跨越的不止是文类。它的社群和读者群遍布全球，横跨真实与想象的空间。回顾二十世纪初中国的第一波科幻浪潮，那时无论是作品的类型还是作者的性别立场都充满变动性，也并不符合人们的期待。而当代科幻小说则在性别问题之余，触发了我们对所处时代的科学技术状况等更广泛问题的思考。此身此地，我们所面临的社会环境表明多样性和多元性已然成为现实一种，而不是一种选择。

比起电马，我们现在有宇宙飞船和高铁。转基因食品已经渗入我们消费生活的方方面面；你可以在素食汉堡中加入血红蛋白基因，使其会流血，味道像肉。通过冷冻卵子和克隆技术，生殖可以推迟几十年，可能彻底颠覆传统的性别分工。医学的进步与人工智能对生命长度的延长和质量的提升，有希望让人类避免死亡。事实上，科幻小说已经很难跟上科学进步本身带来的超现实。而科学的政治化，则进一步挑战着作家想象的空间。

更重要的是，伴随科学的日益复杂化，人们通常在硬科幻和软科幻之间划出一条界线，并倾向认为女性写作者极少出现在前者的世界里。同时，科幻作家也不再只是简单的创作者。他们可以是科技公司的顾问和品牌代言人，是译者和企业家，也可以是人道主义者和记者。他们仍然受到粉丝的崇拜，但也越来越多地成为政治的焦点。因为通过他们可以树立中国在全球的文化形象,从而为实现中国引领下一个全球技术浪潮的目标添砖加瓦。[1]在这种情况下,人们不禁发问,用性别视角切入来阅读和理解中国科幻小说意味着什么?有一个答案是肯定的:毋庸置疑,我们由此探讨的将不再只是文学作品本身的问题。

面临科技与政治的旋涡,身处创新与务实的夹缝之中,中国科幻尚未找准自己在当今时代的定位,却已经被牵引至不同的方向。它不再只是小说,而成为我们时代的晴雨表,在全球地缘政治催生的新紧张局势下,满载着对技术更深的焦虑和希冀。来自边缘化性别的作家们因此有一个新的机会来争取他们的权益。可以肯定的是,这本故事集里的每位作者都呈现了一种可能的答案。这是第一次,读者不应该单纯地陷入作者所虚构的世界里,而应该追问作者本人如何进入小说,而中国科幻又如何被迫进入一个更广阔更

---

[1]. 2020年8月,中国科学技术协会公布了"科幻十条"。中国科学技术协会致力于促进科学技术发展,是一个促进中国政府、科学家、工程师群体密切合作的非营利组织。"科幻十条"旨在推动电影业的科幻知识产权发展。http://www.gov.cn/xinwen/2020-08/07/content_5533216.htm (Accessed May 11, 2021).

复杂的环境之中。

性别问题，和类型问题一样，是一个常问常新的问题。作为一个新兴文类，中国科幻将会以各种新奇的方式吸引读者，不断启发我们对未来世界的思考。

图书在版编目（CIP）数据

春天来临的方式 / 微像文化编. -- 上海：上海文艺出版社，2022
ISBN 978-7-5321-8135-3
Ⅰ.①春… Ⅱ.①微… Ⅲ.①幻想小说－小说集－中国－当代 Ⅳ.①I247.7
中国版本图书馆CIP数据核字(2021)第203709号

发 行 人：毕　胜
策　　划：张译文　金雪妮　王侃瑜
责任编辑：于　晨
装帧设计：朱云雁

书　　名：春天来临的方式
编　　者：微像文化
出　　版：上海世纪出版集团　上海文艺出版社
地　　址：上海市闵行区号景路159弄A座2楼　201101
发　　行：上海文艺出版社发行中心
　　　　　上海市闵行区号景路159弄A座2楼206室　201101　www.ewen.co
印　　刷：苏州市越洋印刷有限公司
开　　本：1240×890　1/32
印　　张：12
插　　页：2
字　　数：185,000
印　　次：2022年1月第1版　2022年1月第1次印刷
I S B N：978-7-5321-8135-3/I.6439
定　　价：65.00元
告 读 者：**如发现本书有质量问题请与印刷厂质量科联系　T: 0512-68180628**